ラ!!

11×

成田良悟
Ryohgo Narita

イラスト:ヤスダスズヒト
Illustration : Suzuhito Yasuda

Design:Yoshihiko Kamabe

静雄「ったく、こんなところ、とっとと出所《で》ちまいたいんだがな……」

静雄「そしたら、トムさんやヴァローナんとこに顔だすか、
それともノミ蟲野郎をぶち殺すか……。
どっちを先にしたもんだろうな……」

静雄「イライラしてきやがった。
あのノミ蟲さえどっかに消えちまえば迷わなくて済むのによ。
絶対に地獄に送ってやるぞ……あの腐れ野郎……」

MIKA HARIMA
×
CELTY STURLUSON

デュラララ!! ×11

接続章　馬の骨

DRRR!!×11

Ryohgo Narita な-9-41

九十九屋真一《つくもやしんいち》の『閉じられたブログ』より一部抜粋《ばっすい》

鯨木《くじらぎ》かさねの話をしよう。

彼女は、どうしようもなく加害者であるが、被害者でもある。

もちろん被害者だからって加害者になっていい筈《はず》もなく、彼女は犯罪者として人間に裁かれるべき存在だろう。

人間に、という言い方をしたのには、もちろん理由がある。

鯨木かさね。

本名ではないのだが、まあ、昔の名前を出した所で話がややこしくなるだけだ。このブログ記事内では、彼女の名前は鯨木かさねのままで通させて貰《もら》う。

彼女は、人間かもしれないし、人間ではないかもしれない。

正確に言うならば、彼女の母親は、少しばかり人間と違う存在なんだ。

妖怪《ようかい》？

化物《ばけもの》？

魑魅魍魎《ちみもうりょう》？

悪魔《あくま》？

天使じゃないって事だけは保証できるが、まあ、なんだろうと構わない。

とにかく、鯨木《くじらぎ》かさねは人間とは違う『何か』と、人間の男の間に生まれたわけだ。

だが、その母親についての話は、俺《おれ》がこの場で色々と語る必要はないだろう。その手の話は血の臭《にお》いがするネズミ野郎《やろう》にでも任せるさ。

ともあれ、彼女には人ならざる血が流れている。

そして、一代隔《へだ》たりはあるが、聖辺《ひじりべ》ルリも同じ血を受け継《つ》いでいる。

そう。つまり、鯨木かさねと聖辺ルリは親戚《しんせき》ってわけさ。ルリちゃんのお母《かあ》さんと鯨木かさねは異父姉妹。つまり、鯨木から見てルリちゃんは姪《めい》にあたるって事かな。

妙《みょう》に思ったかい？

鯨木は、そんな歳《とし》喰ってるようには見えないだろう？

まあ、母親の血とか色々あるんだが、実際、そんなに歳でもない。聖辺ルリの母ちゃんとは、異父姉妹とはいえ20以上離《はな》れてるからな。

まあ、高齢《こうれい》出産がどうこうとかいう説明は置いておくとしよう。

鯨木かさね。

早い話、彼女は昔、売られたんだ。生まれてすぐに。

聖辺ルリの婆《ばあ》さんが、家を出た後にどこかの誰かとアレコレして、その結果生まれた娘《むすめ》を、澱切陣内《よどぎりじんない》って老人に売り渡したのさ。

母親としてどうなのよって話だよな。

まあ、何か事情があったのかもしれないが、そこまでは俺も解《わか》らない。昔の話だからな。

ともかく、その澱切って爺《じい》さんから、幼いながらに色々と商売の仕方とか仕込まれらしい。

罪歌《さいか》も、その頃に手に入れたんだろう。

で、その爺さんが死んだ後も、便宜《べんぎ》上、澱切陣内の名前だけを生かし続けたわけだ。適当な替え玉を立てながらな。

『澱切陣内』として、人や『化物』を食い物にする日々。それがあの女の人生だ。

それを望んだわけじゃない。

他《ほか》に生き方を知らなかっただけだ。

才能もあったんだろう。その生き方を続ければ、食うには困らない。逆に、それ以外の生き方じゃ、子供の頃の鯨木じゃ、餓《う》えて死ぬしか無かっただろう。

母親に売られ、澱切陣内《よどぎりじんない》に人格を壊《こわ》され、型に嵌《は》められた。

折原臨也《おりはらいざや》が『天然の悪党』なら、鯨木《くじらぎ》は『人に創《つく》られた人でなし』だ。

最初に、彼女が加害者でもあるし被害者でもある、って言ったのはそういう事さ。

だからと言って、当然ながら、彼女のしてる事が許されるわけでもない。それは、最初に書いた通りだ。

それに、聖辺《ひじりべ》ルリへの仕打ちに関しちゃ、少なからず私情を挟《はさ》んでたのかもしれない。

考えてもみてくれ。

自分と同じ血を引く女が、自分の夢を追いかけて、輝かしい人生を送っているんだ。

手の平で転がしてやりたいと思っても不思議じゃないだろう? 地獄《じごく》の方へゴロゴロとな。

嫉妬《しっと》なんていう人間らしい感情が、鯨木にまだ残っていればの話だが。

確かに、俺《おれ》は普通の奴《やつ》らより少しばかり多くの事を知っているし、識《し》ってもいる。

だが、人の心までは読めないし、怪物《かいぶつ》の心も読めるわけじゃない。

世の中を隅《すみ》から隅まで探せば、まるで透視《とうし》するみたいに心を読める超能力者や怪物もいるんだろうが、少なくとも、それは俺じゃないって話だ。

だから、俺には想像もつかない。

澱切陣内っていう『枷《かせ》』をぶち壊された鯨木が、今後どういう行動に出るのかな。

彼女は今、澱切陣内から完全に解き放たれたんだ。

澱切陣内としての『力』はそのままでな。

自由。

それを満喫《まんきつ》した鯨木が、涙《なみだ》を流しながら改心して、世の為《ため》人の為に生きる……なんて展開があるなら、俺はそれが一番いいと思うんだが、可能性は薄《うす》いだろうな。

このブログに辿《たど》り着く事ができた君に言えるのは、たった一つ。

せいぜい、生き血を啜《すす》られないように気を付けることだな……って事さ。

四章　魚心あれば水心

DRRR!!×11

Ryohgo Narita　な-9-41

SNSサービス『ツイッティア』

きっしー『ガスマスクなう』
きっしー『今日《きょう》もガスマスク越しに吸う空気は新鮮《しんせん》だ』
きっしー『しかし、息子《むすこ》に言われて非公開にしたはいいが、何を呟《つぶや》けばいいのだ』
きっしー『だが、ものは考えようだ。フォロワーが0人で呟き非公開の今ならば、私以外は誰もこの場所に書かれた言葉を確認できないというわけか』
きっしー『つまり、自由だ』
きっしー『電脳上とはいえ、ここには私の追い求めていた真の自由があるのだ！』
きっしー『いや、別にそんなに自由は追い求めていなかったな』
きっしー『しかし、ここならば好き勝手発言できる』
きっしー『その上で他人に見えないのならば、これは便利な日記帳として使えそうだ』
きっしー『何しろ、ネットにさえ繋《つな》がれば、地球上のどこからでも見られるのだからな』
きっしー『秘密が呟き放題。さしずめここは、王様の耳はロバの耳と吹き込める木の洞《ほら》というわけか』
きっしー『ネブラは現在、「交際費」という名目で多額の裏金をプールしている』

きっしー『しかし、「交際費」というのは正しい使い方だ』
きっしー『何しろ、「人間以外の何か」と交際する為《ため》に使われる費用なのだから』
きっしー『ネブラにおいて私が所属する部署《ぶしょ》は、表向きには公表されていない人外《じんがい》の者達を探し求めている』
きっしー『現在池袋《いけぶくろ》を騒《さわ》がせている首無しライダーも、我々の研究対象の一つだ』
きっしー『他の部署では「不死者《ふしし》」だか「不死の酒」などという胡散臭《うさんくさ》い物を研究しているようだが、馬鹿馬鹿しい話だ。この世に魑魅魍魎《ちみもうりょう》の類《たぐい》はともかく、不老《ふろう》不死の人間など居よう筈《はず》がないだろうに』
きっしー『というのは嘘《うそ》だ。本当はいる事は解《わか》っている。ついでの話だが、吸血鬼《きゅうけつき》だって存在するかもしれんよ？　ネブラのライバル企業であるガルダスタンスグループの前会長も吸血鬼だという報告があるぐらいだしな』
きっしー『……などと書いても、誰にも読まれる事はないわけか』
きっしー『世界に繋がっているのにも関わらず、誰にも見られる事はない……』
きっしー『暗闇《くらやみ》の中で服を脱《ぬ》いで歩く露出狂《ろしゅつきょう》は、このような感覚なのだろうか？』
きっしー『ふふ……もしも公開していたら機密漏洩《ろうえい》でネブラに処罰《しょばつ》される所だ』
きっしー『なんというスリル。なんというギリギリの快感』
きっしー『もしもうっかり非公開を公開にしてしまったらと思うと、夜も眠《ねむ》れん』

きっしー『まあ、本名も公表していないし、内容から見ても、恐《おそ》らく気の狂《くる》った人間の妄言《もうげん》で済まされるだろうがね』
きっしー『しかし、恐ろしくも素晴《すば》らしい時代になったものだ』
きっしー『ネットワークによる情報の海が、世界中に広がっている』
きっしー『まるで、脳の細胞《さいぼう》同士がシナプスのやりとりをしているようだ』
きっしー『人類を脳に見立てた上位存在が現れてもおかしくはないな』
きっしー『まあ、こんな発言も他《ほか》の科学者仲間の前でしたら爆笑《ばくしょう》されるだろうがね』
つっくー『@きっしー　案外、もう生まれてるかもしれませんよ』
きっしー『誰ですか!?』
きっしー『非公開になってる筈《はず》なのに!?』
きっしー『すいませんお金なら払《はら》いますから許して下さい！』
つっくー『@きっしー　私ですよ、九十九屋《つくもや》です。お久しぶりですね。岸谷《きしだに》さん』
きっしー『なんだ、九十九屋君か』
きっしー『ならばとりあえず安心だが、私にもプライベートというものがあるのだ』
つっくー『@きっしー　すみませんね。森厳《しんげん》さんは、中々ネットには顔を出さないのでね』
つっくー『@きっしー　ちょっと、お伝えしておきたい事がありまして』
きっしー『どうして非公開で誰ともフォロー関係を結んでいない私に話しかけられるのか、それはとりあえず置いておく事としよう。君に不可能は無さそうだからな』

つっくー『@きっしー　ネット上でできない事はできませんよ』

つっくー『@きっしー　私は絡繰り仕掛けから生まれし神《デウスエクスマキナ》じゃない』

きっしー『ちょっと待ちたまえ。この呟《つぶや》きサービス、文章にふりがなをふれるのか!?』

つっくー『@きっしー　出来るわけないじゃないですか《何を言ってるんだこいつは》』

きっしー『二重の意味で腹立つ行為は止《や》めたまえ！』

きっしー『まあいい。それで、何の用かね』

つっくー『@きっしー　矢霧清太郎《やぎりせいたろう》さん達が、波江《なみえ》さんを確保しに動き始めましたよ』

きっしー『ほう』

つっくー『@きっしー　どうやら、セルティさんの首を狙《ねら》ってるみたいですけどね』

つっくー『余計なお世話だとは思いますが、お伝えするだけしておこうと思いまして』

きっしー『なるほど。とりあえず情報には感謝しよう』

きっしー『しかし、前から思っていたのだが、何故《なぜ》君は我々の味方をする？』

きっしー『君のような男が、一方の陣営《じんえい》に肩入《かたい》れする理由が思いつかない』

つっくー『@きっしー　私もダラーズの一員だから……って言いたいところですが、どうにも最近、ダラーズから魅力《みりょく》が消え失《う》せてましてね』

きっしー『君は一体、誰の味方なのかね？』

つっくー『@きっしー　私は、街を愛してくれる人達の味方ですよ』
つっくー『@きっしー　人間だろうと、人外《じんがい》だろうとね』
きっしー『そうか。ならば何も言うまい。愛を大事にしたまえ』
きっしー『できる事ならば、私のプライベートも大事にしてくれると助かるのだが』
つっくー『@きっしー　それは無理』
きっしー『……』

システム情報：『きっしー』さんのアカウントと過去ログは削除《さくじょ》されました。

過去　波江《なみえ》のマンション前

矢霧《やぎり》波江は、人生の危機を迎えていた。

「言葉遣《づか》いがなっていないな、波江」

マンションの前で、伯父《おじ》である矢霧清太郎《せいたろう》と鯨木《くじらぎ》かさねに取り囲まれた。

「……」

自分の命の危機ではない。いや、ある意味命も危ないのだが、波江にとっては自分の命など人生を左右する危機には値しない。

「そんな乱暴な調子じゃ、誠二《せいじ》に嫌《きら》われるぞ？　もっとも、誠二には『首』しか見えていないだろうがな」

弟──矢霧誠二の存在こそが、彼女にとっての全《すべ》てだ。

だが、ここで自分が囚《とら》われれば、誠二を救う術《すべ》が封じられる。

なにより、自分を動かす為《ため》の人質《ひとじち》として誠二《せいじ》が利用されるなど——自分のせいで誠二を危機に陥《おとしい》れるなど、決してあってはならない事だ。

そういう意味で、彼女の人生の全《すべ》てが危機に瀕《ひん》していると言える。

鯨木《くじらぎ》の手によって動きを封じられ、為《な》す術《すべ》もない波江《なみえ》に対し、清太郎《せいたろう》が冷めた調子で声をかけた。

「安心しろ。お前を始末《しまつ》しようなどとは思っていない」

しかし、自由を与えるつもりもない。という意志を冷たい視線に込め、周囲にいたスーツ姿の男達に合図する。

波江は抵抗しようとしたが、電撃《でんげき》によるショックからか、巧《うま》く手足を動かす事すらできない。

そして、彼女が半分引き摺《ず》られる形で黒服の男達に連れ去られられようとしたその瞬間《しゅんかん》——

助けは、唐突《とうとつ》に現れた。

「そこまでだ！」

くぐもった声が周囲に響《ひび》いたかと思うと、一つの白影が塀《へい》の陰から現れ、一迅《いちじん》の風となって波江を拘束《こうそく》する一団に迫る。

「!?」

突然《とつぜん》の乱入者に、清太郎は目を見張り——次の瞬間、その影の白さの正体が白衣である事に気づき、一つの名を口にした。

「岸谷《きしたに》……!?」

岸谷森厳《しんげん》。

昔馴《な》染《じ》みであり、とある『首』を巡《めぐ》る取引相手であり、矢霧《やぎり》製薬を買収した外資系複合企業『ネブラ』に所属する研究員。

そして、今は敵《てき》でもある男。

顔面につけられた白いガスマスクを見て、確信にも近い思いで叫《さけ》んだのだが――

その動きの鋭《するど》さを見て、確信が即座に揺《ゆ》らぐ
清太郎の知る限り、岸谷森厳はあんなに早く走れる男ではない。

ましてや、今、目に映っているような――黒服の男達を一瞬《いっしゅん》で叩《たた》き伏せていく事など、森厳にできる筈《はず》もなかった。


「……」

鯨木が一歩前に出て、ガスマスクの男を迎え撃《う》とうとする。

身を低くして突進《とっしん》してくる男の顔面に、膝蹴《ひざげ》りを合わせて撃墜《げきつい》しようとした。

しかし、ガスマスクの男は一瞬早く大地を蹴り、高々と空中に舞い上がる。

そのまま鯨木に襲《おそ》いかかるかと思いきや、横に止められていた車を蹴り、三角跳びの要領で

鯨木《くじらぎ》の横を通り過ぎ——その背後にいた、波江《なみえ》を捕《つか》まえる黒服の顎《あご》に、つま先による鋭《するど》い一撃《いちげき》をヒットさせた。

昏倒《こんとう》する黒服の手から波江の体を抱《だ》き上げ、鯨木の方を振り返る白衣の男。

「貴方《あなた》の気配……」

鯨木はそんな男に対して、無表情のまま何かを呟《つぶや》きかけた。

しかし、その呟きは、先刻と同じ場所から響《ひび》いたくぐもり声によって遮《さえぎ》られた。

「そこまでだ！」

声も、言葉の内容も先刻と同じだった。

皆がそちらに振り返ると——そこには、一人の男が立っている。

白いガスマスクに白衣という、波江を救出した男と同じ服装の男だ。

どうやら、先刻から叫《さけ》んでいる男と、今しがた波江を解放した人間は別人らしい。

「ふははは……どうやら、間に合ったようだな。波江君の周りに網《あみ》を張っておいて良かった」

「……岸谷《きしたに》……森厳《しんげん》？」

波江は電気ショックからまだ完全に回復していないものの、ガスマスクの男の声を聞いて眉《まゆ》を顰《ひそ》める。

「どいつも……こいつも……人を覗《のぞ》き見なんて……悪趣味よね」

「折原臨也《おりはらいざや》の元で働いている貴女《あなた》がそれを仰《おっしゃ》いますか」

そう答えたのは、彼女を抱《かか》えるガスマスクの男だ。

よく見るとガスマスクの形状が森厳のものとは僅《わず》かに違っており、別人だという事は波江にも即座に解《わか》る。

しかし、彼女は特に戸惑《とまど》う様子もなく、初対面であろうその男に無愛想《ぶあいそ》な言葉を返した。

「そうよ。多分、あいつがこの世で一番悪趣味な人間ね。それがどうかした？」

「これは失礼」

肩を竦《すく》めるガスマスクの男。

流暢《りゅうちょう》な日本語だが、端々《はしばし》に見られる僅《わず》かな訛《なま》りから、男が外国人の可能性もあると推測する波江。だが、彼女にはそれ以上詮索《せんさく》する余裕《よゆう》などはない。

相も変わらず、鯨木かさねという『障害』が目の前に存在しているのだから。

「で、この状態からどうやって脱出《だっしゅつ》するつもりなのかしら？　助けてくれた御礼なら後でいくらでもしてあげるから、先にプランだけ聞かせて貰《もら》えないかしら」

一方、鯨木も迂闊《うかつ》にはこちらに襲《おそ》いかかってこない。

先刻の身のこなしを見て、簡単に制圧できる相手ではないと判断したのだろう。

だが、清太郎《せいたろう》は歯噛《はが》みをしながら、鯨木に波江を奪《うば》い返せと指示を出そうとした。

その瞬間《しゅんかん》――

「何をしている。どんな手を使っても構わん。そいつを排除《はいじょ》し――――」

言葉の続きを吐《は》き出す為《ため》の口が、身体《からだ》ごと5メートル吹き飛んだ。

清太郎《せいたろう》の背後に音もなく降り立った第三の白い影が、清太郎の腰《こし》に杭打《くいう》ち機《き》のような一撃《いちげき》を叩《たた》き込んだのだ。

腕《うで》を取りながら炸裂《さくれつ》させれば脱臼《だっきゅう》は確実と思われた勢いだが——そうした効果は狙《ねら》わず、ただ単純に『その場から叩《たた》き飛ばす為だけ』に放たれた攻撃《こうげき》は、狙い通り、一企業の社長を西部劇に出てくるようなタンブル・ウィード《回転草》へと変貌《へんぼう》させた。

吹き飛ばされた後にゴロゴロと地面を転がり、そのまま塀《へい》に激突《げきとつ》する清太郎。

途中《とちゅう》で舌《した》か頬《ほお》でも噛《か》んだのか、口から一筋の血を流しつつ、清太郎は朦朧《もうろう》とした目を周囲に泳がせる。

新たな乱入者を見て不利と判断したのか、鯨木《くじらぎ》は迎撃《げいげき》から清太郎の救護へと機械的に行動を切り替えた。

彼女に助け起こされながら、清太郎が見ると——自力で立ち上がれるまでに回復したらしい波江《なみえ》の横で、ガスマスクを被《かぶ》った男達が三人縦《たて》に並び、芸能界の某《ぼう》男性グループのようなモーションで上半身を回している。

「フワハハハハハ、私が三人に増えた事で混乱しているようだな清太郎。だが、これで終わりではないぞ。私の分身は人間の欲望の数だけ増殖《ぞうしょく》し、やがてこの地球は私色に染め上げられる事だろう」

「……ぐっ……がっ……」

森厳《しんげん》の戯言《たわごと》が聞こえているのかいないのか、清太郎は口から血の混じった唾《つば》を吐き出した後、力強く三人のガスマスク男を睨《にら》み付けた。

「どういう……つもりだ……」

するとガスマスク三人組の先頭に立っていた男が動きを止め、胸を張りながら答える。

「おやおや、君ともあろうものが契約《けいやく》を忘れたのかね？　息子《むすこ》の件で言っていた筈《はず》だぞ。私は、一発君を殴《なぐ》ると。そして、君もそれを一発だけならと了承《りょうしょう》した筈だが」

「巫山戯《ふざけ》るな！　今のはお前ではなく別の奴《やつ》がやったんだろうが！　それに、私は殴る事は許可したが、蹴《け》りを許可した覚えはない！」

血の混じった唾を飛ばしながら怒鳴《どな》る清太郎に、森厳はヤレヤレと首を振りつつ、言った。

「中々面白い推理だが、証拠《しょうこ》はあるのかな？　私が放った……そう、ネブラパンチの威力《いりょく》を前に、キックと勘違《かんちが》いしてしまうのは仕方のない事だがね」

「そんな事はどうでもいい！　どういうつもりで我々の邪魔《じゃま》をした！」

「やれやれ、何故《なぜ》私が自分の意図《いと》を君に告げなければならないというのか……。少し天狗《てんぐ》になっているんじゃないか？　人類は決して君の奴隷《どれい》などではない。思い通りにならぬ事を乗り越え、人は成長を続けるのだ。君もそう思うだろう？　鯨木かさね君？」

最後に突然言葉を振られ、鯨木は暫《しば》し眉《まゆ》を顰《ひそ》めていたが——

「その問いに回答する必要性を感じません。どのような理由で貴方《あなた》に答えなければならないのでしょう？」

「一万円払《はら》おう」

その言葉に対して、森厳《しんげん》の後ろにいたガスマスクの男が爽《さわ》やかに呟《つぶや》いた。

「最低ですね、森厳さん」

「我が分身、ガスマスク二号は黙《だま》っていたまえ！」

鯨木《くじらぎ》はその申し出に対し、暫《しば》し無表情のまま考え込んだ。

数秒目を伏せた後、鯨木は淡々《たんたん》と答える。

「機密に触《ふ》れない質問に答えるだけでその報酬《ほうしゅう》は、些《いささ》か法外かと存じます。そのような怪しい話に乗る事はできかねます」

「じゃあ、500円でどうかね」

森厳はそう呟くとポケットから500円玉を取り出し、鯨木の方に投げて見せた。

「……いや、割とマジで最低だな、アンタ？」

清太郎《せいたろう》に蹴《け》りを入れたガスマスク三号が、呆《あき》れたようにそう呟いたが――

鯨木はそれを片手で受け取った後、偽金《にせがね》ではないと確認し、口を開く。

「畏《かしこ》まりました。私なりの回答をさせて頂きます」

「答えんのかよ!?」

ガスマスク三号のツッコミを無視し、鯨木は清太郎を抱《かか》え起こしながら言葉を紡《つむ》ぎ出した。

「確かに、人類は矢霧《やぎり》清太郎氏の奴隷《どれい》ではありません。乗り越える事ができればという条件はありますが、不条理な現実は彼を成長させるでしょう。しかしながら、人類はおしなべて何者かの、あるいは何らかのルール、もしくは本能の奴隷である事を広義《こうぎ》的に解釈すれば、人は総じて自分以外の全《すべ》て……すなわち、世界に対する奴隷である、とも考えられますが？」

「それは君の考えかね？　それとも澱切陣内《よどぎりじんない》としての考えか？」

言葉の調子をやや重くして問う森厳に、鯨木は無表情のまま首を振る。

「仰《おっしゃ》っている意味が理解できません」

「もう500円払おう」

「澱切社長の教訓です」

投げられた500円玉をパシリと受け取りながら、あっさりと答える鯨木。

「なんだこの会話」

呆れたように呟くガスマスク三号の言葉は黙殺《もくさつ》され、森厳が半分独《ひと》り言のように呟いた。

「なるほどなるほど。20年前と全く変わっていないな。あの頃はまだ、うら若きお嬢《じょう》さんだったというのに……。さしずめ、世間に毒されなかった毒物とでもいった所か」

意味深《いみしん》な事を口走った後、森厳は再び清太郎に視線を向ける。

「さて、清太郎。どういうつもりもなにも、それを聞きたいのはこちらの方だ。わざわざ澱切陣内《じんない》と取引をし、その秘書である鯨木《くじらぎ》君を手駒《てごま》としてまで成そうとしている君の目的は、ネブラ本社に全く報告されていないのだが？」

「そんな義務は……」

「義務ならあるぞ。契約書《けいやく》の中に、『業務に関連する事象《じしょう》を取り扱う場合は、たとえ私的な事《こと》柄《がら》であろうと事前に報告する』という内容の項目があった筈《はず》だが？　当然ながら、薬品の取り扱いに関してのものと思わせる文面にはしておいたが……『セルティ君の首』もその項目の一つであるという事ぐらいは理解しているのだろう？」

ガスマスク越しに威風堂々《いふうどうどう》と語られる森厳《しんげん》の言葉に、清太郎《せいたろう》は歯噛《はが》みしながら口ごもった。

そんな清太郎に対し、森厳は更《さら》に続ける。

「お前のせいで、厄介《やっかい》な事になりつつある。私は別に、お前の見張り役でもなんでもない。だが、それ故《ゆえ》に、お前が怪しい動きをした時に誤魔化《ごまか》しが利かん」

「何を今さら……私の座っている社長の椅子《いす》など、我々の見て来たものに比べれば、単なる踏《ふ》み台に過ぎん」

「ミイラ取りがミイラになるとは良く言ったものだが、君のように、ミイラを優しく持てぬ者はミイラになる資格すらない。地獄《じごく》の業火《ごうか》に焼かれて全身包帯《ほうたい》だらけの見せかけミイラ男になるのがオチだぞ」

「妖刀《ようとう》を使ってデュラハンの首を盗《ぬす》んだ男が言える事か？」

憎《にく》しみを交えた皮肉の言葉に、森厳は泰然自若《たいぜんじじゃく》の態度で答える。

「私は既《すで》にミイラもどきだ。だから友人として『私のようにはなるな』と忠告してやっているのに、そんな心遣《つか》いも通じなくなっているとは……人とはこうも悲しく儚《はかな》い生物だったのか！」

清太郎は怒鳴《どな》り返そうとしたが、全身に激痛が走ったのか、呻《うめ》きながら咳《せ》き込んだ。

そんな彼に代わり、鯨木が答える。

「今しがたの会話の中に、そのような心遣いは見受けられませんでしたが」

「ほほう……君は中々鋭《するど》い洞察力《どうさつりょく》を持っているようだ。良いだろう。敵《てき》に情報を教える事は愚《ぐ》策《さく》ではあるが、鯨木君のグレイトな想像力に敬意を表し、正直に答えよう！　確かに！　私は今！　清太郎に対してデタラメを言った！　そう……私は旧友に対しても平気で虚言《きょげん》を吐《は》き出す事ができる男……即《すなわ》ちワルという奴《やつ》よ！　この街一番の悪と言ってもいいだろう！」

「……」

「そして、善と悪は紙一重《かみひとえ》……同一存在と言ってもいいだろう。つまりだ！　私はこの町一番の悪党であるからこそ、街一番の善人であると自称してもいいわけだ！　そんな善人に敵対する君達はなんと悪い奴らだろう。だから、まあ、波江《なみえ》君を救う際に使った暴力は正当防衛という事にしておこう。ああ、清太郎に殺されるかと思った。怖《こわ》かったなあーハハハハハ」

どこまで本気なのか解《わか》らない言葉を告げ、懐《ふところ》から何かを取り出す森厳。

周囲では、先刻ガスマスク二号にやられていたスーツ姿の男達が起き上がり始めており、一《いっ》触即発《しょくそくはつ》になるかという状況だ。

だが、スーツ姿の男達が完全に回復する直前——森厳《しんげん》は、懐《ふところ》から出したスモークグレネードのピンを抜き、道路の真ん中に投げ放つ。

「フハハハハ、また会おう清太郎《せいたろう》！　次に会う時は明智《あけち》と改名したまえ！　その時は、私は堂々と怪人2面相と名乗ろうではないか！」

次の瞬間《しゅんかん》、スモークグレネードが破裂《はれつ》し——

周囲の全《すべ》てを覆《おお》い隠《かく》す白煙が、新宿《しんじゅく》の一角に濛々《もうもう》と振りまかれた。

♂♀

同日　夕刻　川越《かわごえ》街道某所《ぼうしょ》　新羅《しんら》のマンション

『次のニュースです。埼玉《さいたま》県の川に体長5メートルの人なつっこいイリエワニが現れ、住民達がリエちゃんと呼んで生肉《なまにく》などの餌《えさ》を与える光景が——』

マンションの最上階にある豪奢《ごうしゃ》なマンション。

背後にある大型テレビからの音をBGMとしながら、セルティ・ストゥルルソンは、岸谷《きしたに》森巌の『自慢話《じまん》』を聞き続けていた。

「いやあ、全く、私が分身の術を使える身だからこそ助かったものの、そうでなければ波江《なみえ》君は暴漢達の手に捕らえられ、あんな事やそんな事をされてしまっていた事だろう」

『そうか。良かったな』

ＰＤＡに素っ気ない文字を打ち込むセルティに、森巌は威風堂々《いふうどうどう》と胸を張ったまま問う。

「ところで、今の『あんな事やそんなこと』について、具体的にどんな事を想像したかね？なに、軽い心理テストだ。化物《ばけもの》である君がどこまで人間の情欲について興味津々《しんしん》なのか、早い話が新羅とはどこまでやったのかという事が気になってぃゴフっ」

障子《しょうじ》をまたいだ部屋から投げられた盆《ぼん》をこめかみに喰らい、頭を押さえつつ投擲《とうてき》者に顔を向ける森巌。

「何をする新羅！　父親に対して盆を投げる子に育てた覚えはないぞ！」

「僕《ぼく》だって、息子《むすこ》の彼女にセクハラするような親に育てた覚えはないね！」

「くっ……確かに私も、お前に育てられた覚えはない……。子は父の背中を見て、父は子を見て育つと言うが、私は昔から仕事仕事でろくにお前の事を見ていなかった……。その結果が今の状況だとするならば、確かに私の不覚と言わざるを得まい！」

森巌の視線の先にいるのは、車椅子《いす》に乗った新羅だ。

まだ歩行は無理だが、セルティに手伝って貰《もら》い、ようやく車椅子には座れるようになったらしい。

「だが、安心しろ新羅《しんら》。今しがた話した通り、お前を襲《おそ》わせた元凶《げんきょう》はしっかりと殴《なぐ》って来てやったぞ！　本来ならば裁判を起こして徹底《てってい》的に破滅《はめつ》させる所なのだが、お前もセルティ君も司法と関わるのは不味《まず》かろうと思ってな。ことを大袈裟《げさ》にしなかった事を感謝したまえ」

『大袈裟に、ねえ』

「君も私も闇《やみ》に生きる存在だ、影は影として慎《つつ》ましく生きねばな」

ニヒルに決めようとしたのか、こめかみに直撃した盆《ぼん》を指でクルクルと回し始める森厳《しんげん》。

だが——

『次のニュースです。本日午後、新宿《しんじゅく》の住宅街で発煙弾《はつえんだん》らしきものが使われ、煙《けむり》が近隣《きんりん》に立ちこめるという事件が——』

テレビから流れてきたアナウンサーの声を聞き、森厳の指から盆が零《こぼ》れ落ちた。

『周辺住民の証言では、白い服装の男達が数人現場から走り去ったと——』

アナウンサーの声はそこで唐突《とうとつ》に途切《とぎ》れ、お笑い番組の笑い声へと切り替わる。

チャンネルを握《にぎ》りしめた森厳は、ゆっくりと顔をあげ——白い目でこちらを見つめる息子《むすこ》と、

『……』とだけ打ち込まれたPDAをこちらに突きつけるセルティの姿《すがた》を確認する。

「この情報化社会に、もはや隠《かく》れる場所などない……。インフォメーションネットワークは、暗闇《くらやみ》すらも照らし出す光となってしまった。これはもはや、人の領域を超えているとは思わないかね。IT革命とは……人間を上位の存在に変革させる恐《おそ》ろしい計画だったのかもしれんな」

『誤魔化《ごまか》すな！』

セルティの影に絡《から》みつかれ、ギリギリと締《し》め付けられる森厳。

「ぐおおおおっ!?　待ちたまえセルティ君！　話せば解《わか》る！　話し合おうじゃないかかか」

そんな彼に助け船を出したのは、セルティの見知らぬ男だった。

「お待ち下さい。責任は、彼にスモークグレネードを提供した私にあります」

一目で外国人と解る青年だったが、流暢《りゅうちょう》な日本語を話している。

『そういえば、気になっていたんですが……貴方《あなた》は？』

い、い、い、以前に運んだ事のある『包帯男《ほうたい》』だとは気付かず、セルティは恐《おそ》る恐る問いかけた。

「改めまして。エゴールといいます。露西亜寿司《ロシアずし》にいるサイモン達の古い仲間ですよ」

『サイモンの？』

言われてみれば、ロシア人だと納得できなくもない。

しかし、何故《なぜ》サイモンの友人がスモークグレネードを？

混乱するセルティだが、もはや彼女は『混乱』には慣《な》れきってしまっていた。見知らぬ男であるこの外国人と話すと、妙《みょう》に落ち着くのは――恐《おそ》らく、部屋にいる他《ほか》の面子《メンツ》のせいだろう。

大部屋の窓際に座っているのは、遊馬崎《ゆまさき》ウォーカーと渡草三郎《とぐささぶろう》だ。

先刻までは割とピリピリしていたのだが、狩沢《かりさわ》から『門田《かどた》の容態《ようだい》が回復に向かっており、明日《あし》たぐらいには目を醒《さ》ますかもしれない』という連絡《れんらく》を受けた後、大分リラックスした調子になっていた。

「いやー、しかし、岸谷《きしたに》さんのお父《とう》さんってカッコイイっすよねぇ。白いガスマスクなんて、その下にある素顔が気になるっすよ。もしかしたらハーフドラゴンかもしれないし、美少女というオチが待ち構えているかもしれないっす！」

「あの渋《しぶ》い声で美少女ってお前……」

遊馬崎と渡草の会話に反応したのか、森厳《しんげん》が答える。

「フハハハハ、私も、自分の正体が美少女だというのならば、その運命を受け入れる事に吝《やぶさ》かではない……。確かに、前妻……つまり新羅の母と互《たが》いの服を家の中で交換する事もあった。あれはあれで、中々興奮《こうふん》したものだ」

ウンウンと頷《うなず》く森厳の言葉を聞き、セルティは新羅にそっとＰＤＡを差し出した。

『父親の性癖《せいへき》を唐突《とうとつ》に聞かされる気分はどうだ、新羅』

「何も言わないで慰《なぐさ》めてくれると嬉《うれ》しいな、セルティ」

「安心しろ新羅！　下着までは交換していないから変態ではない！」

『黙《だま》ってろ変態！』

大文字で紡《つむ》いだ文字列を森厳に突《つ》きつけた後、セルティは部屋の中の別方向に目を向けた。

「誠二《せいじ》、誠二！　私達も服を交換してみますか!?」

「いいよ、気持ち悪い」

「じゃあ、私が勝手に誠二の上着とか羽織《はお》ってゴロゴロするのは大丈夫《だいじょうぶ》？」

「……まあ、そのぐらいなら別に」

張間美香《はりまみか》の惚気《のろけ》言葉に、興味なさげに答える矢霧《やぎり》誠二。

すると、美香とは反対側に座っていた波江が、誠二の腕《うで》を取りつつ、こめかみをひくつかせて呟《つぶや》いた。

「あらあら、この雌《めす》の泥棒猫《どろぼうねこ》ったら何を言ってるのかしら。誠二は小さい頃、私の寝間着《ねまき》のお下《さ》がりを着てくれたのよ。猿《さる》マネは止《や》めてくれない？」

「えっ。あれ、姉《ねえ》さんのお下がりだったの？　男物のパジャマだったけど……」

「誠二が着やすいように、一度私が着て布をほぐしておいてあげたのよ」

女子中学生のように頬《ほお》を染めて呟《つぶや》く波江《なみえ》の言葉に、誠二《せいじ》はやはり特に気にした様子もなく言葉を返す。

「そうなんだ。ありがとう姉《ねえ》さん」

誠二に微笑《ほほえ》みかけながら、その奥にいる美香《みか》には殺気を向けるという器用な真似《まね》をする波江。

そんな様子を見て、セルティは大きく溜息《ためいき》を吐《は》き出した。

――駄目《だめ》だこの部屋。

――まともそうな人間が、今のエゴールって人と、ワゴンの運転手の人ぐらいしかいない。

――でも、エゴールって人も、森厳《しんげん》と一緒《いっしょ》に行動してる時点で、『裏側』の人なんだろうな。

救いを求めるように、セルティは長髪《ちょうはつ》の青年の方に目を向けたのだが――

「なあ遊馬崎《ゆまさき》。……聖辺《ひじりべ》ルリちゃんとパジャマを取り替えっこできる権利ってもんが売り出されたとして、それを金で買うってのはやっぱり不誠実《ふせいじつ》だと思うか？　しかしそうだとしても、俺《おれ》はそんな物が売り出された時に、自分の理性が保てるとは思えない……」

――まともな人が消えた……っ！

絶望的な気分になりながら、セルティは大きな溜息を吐《つ》くような動作をした。

しかし、彼女に溜息を吐く事はできない。

代わりに、彼女の首の『断面』から、黒い影がどんよりと湧《わ》き蠢《うごめ》くだけだった。

セルティ・ストゥルルソンは人間ではない。

俗に『デュラハン』と呼ばれる、スコットランドからアイルランドを居《きょ》とする妖精《ようせい》の一種であり――天命が近い者の住む邸宅《ていたく》に、その死期の訪れを告げて回る存在だ。

切り落とした己の首を脇《わき》に抱《かか》え、俗にコシュタ・バワーと呼ばれる首無し馬に牽《ひ》かれた二輪の馬車に乗り、死期が迫る者の家へと訪れる。うっかり戸口を開けようものならば、タライに満たされた血液を浴びせかけられる――そんな不吉《ふきつ》の使者の代表として、バンシーと共に欧州《おうしゅう》の神話の中で語り継がれて来た。

一部の説では、北欧《ほくおう》神話に見られるヴァルキリーが地上に堕《お》ちた姿《すがた》とも言われているが、実際のところは彼女自身にもわからない。

知らない、というわけではない。

正確に言うならば、思い出せないのだ。

祖国で自分の『首』を盗《ぬす》まれた彼女は、己の存在についての記憶《きおく》を欠落してしまったのだ。

『それ』を取り戻《もど》すために、自らの首の気配を追い、この池袋《いけぶくろ》にやってきたのだ。

首無し馬をバイクに、鎧《よろい》をライダースーツに変えて、何十年もこの街を彷徨《さまよ》った。

しかし結局首を奪還《だっかん》する事は叶《かな》わず、記憶も未《いま》だに戻っていない。

首を盗んだ犯人も分かっている。

首を探すのを妨害《ぼうがい》した者も知っている。

だが、結果として首の行方《ゆくえ》は解《わか》らない。

セルティは、今ではそれでいいと思っている。

自分が愛する人間と、自分を受け入れてくれる人間達と共に過ごす事ができる。

これが幸せだと感じられるのならば、今の自分のままで生きていこうと。

強い決意を胸に秘め、存在しない顔の代わりに、行動でその意志を示す首無し女。

それが——セルティ・ストゥルルソンという存在だった。


セルティは、そんな自分の立場を思い出しつつ——

森厳《しんげん》が助けたという波江《なみえ》に、ＰＤＡを差し出した。

『とりあえず……一つ、お前には言っておく事がある』

「私には貴女《あなた》の話に耳を貸す理由なんかないわ。ああ、耳じゃなくて目かしらね。この場合」

『……お前は、自分の立場が解《わか》っているのか⁉ 私の首に何をしたのかも！』

影を滲《にじ》ませながら、脅《おど》すようにＰＤＡを突《つ》きつけるセルティ。

だが、波江は澄ました顔のまま淡々《たんたん》と言葉を返してきた。

「ええ、理解はしているわよ。そこで車椅子《いす》に座ってる闇《やみ》医者さんも共犯よね」

——ぐっ。

——それを言われると……。

矢霧《やぎり》波江は、セルティの首を長年研究してきた女であり、ダラーズ初集会の後に首を持って逃げた張本人《ちょうほんにん》でもある。セルティの中で『首』への執着《しゅうちゃく》は薄《うす》れたものの、言いたい事が全く無いと言えば嘘《うそ》になる。

しかし、彼女と共謀《きょうぼう》して首を隠《かく》そうとし、女子高生の顔を整形までした新羅《しんら》を既《すで》に許している以上、セルティ個人としては憎《にく》み切る理由もない。セルティが『正義の味方』だったならば、矢霧波江がやってきた人体実験などについて糾弾《きゅうだん》できたかもしれないが、自分も運び屋として暴力団などと関わりを持っている以上、強く言える立場でもない。

『……もうそんなに執着があるわけでもないが、一応聞いておこう。私の「首」は、折原臨也《おりはらいざや》が持っている。それで間違いないんだな？』

「それは、俺《おれ》も聞きたいね。姉《ねえ》さん」

PDAを横から覗《のぞ》き見て、誠二《せいじ》が話に割り込んできた。

「誠二……」

弟の顔を見て、波江は複雑な表情を見せて暫《しばら》く黙《だま》り込んでいたが――

やがて、諦《あきら》めたように溜息《ためいき》を吐《つ》くと、セルティを睨《にら》み付けながら答えを返す。

「そうよ……。『首』は、あの皮肉屋に渡したわ。ハンズの前で貴女から逃げた後、すぐにね」

『……すぐに？』

「ええ、半日以内だったと思うわ」

その答えを聞いて、セルティは拳《こぶし》を強く握《にぎ》りしめる。

――あの黒狐《ぎつね》め。

――罪歌《さいか》の事件の時も、首をどこかに置きながら私に三万円とか要求してたのか……。

――しかし、あの時は、こないだほど気配を強く感じなかったが……。

「あの変態は、首を一箇所には置いておかなかったみたいだけど。色々な場所を転々とさせて、時々事務所に持ち込んではボールみたいに投げて遊んでたわ」

――あいつ……人の頭をなんだと……。

肩《かた》をひくつかせるセルティだが、それよりも先に、怒《いか》りを露《あら》わにしたのは誠二《せいじ》の方だった。

「そんな……あの人をそんな風に弄《もてあそ》ぶだなんて……」

『いやまあ、あの人っていうか、あの首は私なんだけど』

「折原臨也《おりはらいざや》……許せない……」

普段無表情な誠二が怒りに拳を握るのを見て、波江《なみえ》はそんな彼の背を抱《だ》きしめながら言う。

「大丈夫《だいじょうぶ》よ、誠二。あいつを刺《さ》すなら、いくらでも手引きしてあげる。なんだったら、貴方《あなた》が手を汚す必要なんかないわ。私は、貴方の為《ため》なら15年ぐらい刑務所《けいむしょ》に入っても構わない」

『お前は少しは節操《せっそう》を持て！』

「はぁ？　化物《ばけもの》の癖《くせ》して人間の家に居《い》候《そうろう》してる女に、節操がどうこうなんて言われたくないわ。しかもナンバープレートすらないバイクで運び屋なんて非合法な仕事をしてる女にはね」

痛い所を突《つ》かれ、グサグサと心を抉《えぐ》られるセルティ。

新羅《しんら》はそんな彼女を見て、『ここで怒《おこ》ったりしないでシュンとしちゃう所が、セルティの可《か》愛《わい》い所だよね』と思ったのだが、口にした時点でグサグサと肉体を抉られそうな気がしたのでとりあえず止《や》める事にした。

そんな新羅の歪《ゆが》んだ視線を感じつつ、セルティは大きく溜息《ためいき》を吐《つ》くような仕草《しぐさ》を見せた後、力無くPDAに文字を打ち込んだ。

『……解《わか》った。もういい。言いたい事は、とりあえずは置いておく。だが、お前を許したわけじゃないからな。新羅だって、私にちゃんと制裁は受けてるんだ』

「へぇ。制裁ね。どうせ、一発だけ殴《なぐ》ったぐらいでなあなあにして、あとは汚《けが》らわしくいちゃついていただけでしょう？　ケダモノみたいに」

『なんで知ってる！』

沸騰《ふっとう》したヤカンの湯のように影を噴出《ふんしゅつ》させるセルティ。

波江の言葉を聞いた新羅が、セルティをフォローすべく声を上げる。

「ケダモノとは失敬じゃないか波江さん！　夜のセルティは、結構子ウサギみたいに可愛い所もあるボビュボボボ」

口の中に影を詰《つ》め込まれ、喋《しゃべ》れなくなる新羅。

『どどどど、どさくさに紛《まぎ》れて何を言っているんだお前は！』

「待ちたまえセルティ君！　夜に息子《むすこ》と何をしたのか、そこの所を詳《くわ》しく！」

『黙《だま》れ変態親子！』

そんな混乱の中、遊馬崎《ゆまさき》が空気を読まずに声をあげた。

「あのう、首ってなんの話です？　臨也《いざや》さん、なんかやらかしたっすか？」

『あっ。えーと……その』

――しまった。一から説明しなきゃ駄目《だめ》か。

『いや実は、私が無くした首を、今は臨也が持っているというか……』

「ええっ!?　つまり、セルティさん、身体《からだ》は岸谷《きしたに》先生と、顔は臨也さんと付き合ってるって事っすか!?　浮気《うわき》って事っすか!?　ブログでそんな事を書いたら炎上《えんじよう》っすよ!?」

『ああいや、違うんだ。私の首と身体は、意識が別っていうか……』

「……ふむ、つまり……」

何か言いかけた森厳《しんげん》の喉元《のどもと》に、黒い刃《やいば》が突《つ》きつけられる。

「な、何をするのかねセルティ君!?　私はまだ何も……」

『何となく解《わか》るぞ。今、お前、なにかとんでもなく下品な冗談《じようだん》を言おうとしただろう』

「馬鹿な、何を証拠《しようこ》に……」

露骨《ろこつ》に顔を逸《そ》らす所を見ると、どうやら図星だったらしい。

そのまま影で森厳を締《し》め上げようとした所で、波江《なみえ》がドロドロとした声で告げる。

「ええそうよ。臨也と貴女《あなた》の首は愛し合っていたわ」

『はぁあ!?』

一八〇度振り返って文字を綴《つづ》るセルティだが、波江は誠二《せいじ》の方に向き直って言葉を続けた。

「だから誠二、可哀相《かわいそう》だけど、あんな浮気性の女は諦《あきら》めなさい。臨也とあの首は毎晩愛を語らい合う程《ほど》の仲よ? 口では臨也臨也と言いながら、身体はそこの闇《やみ》医者を求めてる……そうよ、あの女はとんだ雌豚《めすぶた》だわ! 誠二、貴方《あなた》にはそんな淫乱《いんらん》な女は相応《ふさわ》しくない!」

『いやいやいやいや、デタラメを言うな!』

感情を表す為《ため》に大文字で綴った後、セルティは一瞬《いっしゅん》固まった後、改めて聞き直した。

『……いや、デタラメ……だよな? 首だけ起きたり……してないよな?』

「さあ、どうかしらね。貴方には関係の無い事でしょう?」

『関係無いわけあるか!』

セルティが文字を打つのと同時に、新羅《しんら》が車椅子《いす》から上半身を倒して声を上げた。

「関係ないよね、セルティ! もう首は諦めてくれたんだからね!」

『えッ。あ、いや。う、うん。そうだって言いたいんだけど……やっぱり私の一部だったわけだし、それが臨也の手元にあるのは不安だっていうか……』

「大丈夫《だいじょうぶ》! セルティの首がどこでどんな目に遭《あ》おうと、僕《ぼく》がセルティをその一〇〇倍幸せにしてあげるから!」

感激しながら新羅にPDAを向けたセルティだったが、ふと気が付いて文字を打ち直す。

『……いや、待て。勢いで流される所だったが、これ、いい話か？』

「まあいいじゃないか。それに、大丈夫《だいじようぶ》さセルティ。臨也《いざや》の奴《やつ》は人間以外に殆《ほとん》ど興味無いから。多分本当にただのボールか、良くて高価な壺《つぼ》ぐらいに扱われてるよ」

『全くフォローになってないぞ……』

新羅にそんなツッコミを入れるセルティの裏側で、誠二《せいじ》が姉に対して力強く頷《うなず》いていた。

「大丈夫だよ、姉《ねえ》さん。俺《おれ》は、彼女がどんなに他《ほか》の人を愛していようと構わない。ただ、最後に微笑《ほほえ》みかける相手が俺であって欲しいだけなんだ」

「誠二……。ああ、悔《くや》しくて仕方ないけれど……そんな一途《いちず》な所も貴方《あなた》らしくて素敵《すてき》よ……」

——なんだこの空気！

「大丈夫ですよ！　あの首がこの世から無くなっても、私がずっと笑いかけてあげるから！」

「泥棒猫《どろぼうねこ》は黙《だま》りなさい。そのまま九回死んで三味線《しやみせん》にでもなればいいわ」

「酷《ひど》いですよ波江《なみえ》さん！　でも、三味線になった後に誠二に素敵な音を届けられるなら、私、幸せです！」

——猟奇《りようき》的な話なのか惚気《のろけ》話なのかハッキリしてくれ！

事情も完全に把握《はあく》できぬまま、部屋でただ一人のツッコミ役として奮闘《ふんとう》するセルティ。

そんな彼女にトドメを刺《さ》すかのように、第三者である遊馬崎《ゆまさき》が口を開いた。

「解《わか》るっすよ誠二君。世紀末覇王《はおう》もそんな感じの事を言っていたっす！　大事な女の人は、最後に横に居ればいいんすよ！　それが愛というものっす！」

「ありがとうございます……！　俺、頑張《がんば》ります！」

「いやあ、デュラハンの首から上を愛するなんて、中々に二次元要素の強そうな若者っす！　よければ、俺の持ってるデュラハンや妖怪抜《ようかいぬ》け首をヒロインにしたムフフな同人誌をプレゼントするっすよ」

――そんなものがあるのか⁉

――世界広すぎだろ！　遊馬崎の守備範囲も！

更《さら》に混乱するセルティを尻目《しりめ》に、新羅が遊馬崎に問いかける。

「遊馬崎君。僕にもその本を今度見せてくれないかな。デュラハンの方だけでいいから」

『新羅⁉』

「安心してくれ、セルティ！　僕はデュラハンの女の子なら誰でもいいってわけじゃない！　ただ、そういう本に書かれてるエッチなシチュエーションを、君と僕で再現してみたいだけなんだ！　そう、僕はただ、セルティとエッチな事をしたい！　プリーズ！」

『いい顔して人前で何を言ってるんだお前は！』

そのまま、森厳《しんげん》に伸《の》ばしていた影を新羅の方に絡《から》みつかせ、勢い良く締《し》め上げる。

「いたたたた、セルティ、ゴメンよ、そんなに怒《おこ》ら……ゲホッ」

影が傷口の上にもいってしまったのか、一瞬《いっしゅん》だけ、本気で苦しそうな顔をする新羅《しんら》。

すると、セルティは怯《おび》えたように影を霧散《むさん》させ、車椅子《いす》の新羅に駆《か》け寄った。

『すまない新羅！　つい、いつもの調子で……大丈夫《だいじょうぶ》か？』

「平気平気。いいリハビリだよ」

『本当にすまない……』

そのままシュンとしてしまうセルティを見て、影から解放されていた森厳《しんげん》が口を開く。

「セルティ君はあれだな。普段は強気だが、割と新羅の前では甘《あま》えん坊《ぼう》になると見たぞ？　ネブラへの研究報告書に付け加えて置こう」

『待て、研究報告書ってなんだ』

「ハッハッハ、君のような人外《じんがい》の存在について観察報告書を提出すると、ボーナスが貰《もら》えるのだよ！　たとえ今のような恋愛感情に関する報告だろうとね！」

森厳の説明に反応したのは、遊馬崎《ゆまさき》だった。

「待って下さい岸谷《きしたに》先生のお父《とう》さん！　人外報告書ってあるんすか！　少女の姿《すがた》だけど何百年も生きてる吸血鬼《きゅうけつき》とか、ツンデレの狼女《おおかみおんな》とか！」

「フフフフ……息子《むすこ》の友人よ。ここだけの話だが、もちろんだとも！　私の担当《たんとう》ではないが、確かにテレビゲームが大好きなロリババア吸血鬼や、ハラペコ属性のある美少女ワーウルフなどの報告書を見た事がある」

ガスマスク越しに吐《は》かれた単語のいくつかに反応し、細く閉じられた瞼《まぶた》の奥の瞳《ひとみ》を輝かせる遊馬崎。

「おおッ。岸谷先生のお父さん、意外とこっちの話が解《わか》る人っすね！　しかし、感動っす！　ついに二次元世界への入口が！　お願いするっす！　魂《たましい》を半分売るからその吸血鬼を紹介《しょうかい》して下さい！　そうすれば門田《かどた》さんを轢《ひ》き逃げした犯人を異能パワーで見つけてギタギタのギニャーにしてやれるっす！」

「轢き逃げ？　門田？　何の話かねそれは。そもそも、紹介したくともコネがあるわけではないので無理というか、私が減俸《げんぽう》か懲戒免職《ちょうかいめんしょく》になるかもしれなんだ」

場が更《さら》に混沌《こんとん》とした状態になるのを予見したセルティは、大きく息を吸い込むような形で上半身を動かした後、漫画《まんが》のキャラが叫《さけ》ぶ時のような吹き出しと集中線と共に、天井《てんじょう》に巨大《きょだい》な影文字を生み出した。

『これ以上、話をややこしくするなぁ――――ッ！』

これ以上話をややこしくするなー――!!

♂♀

池袋某所《いけぶくろぼうしょ》

一方その頃、『首』の在処《ありか》を知る人物——折原臨也《おりはらいざや》は、人生の危機を迎えていた。

鯨木《くじらぎ》かさねに電話で接触《せっしょく》を図っていた最中、彼女の持つ『もう一本の罪歌《さいか》』によって操《あやつ》られたスローンに襲撃《しゅうげき》され、意識を完全に飛ばされてしまっていたのだ。

意識を失った臨也を肩《かた》に抱《かか》えながら、2メートルを超す巨漢《きょかん》であるスローンが非常階段を下りていく。

「悪いな、折原臨也」

彼はロシア人でありながら、流暢《りゅうちょう》な日本語で気絶した臨也に語りかける。

「お前は私を言いくるめて、粟楠会《あわくす》への二重スパイに仕立て上げたつもりだろうが……。私が『母さん《MaTePëH》』の為《ため》に動いているとは気付かなかったようだな」

罪歌《さいか》。

かつて、『澱切陣内《よどぎりじんない》』によって岸谷森厳《きしたにしんげん》に売り渡され、セルティ・ストゥルルソンの首を切り放した妖刀《ようとう》。

巡《めぐ》り巡って、その刃《やいば》は園原沙也香《そのはらさやか》という女から、娘《むすめ》である園原杏里《あんり》の身体《からだ》へと受け継《つ》がれ、彼女の中で人類への愛を唱《うた》い続けている。

他者を斬《き》る事で、愛という名の呪《のろ》いを宿し、『子』を増やすという形で人類を蝕《むしば》み続ける存在だが——杏里はそれを望んでおらず、今の所、彼女の刃《やいば》から『子』が増える気配はない。

しかし、罪歌《さいか》の本体は、園原杏里が持つ物が唯一《ゆいいつ》の一振《ひとふ》りというわけではなかった。

森厳《しんげん》に売り渡された時点で、既《すで》に妖刀《ようとう》は二振《ふたふ》り存在していたのである。

本体をへし折り、別々に鍛《きた》え直す。

たとえ一時的に短くなろうとも、人の身体に取り込まれた時点で、形状は意味を成さなくなる。杏里の母親のように慣《な》れた使い手ならば、刀身を自らの意志で何倍もの長さに伸《の》ばす事すら可能なのだ。

ともあれ、『腑分《ふわ》け』された罪歌の一振りは園原杏里の手に。もう一本は、鯨木《くじらぎ》かさねの体内に残っている。

その内、鯨木の手によっていつの間にか斬られていたスローンは、彼女の意思に従う形で折原臨也《はらいざや》を気絶させ、そのまま鯨木のアジトへと運ぼうとしていた。

白目部分を激しく充血させる、罪歌の『子』である特徴の瞳《ひとみ》を見開きつつ、非常階段を降りきったスローン。

彼はそのまま、自らの車に運び込もうとしたのだが——

「何してんですか。スローンさん」

声に振り返ると——そこには、龍《りゅう》の刺繍《ししゅう》が入ったジャケットを纏《まと》う男が二人立っていた。

臨也が子飼《こが》いにしている暴走族、『屍《ドラゴン》龍《ゾンビ》』の面々だ。

「……階段で転んで後頭部を床《ゆか》に打ち付けたらしい。今から病院まで運ぶ所だ」

咄嗟《とっさ》に出た誤魔化《ごまか》しの言葉。

しかし、手慣れているのか、全く焦《あせ》った様子の無い声色だった。

屍《ドラゴン》龍《ゾンビ》の面々は互《たが》いに顔を見合わせた後、スローンに問いかける。

「俺《おれ》らが運びましょうか？」

「いや、私一人で十分だ」

「そうはいきませんや。あんたは粟楠会《あわくすかい》から来た助っ人《すけっと》ですからね。そのまま折原の旦那《だんな》を粟楠会の事務所に連れ込まれたりしたらかなわんのですよ」

どうやら、スローンは元から信頼はされていなかったようだ。

罪歌の件は別としても、臨也もまた、粟楠会を警戒《けいかい》して他《ほか》の面子《メンツ》に言い含めていたのだろう。

「……そうか、それもそうだな。ならば、君達にお願いしよう」

言うが早いか、スローンは臨也の身を屍《ドラゴン》龍《ゾンビ》の一人に向けて投げ渡した。

「なッ……！」

渡された男は、臨也の身体を支えきれず、そのまま後ろに倒れてしまう。

同時に、スローンは前に足を踏《ふ》み出し、もう一人の屍《ドラゴンゾンビ》龍メンバーの顎《あご》にフックを叩《たた》き込み、振り返りながら倒れた方の青年の顎に蹴《け》りを叩き込んだ。

重傷というわけではなかったが、瞬時《しゅんじ》に頭部を揺《ゆ》らされた事で脳震盪《のうしんとう》を起こし、意識を失う二人の屍《ドラゴンゾンビ》龍。

「……お前達で良かった。黄根《きね》や写楽《しゃらく》だったら、少しばかり手間取っていただろうからな」

それだけ言って、スローンは臨也《いざや》の身体《からだ》を再び抱《かか》え上げ、自らの車に積み込んだ。

気絶する二人の男を放置したまま車を出発させるスローン。

車が角を曲がった瞬間《しゅんかん》——ビルの陰から、別の屍龍メンバーが顔を出す。

彼は無言のまま懐《ふところ》から無線機を取り出し、そのままどこかに連絡《れんらく》を取り始めた。

「……俺《おれ》だ」

「お客さんが釣れたぜ」

♂♀

15分後　都内某所《ぼうしょ》

繁華街《はんかがい》からはかなり離《はな》れ、人通りの少ない住宅街。

その中に建つ、一軒の庭付き住宅。

一見すると、なんの変哲もない民家のガレージに、スローンは車を停車させた。

そして、外部から見えないような形で、ガレージから家の内部に通じる扉《とびら》を開き、臨也《いざや》を運び込もうとした瞬間――

スローンは、少し離れた場所に響《ひび》くバイクのエンジン音を感じ取った。

走っている音ではなく、停車しているようだが――単なる信号待ちだとは判断しない。

――尾行《つけ》られたか？

背後を振り返り、彼は自分の推測が正しかった事を理解する。

ガレージの入口前には、男勝《まさ》りな雰囲気《ふんいき》を醸《かも》し出す若い女が佇《たたず》んでいた。

ザンギリ髪《がみ》が特徴的で、手足の筋肉を見ても男勝りという印象の女――写楽美影《みかげ》。

臨也の仲間の一人であり、スローンとも何度も顔を合わせているその女は、臨也を抱える彼を見て呟《つぶや》いた。

「状況が良く解《わか》らないんだけど」

「……」

「粟楠会《あわくす》の回し者が、尻尾《しっぽ》を出したって判断していいわけ？」

「少し違うな。だが、状況的にはあまり間違っていない」

スローンは先刻と同じ手を使おうと、臨也《いざや》を抱《かか》えたまま美影《みかげ》へと近づいた。

「お前一人とは思えないが、運転手はバイクの所か？　お前共々始末して、『母さん《МаТеРеИ》』の指示を仰《あお》ぐとしよう」

「マー……なんの指示だって？」

ロシア語の部分が良く聞き取れず、思わず聞き返す美影。

だが、スローンはそんな彼女の問いを無視し、更《さら》に一歩歩み寄った。

そして、そのまま意識を失っている臨也の身体《からだ》を勢い良く美影へと投げつける。

だが、美影はそんな臨也の身体を前蹴りでスローンに向かって蹴り返し、相手がそれを受け止めた隙《すき》に、勢い良く横に飛んだ。

そのまま車とガレージの壁を次々と蹴《け》り、多段飛びで己の身体を高所に運ぶ。

彼女はそのまま、スローンの頭部に鋭《するど》い蹴りを叩《たた》き込もうとしたのだが、ギリギリの距離《きょり》でスローンがそれを躱《かわ》した。

「やるな、お嬢《じょう》さん」

「躱すなよ、デカブツ」

無愛想《ぶあいそ》な言葉を返し、車の屋根からスローンを睨《ね》め付ける美影。

スローンは臨也をガレージの床《ゆか》に投げ捨て、美影から一旦《いったん》距離を取ろうとした。

だが、次の瞬間《しゅんかん》――

腰《こし》のあたりに、内臓が直接爆発《ばくはつ》したような激痛が走り、スローンは悲鳴すらあげられぬまま地面へと斃《たお》れ伏した。

「……終わったぞ」

手にしたバトンタイプスタンガンのスイッチをオフにしながら、スキンヘッドの男が淡々《たんたん》と美影に呟《つぶや》きかける。

だが、美影は無愛想な表情で黄根《きね》を見下ろし、不満げな言葉を口にした。

「良い所だったのに。なんで邪魔《じゃま》するの、黄根さん」

「仕事だからだ」

黄根と呼ばれた男はあっさりと言い放ち、泡《あわ》を吹く男に、懐《ふところ》から取り出した指錠《しじょう》をかけた。

スタンガンによる攻撃《こうげき》を受けた場合、最も痛みと衝撃《しょうげき》が激しいと言われている腎臓《じんぞう》部位への一撃《いちげき》。それをまともに数秒間食らったスローンは、死亡こそしていないものの、ヒクヒクと全身を痙攣《けいれん》させ続けている。

話は平行線に終わりそうだと判断した美影は、それ以上文句を言う事はなく、車から飛び降りながら別の話題を口にした。

「それにしても、ロシアから来た凄腕《すごうで》の何でも屋っていう割には、あっさりと黄根さんの不意打ちにやられたもんだね。これは、黄根さんの腕前《うでまえ》を褒《ほ》めるべき？」

「いや……。この男は、全力を出せちゃいなかった。何かに操《あやつ》られてる感じだったが、そのせいで勘《かん》が鈍《にぶ》ってたんだろう」

「……そういや、目が真《ま》っ赤《か》だったね。春奈《はるな》にやられた連中と同じ感じだった」

贄川《にえかわ》春奈。

元々は園原沙也香《そのはらさやか》によって斬《き》られ、『子』となった存在だが、自分の意志で罪歌《さいか》の呪《のろ》いを克《こく》服《ふく》し、その力を己の為《ため》に利用している少女。

その後、園原杏里《あんり》にも斬られて更《さら》なる呪いに支配されていた彼女だが――その呪いを再び打ち破り、今は臨也《いざや》の協力者として池袋《いけぶくろ》の街に潜《ひそ》み続けていた。

美影《みかげ》は暫《しば》し沈黙《ちんもく》し、一つの推測を黄根《きね》に漏《も》らす。

「……あの子が、臨也を裏切ったってこと？」

「どうかな。ただ、少なくともこの家は、俺《おれ》の知る限りじゃ粟楠会《あわくすかい》の所有物じゃない」

スローンの両足を手錠《てじょう》で拘束《こうそく》した所で、黄根は床《ゆか》に倒れているもう一人の男に声をかけた。

「あんたの考えを聞こうか。折原《おりはら》臨也」

すると――

気絶していた筈《はず》の男はゆっくりと顔をあげ、二人に向かって微笑《ほほえ》みかけた。

「やだなあ、いつから俺の狸《たぬき》寝入《ねい》りに気付いてたの？　黄根さん」

「写楽《しゃらく》の嬢《じょう》ちゃんに蹴《け》り飛ばされた時、ちゃんと歯ぁ食いしばってたろ。そっちこそ、いつから目が醒《さ》めてた？」

「車がこのガレージについた頃かな。まあ、大人《おとな》しくしておいた方がいいと思ってね」

臨也はそこで美影を見て、苦笑しながら口を開く。

「俺の身体《からだ》そのものが牽制《けんせい》に使われるとは思ってなかったけど、まさかそれをそのまま蹴り返されるとも思わなかった。いや、ゴメン。嘘《うそ》をついた。そんな予感はしてたから、慌《あわ》てて歯だけは食いしばったんだ」

「そうか……もっと痛い蹴りかたをしてやれば良かったかい？」

「御免被《ごめんこうむ》るよ。正直、アバラが折れたかもしれない」

美影の言葉を笑いながら受け流し、スローンを見下ろしながら答える臨也。

彼は情報屋としての本領を発揮するとでも言いたげに、二人の疑問に答えを返した。

「確かに、スローンは『罪歌』に操られていたよ。でも、彼を操っていたのは、園原杏里でも贄川さんでもない」

「ほう」

「鯨木《くじらぎ》かさね。彼女も、『罪歌』の持ち主だったのさ」

「？　どういう事さ？」

眉《まゆ》を顰《ひそ》める美影に、臨也はクックッと笑いながら言葉を紡《つむ》ぐ。

「まあ、その説明はあとでゆっくりとするよ」

臨也《いざや》は周囲のガレージを眺《なが》めながら、一際《ひときわ》楽しそうに微笑《ほほえ》んだ。

「しかし、これはラッキーだったね。澱切陣内《よどぎりじんない》……いや、鯨木《くじらぎ》かさねに宣戦布告をした途端《とたん》、彼女のアジトの一つを突き止められるなんて！」

「……そのあたりの説明も、後でちゃんとして貰《もら》うぞ」

「ああ、いいさ！　ここで待ってれば、晴れて鯨木さんとご対面できる、ってことだけは確かだからね。彼女は、俺《おれ》がスローンに縛《しば》られて虫の息だと思ってるんだろうけど」

「それじゃあ、とりあえず……みんなで待ち伏せして、サプライズパーティーでも開こうか」

♂♀

川越街道《かわごえ》　新羅《しんら》のマンション

『解《わか》った、とりあえず、情報を整理しよう』

ようやく一通りの話を聞き終えたセルティが、深呼吸するように肩《かた》を上下させた後、自分自身で確認する為《ため》にＰＤＡに文字を綴《つづ》り始めた。

『まず、遊馬崎《ゆまさき》と運転手さんは、門田《かどた》を撥《は》ねた犯人を捜《さが》してると。で、途中《とちゆう》で変なのに襲《おそ》われたから、一時的に身を隠《かく》す場所としてうちを選んだと』

セルティの文字列を見て、渡草《とぐさ》が冷や汗《あせ》を掻《か》きながら尋《たず》ねた。

「あれ、俺、名前覚えられてない……？」

『……ごめんなさい』

「少しは誤魔化《ごまか》す努力しようぜ⁉　渡草だ渡草！　渡る草はルリちゃんばかりの渡草！」

ストレートに謝られた事で余計悲しくなったのか、涙目《なみだめ》になりながらわけのわからない喩《たと》えで自分を紹介《しょうかい》する渡草。

そんな渡草に改めて謝罪した後、話の纏《まと》めを続けるセルティ。

『それで、矢霧波江《やぎりなみえ》は、私の首を狙《ねら》う清太郎《せいたろう》とかいう伯父《おじ》さんと、澱切とかいう奴《やつ》の秘書に襲われたと。で、森厳《しんげん》が言うには、その澱切とかいう奴を裏で操《あやつ》ってるのが、その鯨木とかいう秘書の方だと』

「まあ、更《さら》なる黒幕として本物の澱切陣内が居たのだが、彼はもう死んでいる」

森厳の言葉に納得《なっとく》した後、セルティは更に文字を紡《つむ》ぐ。

『なるほど。で、誠二《せいじ》君と美香《みか》ちゃんは、人質《ひとじち》にされそうなのを察して身を隠そうとしてここに相談に来たと』

「そうですね。美香がそう忠告してくれて。それで、闇《やみ》医者の岸谷《きしたに》さんなら、身を隠す場所とかに詳《くわ》しいんじゃないかと思って」

『なるほど……。それにしても、美香《みか》ちゃんはよく気付いたね』

「ええ。矢霧《やぎり》製薬を盗聴《とうちょう》してたら、そんな会話が聞こえてきたから、私怖《こわ》くって……」

『……今、別の意味で怖い単語が聞こえた気がするけど、聞かなかった事にしておくよ』

心中《しんちゅう》で冷や汗《あせ》を流しつつ、セルティは更《さら》に話を進めていく。

『まあ、その結果として解《わか》ったのは、臨也《いざや》が想像以上にゲスだった事か。あいつを締《し》め上げて首を回収しなきゃな』

「セルティ！」

不安げに叫《さけ》ぶ新羅《しんら》を安心させるように、セルティはキーを打つ。

『安心しろ新羅。なんとか私が直接触《ふ》れないように首を回収して、森厳《しんげん》の会社に預かって貰《もら》おう。多少の研究は構わないが、絶対に派手《はで》に傷つけたりしないという制約付きでな』

そして、少し迷った後、続きの言葉を書き綴《つづ》った。

『もし、私が首を回収するとしても、何十年も先。新羅の最期《さいご》を看取《みと》った後にするよ』

「セルティ……！」

感激する新羅に水を差すように、森厳が抗議の声を上げる。

「待ちたまえセルティ君！　今の話に文句が二つあるぞ！」

『……なんだ』

向けるジト目が無い代わりに、ゲンナリとした手つきでＰＤＡを差し出すセルティ。

　すると、森厳は胸を張りながら答えた。

「まず一つ！　君は我々ネブラを、便利な無期限貸金庫か何かと勘違《かんちが》いしていないかね⁉」

『研究していいって言ってるんだから、寧《むし》ろ感謝して欲しいぐらいなんだが……。まあいい。で、もう一つは？』

「君は今、『森厳』と私の事を呼び捨てにしただろう！　だいぶ前に言った筈《はず》だ、私の事は『お義父《とう》さん』もしくは『パパ』と呼べと！」

『黙《だま》ってろ！』

　すると、それまで別室にいた森厳の新妻《にいづま》――エミリアがやってきて、ニコニコと笑いながら不慣れな日本語を口にする。

「了承《りようしよう》ですであります。ネブラがセルティさんの首を預かり仕舞《しま》う事、私は問題無しの事ですでありますよ」

「え、エミリア。そんな勝手に」

「大丈夫大丈夫《だいじようぶ》。いくらでも口車《くちぐるま》に乗せれば良きかなですことよ」

『口車に乗せるのは会社と私、どっちですか……？』

　なんとなく不安になりつつも、セルティはとりあえずその話は後にしようと考え、『首』の持ち主について波江《なみえ》に問いかけた。

『で、臨也の奴《やつ》は何を企《たくら》んでるんだ？　あいつに協力者とか居るのか？』

波江《なみえ》は暫《しば》し視線を伏せて何かを思案した後、嫌悪《けんお》感を隠《かく》さない視線でセルティを睨《にら》み付け、答えた。

「そこまで答える義務はないわ。そこの白尽《しろず》くめの変態に助けて貰《もら》った事は感謝するけど、貴女《あなた》には恨《うら》みしかないことを忘れないで」

『いや……私、そんなに恨まれる事したか……？　確かに帝人《みかど》を助けて、お前の研究班を壊滅《かいめつ》させはしたけど、あれはそっちの自業自得《じごうじとく》っていうか……』

「そんな事はどうでもいいわ！　私が恨んでいるのは、貴女の首が誠二《せいじ》を誑《たぶら》かした件よ！」

『それこそ私に言われても困る！』

悲鳴のような勢いで文字を打ち込むセルティ。

だが、波江は逆恨みを消す事はなく、忌々《いまいま》しげにセルティを睨み付けた。

「答えなければ出て行けというなら、躊躇《ためら》いなく出て行かせて貰《もら》うわ」

そして、話を逸《そ》らすかのように、森厳《しんげん》を指さしながら口を開く波江。

「あ、そうそう。ついでに言うなら、首を臨也《いざや》の奴《やつ》が持ってたって事は、そこにいる白尽くめの変態も知ってたわよ。大分前からね」

「なっ……そこは空気を読んで黙《だま》っていてくれる所ではないのかね波江君！　せっかく変態を演じる事で話を誤魔化《ごまか》す事に成功したというのに！」

慌《あわ》てて抗議する森厳に、セルティはゆっくりと向き直った。

『岸谷森厳《きしたに》……またお前か……』

すると、森厳は一瞬《いっしゅん》顔を逸らしたが、やがて諦《あきら》めたようにガスマスクから息を漏《も》らす。

「ふう……バレてしまっては仕方があるまい。確かに、私は首の在処《ありか》を知っていたが、折原《おりはら》君が首をどう利用するのか、ネブラとは違う視点でのアプローチの結果を見たくて見逃《みのが》してやっていたのだ。うむ、これこそまさに『首実検』ならぬ『首実験』という奴だな！」

『え？……ああ。同音異字《どうおんいじ》ネタを台詞《せりふ》で言われても解《わか》りづらいだろこの馬鹿！』

「馬鹿ではない！『お義父《とう》さま』だと言っただろう！」

『黙れ変態！』

セルティは影で縛《しば》り上げようとしたものの、エミリアの目がある所ではなんとなくやりづらく、今の時点では言葉だけのツッコミで済ませる事にした。

そこで一旦《いったん》話が終わり、セルティは、皆に『ダラーズVS黄巾賊《こうきんぞく》』の件について話すかどうか迷い始める。

――どうしたものかな。

――ここで私や帝人君の一件を話しても、余計に話を混乱させるだけか……。

――何しろ、赤林《あかばやし》さん……粟楠《あわくす》会も絡《から》んでる事だからな。波江や森厳はともかく、遊馬崎《ゆまさき》や美香《みか》ちゃん達を巻き込むわけにもいかないだろう。

すると、セルティのPDAを持つ手が止まった事を確認して、車椅子《いす》に座った新羅《しんら》が口を開いた。

「ま、とにもかくにも、これからどうするかだけどさ」

『新羅《しんら》？』

「こうして集まったのも何かの縁《えん》だし、どうかな。ここにいるみんなで、一つ、手を組まないかい？　大袈裟《げさ》だけど、チームを作るんだ」

「ダラーズみたいにか？」

眉《まゆ》を顰《ひそ》める渡草《とぐさ》の言葉に、新羅は静かに首を振る。

「僕《ぼく》達はカラーギャングじゃない。ダラーズや黄巾賊《こうきんぞく》という存在に引かれて集まったわけじゃないんだからね」

「まあ、集まったのは単なる偶然《ぐうぜん》といえば偶然っすからねぇ」

「僕達は、利害が一致するからここにいる。お互《たが》いの役に立つ情報も提供しあえる筈《はず》だ。そうだね、同じ目的を元に集まった互助《ごじょ》会みたいなものさ……。互助会……うん、仮に『ギルド』って呼ぶのはどうかな」

「ゲームのやり過ぎって感じのセンスだな」

渡草は苦笑いするが、遊馬崎《ゆまさき》は目を輝かせながら立ち上がった。

「賛成っす！　ギルド！　いいじゃないっすか！　ファンタジーっぽくって素敵《すてき》な響《ひび》きっす！ギルド！　ああギルド・オブ・ギルド！　心躍《おど》るリズムっすよ！」

「落ち着けよ、遊馬崎」

渡草が呆《あき》れたように止めるが、遊馬崎の興奮《こうふん》が冷める様子はない。

「でも、どうせなら暗殺者ギルドとか盗賊《とうぞく》ギルドとか、ギルド名も欲しいっすね！　そうだ、俺《おれ》がネットのなりきりチャットで所属してる魔術師《まじゅつし》ギルドの名前からとって、『シャドウ・ザ・エンペラー』とかどうっすかね！　それとも『クイーン・オブ・ナイトメア』とか！　『天《あま》かける女巨人亭《きょじんてい》』とか！」

そんな遊馬崎に笑い返しつつ、新羅は告げた。

「まあ、名前は後で決めるとして、とりあえず、ギルド長はセルティって事でどうかな。別になんの権力もないけど、『とりあえず話を通す人』って感じで」

『はあ!?』

突然《とつぜん》名指しされたセルティは、驚《おどろ》きのジェスチャーと共に新羅に文字を突《つ》きつけた。

『待ってくれ！　話が見えない！　どうしたんだ突然！』

「いや、セルティはほら、色んな事件に幅広く絡《から》んでるから、セルティに一旦《いったん》情報が集まった方が解《わか》りやすくなるだろうと思って」

『で、でも……その分余計なトラブルに巻き込まれそうな予感がするんだが……』

渋《しぶ》るセルティに、新羅は車椅子《いす》に座ったまま頭を下げた。

「頼むよセルティ。責任は僕が取るから」

『お、お前にそう素直に頼み事をされると……。いや、でも、他《ほか》の人が何て言うか』

セルティは周りを見回したが、特に反対する者はいないようだ。

波江《なみえ》に到っては、互助《ごじょ》会自体に興味が無いのか、そもそも話にすら加わらずに誠二《せいじ》の横顔を眺《なが》めている始末だ。

「まあ、いやだったら後で止《や》めればいいんだからさ。とりあえずって話さ。僕《ぼく》もできるだけ手助けするから、頼むよセルティ」

『……解《わか》った。じゃあ、みんな、宜《よろ》しくお願いします』

そんなセルティの文字列を見て、最初に遊馬崎《ゆまさき》が拍手《はくしゅ》をし、それに続く形で、森厳《しんげん》やエミリア、美香《みか》達も拍手を開始した。

『な、なんか照れるな……』

学級委員長に推薦《すいせん》されたかのような、今までに無い経験を前に、心中《しんちゅう》で身体《からだ》を赤く染めるセルティ。

こうして、池袋《いけぶくろ》にとても小さな、組織とは言えない組織が誕生《たんじょう》した。

数日後——この組織が、池袋のカラーギャングの勢力図に影響を与える事になるとは、この時はまだ、誰も想像していなかった。

結果として、どのように塗《ぬ》り変わるのかもまた——

立ち上げ人の新羅《しんら》にすら、全く予想できていなかった。

チャットルーム

参【寂《さび》しいのは、嫌《きら》いです】

参【楽しくなーれ】

狂さんが退室されました。

参さんが退室されました。

チャットルームには誰もいません。

チャットルームには誰もいません。

チャットルームには誰もいません。

・・・・

チャットルームには誰もいません。

チャットルームには誰もいません。
チャットルームには誰もいません。

しゃろさんが入室されました。

しゃろ【ちーす】
しゃろ【なんだよ、クルマイと入れ違いか】
しゃろ【つまんねえなあ、おい】

しゃろさんが退室されました。

参さんが入室されました。
狂さんが入室されました。

狂【あらあら、せっかくお客さんが来たと思ったら、入れ違いになってしまいましたわ】
狂【まったく、しゃろさんはせっかちなんですのね。気の早い殿方《とのがた》は嫌われましてよ】
参【こんばんわ】

参【残念です】
純粋100％さんが入室されました。
純粋100％【こんばんは】
狂【あらあら、ようこそいらっしゃいましたわ。私達、寂《さび》しくて寂しくて身体《からだ》と心が疼《うず》いていた所ですの】
狂【このまま、参さんと寂しく心の傷を舐《な》め合おうかと思っていたのですが、貴方《あなた》が現れて下さった事に感謝します】
純粋100％【やだなー、もー、狂さんったら！】
内緒モード　純粋100％【やあ、九瑠璃《くるり》に舞流《まいる》】
内緒モード　純粋100％【ちょっと、いいかな】
内緒モード　狂【あらあら、表ではお話しできない相談ですか？】
内緒モード　参【これでいいのかな】
内緒モード　参【なあに？】
内緒モード　純粋100％【ああ、大した事じゃないんだけど】

内緒モード　純粋100％【暫《しばら》く、池袋《いけぶくろ》の街は彷徨《うろつ》かない方がいいかもよ】
内緒モード　狂【唐突《とうとつ》にそんな事を言われて、ハイそうですか、とは言えませんわ】
内緒モード　純粋100％【ああ、そうだね。君達にはハッキリ言っておくよ】
内緒モード　純粋100％【ちょっと、色々とごたついてるんだけど】
内緒モード　純粋100％【君達の兄貴《あにき》がそれに絡《から》んでくるかもしれないんだ】
内緒モード　純粋100％【もしかしたら、その関係で、君達をどうこうしようって奴《やつ》も出てくるかもしれない】
内緒モード　純粋100％【俺《おれ》も絡んでる以上、そうなったら心苦しいからね】
内緒モード　狂【つまり、貴方も悪巧《わるだく》みに一枚噛《か》んでる、という事ですのね】
内緒モード　参【怖《こわ》いよう】
内緒モード　純粋100％【うん、まあ、一枚どころか二枚も三枚も噛んでるね】
内緒モード　純粋100％【それは否定しないよ】
内緒モード　狂【貴方は私どもの愚兄《ぐけい》を心より憎《にく》んでいたと思いますが……】
内緒モード　狂【それならばまず、貴方が私どもを人質《ひとじち》にとれば良いのではなくて？】
内緒モード　参【どうするの？】
内緒モード　純粋100％【いや、君達は友達だと思ってるからさ】
内緒モード　純粋100％【ああ、御免《ごめん》、正確じゃなかった】

内緒モード　純粋100％【俺《おれ》にとっては、君達は、なんていうか】
内緒モード　純粋100％【こういうのに巻き込みたく無いタイプの友達だからさ】
内緒モード　純粋100％【まあ、でも、俺がこう言った所で、絡《から》んで来ちゃうだろ？】
内緒モード　狂【当然ですわ。寧《むし》ろ、貴方《あなた》の言葉は私達に興味を持たせましたわ】
内緒モード　狂【逆効果にも程《ほど》があると申しますか……寧ろ、それを狙《ねら》ったのではなくて？】
内緒モード　参【面白《おもしろ》そうなら】
内緒モード　純粋100％【どうかな】
内緒モード　純粋100％【俺自身も、まだ迷ってるよ】
内緒モード　純粋100％【君達を、この危ない遊びに巻き込むべきかどうか】
内緒モード　純粋100％【正直に言うとね、君達の事は好きだよ】
内緒モード　純粋100％【できる事なら大事にしたいと思ってる】
内緒モード　純粋100％【だけどね、君達の事が好きだからこそ、巻き込みたいとも思う】
内緒モード　純粋100％【どうせ破滅するなら、君達も巻き添えにしたいんだ】
内緒モード　狂【とんだ無理心中《むりしんじゅう》に付き合わせようとしているのですね】
内緒モード　参【怖《こわ》いです】
内緒モード　狂【貴方は、愚兄《ぐけい》と本当によく似ているようで、違う所は全く違いますのね】
内緒モード　狂【愚兄なら、いちいちそんな事を私達に告げたりしませんわ】

内緒モード　純粋100％【そうかな？　そもそも、あいつと一緒《いっしょ》にされるのは心外だけど】
内緒モード　狂【これは失礼】
内緒モード　狂【しかし、ここ数日、何かおかしいと思ってはおりましたが……】
内緒モード　狂【貴方が黒幕だったのですか？】
内緒モード　狂【もしかして、ダラーズの門田《かどた》さんを撥《は》ねたのも……？】
内緒モード　純粋100％【それは本当に知らないと言ったら、信じてくれるかい？】
内緒モード　純粋100％【否定しても意味がないぐらい、俺は今、ヤバイ側に関わってる】
内緒モード　純粋100％【だから、さ、俺、夏休み明けに君達に会えるかも解《わか》らない】
内緒モード　純粋100％【だからね、良い機会だから、言っておこうと思って】
内緒モード　純粋100％【俺さ、九瑠璃《くるり》と舞流《まいる》に会えて、楽しかったよ】
内緒モード　純粋100％【でも、俺が本当に望んでる『楽しさ』は、また別にあるんだ】
内緒モード　純粋100％【そっちを楽しみ尽《つ》くした時に、まだ俺と友達でいてくれるなら】
内緒モード　純粋100％【……その、なんだろ。嬉《うれ》しいよ】
内緒モード　純粋100％【じゃあね】
純粋100％【おっと、用事を思い出しちゃいました】
純粋100％【それじゃ、私はこれで！】

内緒モード　狂【やれやれ、ウブなのか真っ黒いのか、本当に判断がつかない方ですわ】
内緒モード　参【ねー】

狂【またお会いしましょう、現実でもこちら側でも、どちらでも構いませんわ】
参【またねー】

純粋100%さんが退室されました。
狂さんが退室されました。
参さんが退室されました。

チャットルームには誰もいません。
チャットルームには誰もいません。
チャットルームには誰もいません。

・
・
・

五章　蛙の子は蛙

DRRR!! ×11

Ryohgo Narita な-9-41

翌日　午前　池袋《いけぶくろ》　来良《らいら》総合病院

様々な事が起こった翌日。

池袋の街にも、一つの変化があった。

もうすぐ門田《かどた》が目覚めるかもしれないという病院に、杏里《あんり》が訪れた時——

埼玉《さいたま》から見舞いにやってきたという、一人の若者と鉢合《はちあ》わせしたのだ。


「で、門田の旦那《だんな》の病室ってどこか解《わか》る？」

外科《げか》病棟《びょうとう》の門の前。

軽い調子でそう語るのは、六条千景《ろくじょうちかげ》という名の青年だ。

声の調子だけでなく、服装や表情も軽く見える男だが、裏の顔は『Ｔｏ羅丸《とらまる》』という埼玉の暴走族を取り仕切っている総長でもある。

そんな男に、狩沢絵理華《かりさわえりか》はやはり軽い調子で言葉を返した。

「ごめんね、ろっちー。今、まだ家族以外はお見舞いとかできないんだって。面会謝絶って奴《やつ》？　まあ、命に別状はないみたいなんだけど、まだ意識は戻《もど》ってないの」

「あー、そっかそっか。そりゃ失敗したな。起きてるんだったら、俺《おれ》の彼女でも自慢《じまん》して元気だして貰《もら》おうと思ったんだけどなあ」

残念そうに首を振る彼の背後には、数人の女子が様々な表情を浮かべている。

ハーレムという単語を身に纏《まと》って歩いているような青年は、殆《ほとん》ど初対面に近い相手に対しても、なんの遠慮《えんりょ》もなくその空気で語りかけた。

「それにしても、初《しょ》っぱなから『ろっちー』って呼んでくれるなんてフレンドリーじゃん。メルアド交換していい？」

「いいよー」

「サンキューー」

もはや慣れっこなのか、背後の女性陣《じん》はナンパにすら見える千景《ちかげ》の行動に、なんら文句を挟《はさ》まなかった。だが、それは病院という場所を気遣《きづか》っての事らしく、彼女達の目には『この敷地《しきち》を出たら一斉《いっせい》にツッコミを入れる』という色が湛《たた》えられていた。

そんな様子を見て——狩沢の後ろにいた園原杏里《そのはらあんり》は、話に加わるべきかどうか迷う。

殆《ほとん》ど面識は無いのだが、どうも、『罪歌《さいか》』を振るう姿《すがた》を見られていたらしい。

しかし、杏里から千景に対する情報は『自分と謎《なぞ》の女の斬《き》り合いを止めに入った人』という事以外無く、『門田《かどた》の知り合いならば、悪い人間ではないだろう』程度の認識だったのだが。

「狩沢絵理華ちゃんねー、かっこかわいい名前じゃん」

一方、千景の方は杏里の事を良く覚えているようで、爽《さわ》やかな笑顔を向けてくる。

「えーと、君の名前も聞いていいかな？」

「えっ⁉　ええと、あの……園原杏里です……」

「ソノハラアンリね！　いいね、芸能人っぽい名前じゃん」

「え？　ええと……」

どこまでも軽いノリの千景に、なんと返すべきか迷う杏里。

そんな彼女に助け船を出す形で、狩沢が千景に声をかけた。

「ダメだよ、その子は狙《ねら》っちゃ。もう、大事な彼氏君達に言い寄られてる真《ま》っ最中《さいちゅう》なんだから」

「え、本当に？　俺もそのレース、参加しちゃダメ？」

名残惜《なごりお》しそうに言う千景の背後で、取り巻きの少女達は笑いながら目の色だけを冷え込ませていく。病院の敷地から出た後、千景にどのような修羅場《しゅらば》が待ち受けているのか想像する杏里だが——終始こんな調子なのに共に居続けるという事は、彼女達と六条《ろくじょう》千景は、それなりに特殊《とくしゅ》な信頼関係のようなものを結んでいるのだろう。

少しだけ、そんな関係を羨《うらや》ましく思う杏里だったが——

そうした弱みは、『罪歌《さいか》』の声につけ込まれかねない。

事実、六条千景《ろくじようちかげ》と彼女達の姿《すがた》を見た直後から、杏里《あんり》の中に響《ひび》く罪歌の『愛の言葉』とは別に、直接こちらに語りかける言葉が混じり始めていた。

――【羨《うらや》ましいと思うでしょう？】

――【杏里ちゃん、貴女《あなた》はどっちになりたいの？】

――【あの男の子の方？】

――【それとも、女の子達の一人？】

――【侍《はべ》らせたいの？　竜ヶ峰帝人《りゆうがみねみかど》君や紀田正臣《きだまさおみ》君を】

――【それとも、どっちかの子に侍りたいの？】

――【依存《いぞん》したいの？】

――【依存されたい？】

――【束縛《そくばく》したいの？】

――【束縛されたいの？】

人間賛歌に合いの手を入れる形で、杏里を誑《たぶら》かす言葉を紡《つむ》ぎ続ける『罪歌』。

杏里はその声を、心の中で『額縁《がくぶち》の中』に追いやろうとするが、どうにも上手《うま》くいかない。

その理由にも、杏里は気付きつつあった。

彼女の中で、罪歌は既《すで》に『額縁のこちら側』の存在になりつつあったのだ。

始まりは、平和島静雄《へいわじましずお》や贄川春奈《にえかわはるな》の事件が解決した直後、彼女の中に響《ひび》いた一つの言葉。


――【あなたの事は愛せないけど、嫌《きら》いじゃないよ】

気のせいかもしれない。

そう思っていた。

だが、今考えると、気のせいであれという想《おも》いよりも――気のせいで無ければいいという希望の方が強かったのかもしれない。

そして、彼女はそれから時折――罪歌が杏里個人に対して語りかけてくるのを感じるようになった。

罪歌に寄生され、自分以外の全《すべ》ての人間への愛の言葉を聞かされ続ける。

だが、杏里はそれをさほど苦痛と思った事はなかった。

杏里は罪歌を『誰かを強く愛する事ができる存在』という一点で、尊敬すらしていたと言っていいだろう。

しかし、その関係に変化が生じた。

理由は解《わか》っている。目を背《そむ》けたい理由だが、杏里《あんり》には確信がある。

罪歌《さいか》が変化したわけではない。変わったのは、自分なのだ。

それまで他人を愛する事ができず、自分の殻《から》に閉じこもり続けた自分が——他《ほか》の人間を『額《がく》縁《ぶち》のこちら側』へと受け入れる。

大きな変化だ。

張間美香《はりまみか》は大事な友人だったが、杏里の中では『憧れ《あこが》』の象徴《しょうちょう》でもあり、額縁のこちら側というよりは、絵の主役そのものといった位置づけというのが正しいだろう。彼女も時折こちら側に来る事もあったのだが、帝人《みかど》や正臣《まさおみ》の場合は、最初からこちら側という感覚が近い。

セルティ——デュラハンという人ならざる存在が、岸谷新羅《きしたにしんら》という人間と強い絆《きずな》を結んでいる姿《すがた》を見てしまった事も大きいかもしれない。

その時は何とも思わなかったが、そうした小さな『日常』の積み重ねが、杏里という人間を少しずつ、しかし確実に変化させていったのだろう。

今の杏里にとって、罪歌とは単なる異物でも、自らが依存《いぞん》する宿主でもなく、対等に心を通わせる、仲間とも言うべき存在だったのだ。

たとえ、そこに愛と呼べる物がなかろうとも。

——【さあ、私を使いなさい】

――【私を振るいなさい】
――【誰もかれも、愛してあげる！】
――【貴女《あなた》の代わりに！　私が愛してあげる！】
――【だから、貴女はただ私を握《にぎ》ればいいの！】
――【貴女が本当に好きなのはどっちなの？】
――【大人《おとな》しくて傷を舐《な》め合ってくれそうな帝人君？】
――【それとも、浮気性《うわきしょう》の正臣君にチャレンジして身を焦《こ》がしてみる？】
――【私が愛してあげれば、正臣君に本命が居ても、身体《からだ》は貴女のものよ？　永遠にね】
相変わらず心に響《ひび》き続ける罪歌の声に対し、杏里は強く思う。
罪歌には関わりのない事だと。
竜ケ峰《りゅうがみね》帝人や紀田《きだ》正臣には、決して手出しはさせないと。
すると――その想《おも》いに反応して、罪歌が更《さら》に言葉を投げかけてきた。
――【へえ……。随分《ずいぶん》と強くなったじゃない】
――【貴女《あなた》が、私の声に『答え』を返してくるなんて。随分と暫《しば》くぶりね】
「……っ！」
身を強《こわ》ばらせる杏里に、罪歌は尚《なお》も語り続ける。

──【そう身構えないで。少し、お話ししましょう？】

──【言ったでしょう？　私は貴女《あなた》の事は愛せないけれど、嫌《きら》いじゃないって】

自分に語る声の背後では、ＢＧＭのように『愛の言葉』が囁《ささや》かれ続けていた。

しかし、杏里《あんり》に向けられた声はとてもクリアで、通常の会話となんら変わり無い。

──【昔、言ったわよね】

──【あなたに握《にぎ》られる限り、私はあなたの斬《き》りたい人を愛する事しかできない……って】

──【じゃあ、どうしてあのエゴールっていう人を愛する事ができたと思う？】

──それは……。

──【貴女が彼に一目《ひとめ》惚《ぼ》れしたとかじゃないわ】

──【私が、あの人の強さに一目惚れしたの。平和島静雄《へいわじましずお》ほどじゃないけどね】

──【解《わか》るでしょう？　最初は、私も貴女も、お互《たが》いを拒絶《きょぜつ》してたけれど……】

──【今は、少しずつ歩み寄れたでしょう？】

──それは……そうかもしれないけど……。

──【いいいいいいい私は少しだけ貴女にないいいいいつたし、貴女は少しいいいいいだけ私になつたいいいいた】

──違う。

──【それだけの話よ？】

──違う。私は私……です。

――【別に拒絶する事はないわ。私は別に、貴女を乗っ取ろうなんて思ってない】

――【ただ、お互いを理解しあうだけの話】

――【貴女のお母《かあ》さんとは、だいぶ解り合えてたつもりよ。愛し合う事はできなかったけど】

――やめて……ください。

――【だから、貴女のお母さんは、より私を使いこなしてたわ】

――【今のあなたじゃできない事を、いくつもできた】

――やめて！

――【聞かせてあげようか？　貴女のお母さんが、どんな気持ちで……】

「どしたの？　顔色悪いけど。あ、ごめんね、ひょっとして、俺《おれ》、怖《こわ》がらせちゃった？」

こちらの顔を覗《のぞ》き込んでくる千景《ちかげ》の声で、杏里はハっと我に返る。

愛の言葉は相変わらず心に響《ひび》き続けているが、こちらへの言葉は既《すで》に聞こえない。

杏里は数秒オロオロと目を泳がせた後、千景に向かってペコリと頭を下げた。

「……すいません、少し、目眩《めまい》がしてしまって……」

「おいおい、大丈夫《だいじょうぶ》？　幸いここは病院だからさ、ちゃんと診《み》て貰《もら》った方がいいぜ？　目眩だって軽く見てると、陰に重い病気が隠《かく》れてる事もあるからさ。君みたいな可愛《かわい》い子は、俺なんかよりよっぽど長生きして、可愛いお婆《ばあ》ちゃんになってもらわないとね」

軽い口調《くちょう》でこちらを気遣《きづか》う千景《ちかげ》を見て、杏里《あんり》は思う。

──まるで、紀田《きだ》君みたい。

正臣《まさおみ》の顔を思い出し、彼女は帝人《みかど》と三人で居た時の事を脳裏に浮かべた。

楽しかった日々。

夢でも妄想《もうそう》でもなく、確かに杏里の手の届く所にあった、愛すべき日常。

自分のような者を受け入れてくれた、掛け替えのない日々。

それがもう戻《もど》らないような、漠然《ばくぜん》とした不安が心の隅《すみ》を支配する。

だが、杏里は、ただそれに怯《おび》え続ける事はしなかった。

彼女は、その不安を消し去る為《ため》に、狩沢《かりさわ》に会いに来たのである。

しかし、そこでこの奇妙《きみょう》な男と出会ったのだが──

──この人も、私が日本刀を持っていたのを知ってるのに……。

──どうして、普通に接してくれるんだろう。

不思議な男の登場に、杏里は暫《しば》し自分の目的を後回しにする事にした。

門田《かどた》の知り合いであるという男ならば、今の街の状況について何か知っているかもしれない。

そう期待したのだが、それはすぐに否定された。

「で、俺《おれ》、今回の事情、全然知らないんだけどさ」

狩沢に向かってそう言った千景は、優しい声のまま狩沢に問う。

「ぶっちゃけ門田の旦那《だんな》を撥《は》ねた奴《やつ》って、捕《つか》まってんの？」

千景の言葉に、狩沢の笑顔は僅《わず》かに揺《ゆ》らいだ。

が、表情を変えるとまではいかず、少し困った笑顔になりながら、誤魔化《ごまか》さずに答える狩沢。

「全然。警察は動いてるんだろうけど……」

「あぁ……？　つまり、轢《ひ》き逃げなん？」

「あ、それは知らなかったんだ。うん。轢き逃げだよ。誰がやったのか見当もつかないけどね」

淡々《たんたん》と紡《つむ》がれた言葉に、六条《ろくじょう》は暫《しば》し黙《だま》り込む。

「解《わか》った。じゃあ、今日《きょう》の所は帰るわ。旦那が目ぇ醒《さ》ましたら、メールくれると助かるよ」

「埼玉《さいたま》まで帰るの？」

「いや、今日はハニー達とナンジャタウンに行く約束でね。そしたら、ハニー達を見送って夜の町でめくるめく……」

そこまで言った所で、取り巻きの女子達にポカスカと殴《なぐ》られ、逃げるように去って行く千景。

挨拶《あいさつ》もそこそこに病院の敷地《しきち》から出ていった男の背を見送りながら、杏里は妙《みょう》な胸騒《むなさわ》ぎを覚えていた。

――あの人……。

六条千景。彼が狩沢の言葉から『轢き逃げ』というのを確認した瞬間《しゅんかん》――

ほんの一瞬《いっしゅん》だけ、黒い負の感情を露《あら》わにしたような気がしたからだ。

♂♀

病院外部

「さっき、ちょっとだけ怖《こわ》い顔してたね、ろっちー」

病院から出たところで、六条《ろくじょう》の取り巻きの一人――ノンが声を掛けた。

「んー？　ああ、悪い悪い。怖がらせたか？」

「今さらろっちーに怖がるようなら、こんなトコにいないよ」

「そうか……うん、そうだな。ありがとな」

どこか、心ここにあらずといった感じの千景《ちかげ》の背中を見て、取り巻きの女子達は互《たが》いに顔を見合わせ、苦笑しながら溜息《ためいき》を吐《つ》いた。

「どうせ、物騒《ぶっそう》な事でも考えているんでしょう」

「なになにー？　お友達のしかえしするの？」

「しゃしゃる《首を突っ込む》気満々じゃん。ろっちーのそういう純ボーイっぷりって、正直しゃしい《恥ずかしい》よね。まあいいけどさ」

口々に好き勝手な事を言う女性陣《じん》に、千景は照れ隠《かく》しに帽子《ぼうし》を被《かぶ》り直しつつ、答える。

「まあ、否定はしねぇさ。旦那《だんな》にゃ、借りぃ作りっぱなしだしよ。まあ、みんなには迷惑《めいわく》かけないから、安心してくれよ」

「ろっちーが無事じゃないと安心できないよ？　こないだみたいに大怪我《けが》したりしない？」

「その時は、また林檎《りんご》の皮とか剝《む》いてアーンってしてくれよ？」

あくまでも軽薄《けいはく》な事を吐《は》き出した後、千景は口を閉じ、心中《しんちゅう》でだけ言葉の続きを吐き出した。

――俺《おれ》がリーダーの間に池袋にリベンジするにゃ……せめて、門田《かどた》の旦那への借りぐらいは返しとかにゃ不味《まず》いよな。やっぱ。


そんな事を考えながら歩いていると――

ふと、妙《みょう》な男が前から近づいている事に気が付いた。

男は、千景とその取り巻きに一瞬《いっしゅん》目を向けた後、薄《うす》く微笑《ほほえ》んだまま横を通り過ぎていき――

そのまま、病院の敷地《しきち》内へと消えていった。

千景は、その男の気配に不穏《ふおん》なものを感じつつも、特に気にする事なく歩み続けた。

――なんだ、今の奴《やつ》。

――この夏場にあんな黒い服着て、暑かねぇのかな。

♂♀

病院　敷地内《しきち》

残された杏里《あんり》と狩沢《かりさわ》は、暫《しばら》くの間、六条千景《ろくじようちかげ》についての会話を交わしていたのだが――

「それで、私に相談ってなに？　杏里ちゃんの全《すべ》てを知って欲しいって、どういうこと？」

思い出したように出て来た狩沢の言葉に、杏里は僅《わず》かに目を伏せる。

「あ……はい。あの、何て説明したらいいのか……」

「まあ、大体解《わか》るよ。あの、日本刀の事でしょ？」

言い淀《よど》む杏里に、狩沢はケロリと告げた。

「！　……は、はい。そうです……」

「それってさ、ここで話しても良さそうな事？」

杏里はその言葉に、思わず周りを見渡した。

この付近にいるのは、患者《かんじや》のお見舞いに来た者達ばかりだ。

人通りは多くないが、全くないというわけでもない。

そんな状態の場所において、杏里は数秒迷ったが――

――狩沢《かりさわ》さんを、ここから連れ出すわけにはいかない。

狩沢には、門田《かどた》の目覚めを待って遊馬崎《ゆまさき》達に一刻も早く報告しなければならないという明確な目的がある。そう考えた杏里《あんり》は、キュウ、と拳《こぶし》を軽く握《にぎ》りながら答えた。

「……はい。ここで問題ありません。うっかり立ち聞きされても……簡単には、信じられない話だと思いますから……」

自虐的《じぎゃく》に微笑《ほほえ》みながら、杏里は、小さく息を吸う。そして、強い決意を持って語りだそうとしたのだが――

「へえ、僕《ぼく》も聞かせて貰《もら》っていいかな」

と、軽い調子の声が杏里と狩沢の横から響《ひび》いてきた。

「!?」

声のした方に振り返り――杏里は、全身に震《ふる》えを走らせる。

平和島静雄《へいわじましずお》を前にした時に感じる罪歌《さいか》の『歓喜』ではなく、まごうことなく、園原《そのはら》杏里自身が感じた『怖気《おぞけ》』だ。

「あっれー、久しぶりじゃん。どしたの？　ドタチンのお見舞い……ってガラじゃないよね」

驚愕《きょうがく》に目を見開く杏里とは対照的に、狩沢は、その男の姿《すがた》を見て気軽に声をかける。

「ていうか、イザイザ、杏里ちゃんと知り合いだったっけ？」

♂♀

30分前

「結局、ゆうべはここに来なかったねー。鯨木《くじらぎ》さん」

民家内のソファに腰掛《こしか》けながら、折原臨也《おりはらいざや》がケラケラと告げる。

体中に打撲《だぼく》などを負っている筈《はず》なのだが、そんな痛みを感じさせず、臨也は独《ひと》り言のように室内全《すべ》てに己《おのれ》の言葉を響かせた。

「意外と用心深いのか、それとも、何か危険を察知する要素があったのかな？　スローンさんから定時連絡《れんらく》がある筈《はず》だったとかね。いや、もしかしたら、この近所の家は全部鯨木さんの『罪歌』の支配下にあって、俺《おれ》らの行動なんか筒抜《つつぬ》けなのかもね」

「だとしたら、ここに留まるのは危ないんじゃない？」

美影《みかげ》の言葉に、臨也は笑いを絶やす事無く答える。

「罪歌の力を考えたら、どこに居ようが危険なのは変わらないさ。東北《とうほく》旅行してた時に澱切《よどぎり》の一人に刺《さ》された時は、流石《さすが》に驚《おどろ》いたけどね」

「ニュースで見て、どう反応していいのか解《わか》らなかったよ」

「俺《おれ》も、みんながどう反応するか気になったね。是非《ぜひ》じっくりと観察したかったよ。一番の親友だと思ってる奴《やつ》に電話したら、『あっそう』って電話を切られたけどね」

「本当に親友なのか、それ……？」

眉《まゆ》を顰《ひそ》める美影《みかげ》を見て、『ああ、この子はまだ常識人の範疇《はんちゅう》だねぇ』と思いつつ、臨也《いざや》は尚《なお》も話を続ける。

「まあ、刺された事については、俺は寧《むし》ろラッキーだったと思ってるよ？　色々と初心に帰れたし、間宮《まみや》ちゃんとも再会できたしねぇ」

「間宮って誰だっけ」

美影の問いに、部屋の隅《すみ》にいた黄根《きね》が答える。

「あの、ちょっと影がある感じの嬢《じょう》ちゃんだろう」

「そう！　流石黄根さん、良く覚えてますね！　間宮愛海《まなみ》ちゃん」

「ああ、アンタをずっと睨《にら》んでた子だよね。アンタ、あの子に何しでかしたの？」

目を細めながら問う美影に、臨也はケロリとした表情で言った。

「しでかした、って程《ほど》じゃないよ。単に、自殺オフしませんかって騙《だま》して呼び出して、睡眠薬《すいみんやく》入りのジュースを飲ませただけさ」

「……」

視線の温度が下がっていく美影の顔を見て、臨也は笑いながら手を振る。

「ハハっ、やだなあ美影。君が疑ってるような事はしてないよ。ただまあ、眠《ねむ》り際《ぎわ》に『殺してやる』とは言われたけどね。二人のうち一人が、テレビのニュースで俺の名前が出てから、たった一日で病院まで俺を殺しに来た……素敵《すてき》だと思わないかい？」

「そのまま殺されるべきだったね」

「酷《ひど》いなあ」

「安心しなよ。仇《かたき》はちゃんととってやるから」

矛盾《むじゅん》したような言葉を告げる美影を見て、臨也は少しからかおうとしたのだが——

「9時だ」

と、黄根が時計を見ながら声をあげた。

「？　そうですね。それがどうかしましたか？」

「病院の開く時間だろう。行ってこい」

「……あれ？　もしかして俺ですか？　やだなあ、確かに痛めつけられはしましたけど、病院にいく程じゃないですよ」

「……後頭部を叩《たた》きつけられたんだろ。頭のアレは後から来る。診《み》て貰《もら》っておけ」

虚空《こくう》を見つめながら淡々《たんたん》と言葉を紡《つむ》ぐ黄根の言葉に、臨也は溜息《ためいき》を吐《つ》きながら応《こた》えた。

「大丈夫《だいじょうぶ》ですって、黄根《きね》さんは本当に心配性……」

「診《み》て貰《もら》っておけ」

「大丈夫ですって。吐《は》き気とかもないですし」

するとと、黄根は冷めた目をゆっくりと臨也《いざや》に向け、ゆっくりと同じ言葉を繰《く》り返す。

「医者に、診て貰っておけ」

「……解《わか》った、解りましたよ。これ以上断ったら殺されそうな勢いだ」

苦笑しながら立ち上がり、ゆっくりと外に向かう臨也。

「まあいいか、ついでに、ドタチンの見舞いでもしてきますよ」


ブラインドの一部を指で広げ、民家から去って行く臨也の後ろ姿を見送る美影《みかげ》。

屍《ドラゴンゾンビ》龍のメンバーに病院の側《そば》まで送ってもらうそうだが、流石《さすが》にそれ以上の護衛《ごえい》をつけるのは目立つ結果にしかならないだろう。

美影は小さく溜息《ためいき》を吐《つ》いた後、ブラインドから指を抜き、部屋の隅《すみ》にいた黄根に問う。

「黄根さんだっけ？　あんたの事はよく知らないけど、どういう経緯《けいい》で臨也に協力してんの？」

「敬語」

「え？」

「年上には、仲良くない内は敬語を使っとけ。仲良くなってから、タメ口《ぐち》を聞いて良い相手かどうか確かめろ」

淡々《たんたん》と口にする黄根に、美影は僅《わず》かに目を逸《そ》らし、ばつが悪そうに耳を掻《か》きながら答えた。

「はー、うちのオヤジみたいなこと言うね……いや、言いますね」

「写楽《しゃらく》会長は、そういうの厳《きび》しいだろ」

「……オヤジの事、知ってるんですか？」

「昔の相方《あいかた》が、嬢《じょう》ちゃんの所のジムで棒術《ぼうじゅつ》を囓《かじ》っててな」

そのキーワードを耳にした美影は、少し考えた後に、一つの人名を口にする。

「もしかして、赤林《あかばやし》さんの事？……ですか？」

「ああ、最近は会ってないがな」

「じゃあ、黄根さんも、そっち側の……いい、……？」

「暫《しばら》く前に足は洗った。今はフリーの探偵《たんてい》をやってる。まあ、半分便利屋みたいなもんだ」

必要最低限の事だけを言う黄根。

だが、彼は少し沈黙《ちんもく》した後、美影に言った。

「俺《おれ》は仕事と割り切っているが、あんたみたいな将来のある女は、臨也みたいな餓鬼《がき》には関わらない方がいいぞ」

「知ってますよ。嫌《いや》ってほどね」

美影は過去を思い出しつつ、首をゴキリと鳴らしながら続ける。

「私は後悔《こうかい》してないけど、あいつに関わって学校辞《や》めることにはなりましたからね」

「ああ、その話、赤林《あかばやし》に聞いた事があるな」

「……」

「気を付けた方がいい。アイツは、粟楠《あわくす》会に目をつけられてる。目だけならいいが、手を出して来た時が問題だ。赤林なら、臨也《いざや》はともかく、アンタにケチがつく事ぁないだろう」

黄根《きね》はその場を微動だにせぬまま、スピーカーのように粛々《しゅくしゅく》と『事実』だけを口にした。

「だがな、青崎《あおさき》なら、昔馴染《なじ》みの俺《おれ》だろうと、女子供だろうと、構わず握《にぎ》り潰《つぶ》しに来るぜ。四木《しき》や風本《かざもと》は、その間ってとこだろうな」

そこで一旦《いったん》言葉を止め、小さく息を吐《は》く黄根。

「つまり、粟楠《あわくす》会が手を出してきた時点で、どう足掻《あが》いても臨也は終わりって事だ。せいぜい、手を伸《の》ばしたくなる尻尾《しっぽ》を出さないようにしてもらいたいもんだが」

彼は美影《みかげ》の方を見て、感情の薄《うす》い声色で問いかけた。

「それでも、臨也に関わるってのか？」

もしかしたら、黄根は自分の事を心配してくれているのかもしれない。

軽くそんな事を考えた美影は、なんとも複雑な表情をした後、口を開いた。

「まあ、あいつがろくな奴《やつ》じゃないってのは知ってますよ」

僅《わず》かに苦笑しながら、美影は近くにあった椅子《いす》に腰掛《こしか》ける。

「ただ、臨也は、誰に対しても公平な奴です。マシな事もろくでもない事も平等に、平気で相手の中に踏《ふ》み込んでまき散らす。自分が好かれる事も嫌《きら》われる事も気にしないでね。そんな所が、上辺《うわべ》ばっかり取り繕《つくろ》う連中よりはまだ好きになれると思ってますよ」

「……そうか」

短く答える黄根は、それ以上何も尋《たず》ねる事はなかったが——

美影は暫《しば》し過去を思い返した後、表情を消して呟《つぶや》く。

「ま、あいつには近づかない方がいいってのは賛成です。私もそうだけど、臨也は毒薬みたいなもんだから、一度でも関わると、どっかおかしくなるっていうか……。私の場合は、その毒が救いになった。でも、破滅する奴も山ほどいる。本当に、あいつは劇薬みたいな奴だと思いますよ」

「そりゃあ、劇薬なら、扱い方次第で毒にも薬にもなるだろう」

黄根は美影の意見に半分だけ賛同し、美影の過去に踏み込もうともせぬまま話を締《し》めた。

「だがな、あいつは意志を持たない薬瓶《くすりびん》や錠剤《じょうざい》じゃあねえ」

「結局の所、あいつ自身がどうしようもなく人間だから、厄介《やっかい》なのさ」

♂♀

来良《らいら》総合病院

「どうしたんだい？　杏里《あんり》ちゃん。怖《こわ》い顔しちゃって」

「なんで……どうしてここに……」

呼吸を僅《わず》かに荒くしながら問う杏里に、折原臨也《おりはらいざや》は肩《かた》を竦《すく》めながら答えた。

「ドタチンのお見舞いに来る事が、そんなに意外かい？」

すると、それに対して杏里の代わりに狩沢《かりさわ》が答えた。

「意外ってもんじゃないよ、イザイザ」

狩沢は臨也を見てからの杏里の変化に気付き、二人の間に割り込むような立ち位置に移動し、会話を続けた。

「ドタチンに何か余計な事を吹き込みに来たか、それか、轢《ひ》き逃げに一枚噛《か》んでるから様子を見に来た、って方がよっぽどしっくりくるんだけど」

彼女の顔は笑っているが、内心ではその可能性もあると思っているのか、普段よりも些《いささ》か微《ほほ》笑《え》みの目が細められている。

「やだなあ。俺《おれ》は車なんて持ってないし、ドタチンを撥《は》ねる理由もない。まあでも、俺は情報屋だからね。犯人の情報が何か入って来たら連絡《れんらく》するよ。五万円と言いたい所だけど、知り合いのよしみで、四万に負けておいてあげようじゃないか」
「その四万円は、そのままドタチンのお見舞い金にしてくれるんだよね？」
「やだなあ、お見舞い金に『四《死》』万円はマナー違反だろ？」

どこまで冗談《じようだん》か解《わか》らぬ会話を続ける二人を見ながら、杏里は心の中で激しい自問自答を繰《く》り返していた。

——折原臨也さん。

——なんで、どうしてここに？

——私に用があって来た？

——門田《かどた》さんのお見舞い？

——そんな、まさか。

——違う、そんな人じゃない。

——関わってる？

——何に？

——どこまで？

瞬間的《しゆんかん》にいくつもの疑問が湧《わ》き上がるが、彼女の中で、それは一つに帰結していく。
竜ケ峰帝人《りゆうがみねみかど》。
紀田正臣《きだまさおみ》。

言い換えるならば、『ダラーズ』と『黄巾賊《こうきんぞく》』。

最近不可解な動きを見せているその集団と、それぞれと関係していると思《おぼ》しき二人の少年。

「なにか……したんですか」

「ん？　なにか、って何の事かな？」

「竜ヶ峰《りゅうがみね》君や紀田《きだ》君に……何かしたんですか……？」

珍《めずら》しく『怒《いか》り』の感情を含ませた声に、狩沢《かりさわ》が思わず振り返った。

「杏里《あんり》ちゃん？」

振り返った彼女の顔には、ほんの僅《わず》かな驚《おどろ》きの色が浮かぶ。

園原《そのはら》杏里の表情は、これまでに無いほど険《けわ》しく、目を見開いて折原臨也《おりはらいざや》を睨《にら》み付けていた。

そして、その目が——ほのかな赤い光を湛《たた》えていた事に。

蛍光灯《けいこうとう》で簡単に打ち消されるほどの発光だが、確かに、この瞬間《しゅんかん》、園原杏里の双眸《そうぼう》は赤く輝いていたのである。

もっとも、それでも狩沢の感性からは『ほんの僅かな驚き』で済まされてしまったのだが。

一方、全く驚いた様子を見せず、臨也はクツクツと笑いながら言葉を返した。

「君の疑問は正しい。筋違いでもなんでもない。俺《おれ》が君の立場でも、同じように折原臨也という人間を疑っていただろうね。もっとも、俺はそんな人間離《ばな》れした眼《め》を人に向けたりはしないけど」

「し……質問に答えて下さい！」

杏里の頬《ほお》を伝う冷や汗《あせ》は、目の前の臨也に対する怖《おそ》れか、あるいは自分自身の力を抑《おさ》え込めなかった時への焦《あせ》りからだろうか。

彼女は、自分自身でも驚いていた。

折原臨也に再会した事で、ここまで心の中に激しい感情が湧《わ》き上がるなどとは思っていなかったからだ。

最初に臨也と出会った瞬間は、帝人《みかど》と出会った瞬間でもある。

三人組の女子に絡《から》まれていた所を、救って貰《もら》ったあの日。

正確には、帝人とは入学試験の時から顔を合わせていたのだが、帝人とちゃんと話をしたのが、あの日が初めてという事になる。

その時から、何か妙《みよう》な気配は感じていた。

普通の人間ではないという事は、最初に会った時からなんとなく理解はしていたのである。

もっとも、平和島静雄《へいわじましずお》が登場した事によるインパクトで、そうした第一印象は全《すべ》て吹き飛んでしまっていたのだが。

その後、一度杏里は、臨也を斬《き》ろうとして夜の新宿《しんじゆく》で相対《あいたい》した事がある。

だが、その時に彼を斬る事は叶《かな》わず、それどころか、ハッキリと臨也から宣戦布告された。

──『人間は、俺《おれ》のものだ』
──『刀如《かたなごと》きに、人間を渡して堪《たま》るか』

と、そのような内容の事を言い放ち、杏里《あんり》の元から去って行ったのである。

あの夜以降、初の再会がこのような形になるとは思わなかった。

寧《むし》ろ、二度と会いたくないとさえ思っていた。

だが、こんな場所にこの男が現れたという事を、単なる偶然《ぐうぜん》と考えるほど、杏里は愚《おろ》かでもお人好しでもなかった。

もっとも、病院に来たという事に限って言えば、本当に偶然ではあったのだが。


しかし、当の臨也《いざや》が、その偶然を必然へと塗《ぬ》りかえる。

「そうだね。質問に答えよう。確かに、俺を疑うのは正しいけれど、タイミングが悪かったね。竜ケ峰《りゅうがみね》君や紀田《きだ》君には、ここ最近、俺は直接絡《から》んじゃいないよ」

「……簡単には、信じられません」

「本当さ。その理由も説明できる」

その言葉に、杏里は思わず眉《まゆ》を顰《ひそ》めた。

臨也との距離《きょり》は3メートル。

もしも体内から刀を出せば、一足飛《いっそくと》びに届く距離だ。

だが、今すぐに臨也を斬《き》って支配しようという気にはならない。

新宿《しんじゅく》での夜から、あまりに時が経《た》ちすぎてしまった。

僅《わず》か半年の時といえど、多感な時期の少女にとって、考えを落ち着かせるには十分な時間だ。

許したわけでも、警戒《けいかい》を解いたわけでもない。

だが、相手を斬るには、何かもう一押し、自分の背中を押す理由が必要だった。

自分に嘘《うそ》を見抜く力があれば。

そんな事を考えつつも、杏里に人の心を読む能力などない。

罪歌《さいか》によって支配して、相手の考えを全《すべ》て吐《は》き出させる以外には。

その罪歌も、今は沈黙《ちんもく》している。

折原《おりはら》臨也という、自分自身に『宣戦布告《せんせんふこく》』をした相手に対して、どう接するべきか戸惑《とまど》っているのか、あるいは、未《いま》だに嫌悪《けんお》を抱《いだ》き続けているのかもしれない。

「その理由を、説明してください」

杏里は静かに呼吸を整え、相手の答えを促《うなが》した。

すると臨也は、再度肩《かた》を竦《すく》めたあと、子供のように笑いながらあっさりと告げた。

「だって、これから絡んで引っかき回すつもりなんだから」

「……え？」

臨也《いざや》の言葉に、杏里《あんり》はキョトンと眼《め》をまたたかせた。

何を言っているのか、瞬時《しゅんじ》に理解できなかったのだ。

言葉は理解できたのだが、まさか、この状況でそんな事を冗談《じょうだん》でも言う筈《はず》がないと。

その後ろでは、臨也の事を杏里よりも少しだけ長く知っている狩沢《かりさわ》が、「うわあ、最悪」と呟《つぶや》いている。

そんな対照的な二人の女を前にして、黒尽《ず》くめの男はケラケラ笑う。

「いやー、本当にそうだよ。君の推測通りだ。今の竜ケ峰《りゅうがみね》君と紀田正臣《きだまさおみ》君、二人ともちょっと面白《おもしろ》い事になってるみたいなんだ。例えるなら……そうだね。二人とも、崖《がけ》の間に張られたロープで綱渡《つなわた》りをしてるって感じかな。想像して御覧《ごらん》？　崖に、ロープに、二人の友達だ」

妙《みょう》な喩《たと》えを始める臨也に、杏里は感情を整理するタイミングを逃《のが》し、曖昧《あいまい》な表情のまま相手の言葉に耳を傾ける結果となった。

「想像できたかい？　じゃあ、次のステップだ。綱渡りしている二人の首も、ロープで繋《つな》がってる。もしも片方が足を踏《ふ》み外したら、道連れに真《ま》っ逆《さか》さまか、綱にしがみついたとしても、首がドンドンしまっていく。ハラハラするよね？」

「……」

杏里には、何も答えられない。

臨也に言われるままの光景を想像してしまったが、その暗喩《あんゆ》的な光景に合わせて感じる不安が、ここ数ヶ月ほどの帝人《みかど》に感じていたものと一致したからだ。

「想像を続けよう。周りにいる人達の反応は様々で、それを利用して見物料を取ろうとしてる奴《やつ》や、一緒《いっしょ》にロープに乗って跳《は》ね回ってる餓鬼《がき》どもに、なんとか崖の下に救助マットを敷こうとしてるお人好し、綱渡りなんか関係無しで殴《なぐ》り合ってる連中までね」

臨也は病院の廊下《ろうか》の壁に寄りかかり、病院関係者に眼を付けられない程度の音量で朗々《ろうろう》と語り続ける。

「で、俺《おれ》は、そんな光景を眼にして、思うわけだ」

そして、散々《さんざん》回り道をした結果として、臨也は杏里に答えを突《つ》きつけた。

「意味の無い綱渡りをしている竜ヶ峰帝人と紀田正臣。二人が歩いてるロープの両端から火をつけたら、二人は一体どんな反応をするのかなって」

「……!?」

杏里は、自分の心臓が鷲摑《わしづか》みにされているような錯覚《さっかく》を覚える。

胸が苦しくなり、脳味噌《みそ》に無理矢理《むりやり》血液を送り出されているような感覚だ。

一歩も動いていないのに、呼吸を速めながら、杏里は震《ふる》える声で問いかける。

「なんで……そんな事をするんですか？」

対する答えは単純で、折原臨也を良く知る者ならば、誰もが『まあ、こいつはそうだろうな』と納得する言葉を言いはなった。

「見たいだけだよ。二人がそんな時、どう行動するのかってのをね」

その答えに、杏里《あんり》は今度こそ全身を強《こわ》ばらせた。

新宿《しんじゅく》の夜に感じたのと同じ寒気が、彼女の背骨を突《つ》き抜ける。

「二人をただ安全にロープから下ろすだけじゃ、何も変わらない日々が続くだけだからさ。全《すべ》てを無理矢理《むりやり》丸く収める事はできるけど、それじゃ、人間の本性ってのが見えなくなると思うんだよね。安寧《あんねい》な日々を生きる少年少女も、それはそれで大好きだけど……俺《おれ》は、竜ヶ峰《りゅうがみね》君と紀田《きだ》君だからこそ見れる光景が見てみたいんだ」

「解《わか》りません。そんな事に……なんの意味が……何が目的なんですか、そんなの……」

杏里の心を支配するのは、怒《いか》りでも絶望でもなく、純粋な混乱だ。

臨也《いざや》という男が、理解できない。

見たいからそうする、という理屈《りくつ》が、園原《そのはら》杏里にはどうしても理解できなかった。

『空が青いから人を殺した』という殺人鬼《き》の理屈を一般人が理解できないように、園原杏里は、自分の持つ常識のチャンネルをどうしても臨也に合わせられない。そもそも、彼女と臨也の周波数は、アナログ放送とデジタル放送どころか、テレビとラジオほど違うものだったのかもしれないが。

「なんの意味があるかって？　そうだね。好奇心《こうきしん》、探求者、愉快犯《ゆかいはん》。何と言ってくれても構わないけれど、俺はそう聞かれた時、いつも単純に、こう答える事にしてるよ。前にも言ったと思うけどね」

そして、臨也は不敵《ふてき》な笑みを浮かべつつ、嘘偽《うそいつわ》りの無い自分の心を口にした。

「人間が、好きだからさ」

「……」

沈黙《ちんもく》する杏里には構わず、堂々と、朗々《ろうろう》と言葉を紡《つむ》ぐ。


「俺は、人が好きだ。愛している」

更《さら》に、全《すべ》てを包み込むような慈愛《じあい》の笑みを虚空《こくう》に向け、呟《つぶや》いた。

「俺は世界中の人間が、どれだけ周囲に愚《おろ》かと言われるような行動をしようと、どれだけ醜《みにく》いと嫌《きら》われる行動をしようと、何をしようと、全て受け入れるよ。まあ、一部例外はいるけどね」

独《ひと》り言《ごと》というよりも、世界そのものに聞かせるような言葉を。

「だからこそ、俺は世界中の人間に何をしてもいいって思わないかい？」

「結果として、俺を許せなくて殺しに来た女の子が居たとしても——俺は、その娘《こ》も平等に愛してあげる事ができるんだからさ」

♂♀

同時刻　都内某所《ぼうしょ》

それは、一見すると、繁華街《はんかがい》のどこにでもいるような少女だった。

だが、彼女の眼《め》に宿る暗い影と、周囲に漂《ただよ》う張り詰《つ》めた空気が、少々近寄りがたい空気を生み出している。

少女の名前は、間宮愛海《まみやまなみ》。

名前とは裏腹に、彼女の心の海に満ちるのは、純粋なる憎《にく》しみだ。

折原臨也《おりはらいざや》。

かつて彼女を騙《だま》し、彼女の全《すべ》てを否定した男。

結果として自殺を止めたことになるのだから、感謝しても良さそうなものなのだが——彼女の時間は、自殺を決意した瞬間《しゅんかん》から欠片《かけら》も前に進んではいなかった。

ただ、前には進まぬ代わりに、折原臨也への憎しみが彼女の人生を横道に滑《すべ》らせる。

何故《なぜ》死のうと思ったのかは、既《すで》に覚えていない。

彼女にとっては、自分が死ぬ理由など既にどうでもよくなっていたのだ。

こちらを騙しただけでなく、『死』という道を選んだ自分を嘲笑《あざわら》い、その全てを否定した。

その瞬間まで、彼女の憎しみはどこにも向いていなかった。

自分自身や世界を憎む事すら、どうでもいいと思っていたのだ。

だが、あの日、カラオケボックスの中で、自分に睡眠薬《すいみんやく》を盛った男の言葉を聞いた瞬間から、それまで彼女の中に存在しなかった『憎しみ』という負の感情が一気に溢《あふ》れ出したのである。

――『愛だよ。君達の死には愛が感じられないんだ。駄目《だめ》だよ。死を愛さなきゃ。そして君達は無への敬意が足りない。そんなんじゃ、一緒《いっしょ》に死んではやれないなあ』

意識を失う直前に聞いたその言葉は、愛海の中に深く刻み込まれている。

その後に、自分が臨也を睨《にら》み付けて、『絶対に殺してやる』と言った事も覚えていた。

臨也と自分、二つの声が何度も何度も繰《く》り返され、その憎しみはやがて彼女の生きる理由の全《すべ》てと化した。

だからこそ、彼女はテレビのニュースで『折原臨也が刺《さ》された』というニュースを見た時に、信じられない行動力を発揮《はっき》する事ができたのかもしれない。

僅《わず》か一日で臨也の入院している病院を突《つ》き止め、近所のホームセンターで買ったナイフをバッグに忍《しの》ばせたまま、新幹線《しんかんせん》に飛び乗ったのだ。

しかし、彼女の刃《やいば》は、臨也《いざや》の心臓を抉《えぐ》る事はできなかった。

逆に押し倒される形となった愛海《まなみ》は、それでも尚《なお》、果てない殺意をもって折原《おりはら》臨也を睨《にら》み付けたのだが――

そんな彼女に、臨也は一つの提案を持ちかける。

――『君、何か仕事とかしてるのかい？』

――『もし良かったら、俺《おれ》の仕事を手伝ってくれないか？　波江《なみえ》さんだけじゃ、ちょっと雑用が追いつかなくなってきてね』

――『そうすれば、俺を殺すチャンスも増《ふ》えると思うけど？』

不敵《ふてき》な笑いと共に紡《つむ》がれた言葉の数々を思い出し、愛海はギリ、と奥歯を噛《か》みしめる。

あの時、折原臨也は、自分に何を期待していたのだろうか。

素直に頷《うなず》く事だろうか。

巫山戯《ふざけ》るなと叫《さけ》んで、そのままナイフを突《つ》き立てようと藻掻《もが》く事だろうか。

あるいは、笑いながら自分自身の喉《のど》を切り裂《さ》いて自殺して見せれば満足だったのだろうか。

愛海は脳内でその全《すべ》てを肯定《こうてい》し、折原臨也を否定する。

折原臨也は、そのいずれの行動をしていたとしても、あるいはそれ以外の行動をしていたとしても、等しく喜んだ事だろう。

あの男は人間を愛している。

たとえどのような結果になろうが、人間の織りなす『行動』と『思考』を愛しているのだ。

悪意も善意も、愚行《ぐこう》も徳行も平等に。

愛海は、僅《わず》か数日でそれを理解し、吐《は》き気を催《もよお》した。

——全てのものに平等な愛など、それは何も愛していないのと変わらない。

——愛とは即《すなわ》ち利己的なもの。その他大勢との差異でその深さが決まる。

それはそれで極端な考えだが、少なくとも、彼女はそう考えていた。

自分を否定されたから。

人を殺す理由としては、あまりにも短絡《たんらく》的なものだ。

しかし、忘れてしまうような理由で自分の命を諦《あきら》めた彼女にとって、それは寧《むし》ろ自然な思考の流れだったのかもしれない。

嫌悪《けんお》を隠《かく》しもしないまま、彼女は折原臨也の手駒《てごま》として動いて来た。

どうすれば、最も臨也に『痛手』を与えられるか、それだけを考えながら。

その結果、彼女はこの瞬間《しゅんかん》、その場所に立っていた。

池袋《いけぶくろ》に程《ほど》近い場所にある、安普請《やすぶしん》のマンション。

その一室の扉《とびら》を開けると、中から一人の少女が現れた。

「あら。愛海《まなみ》ちゃんだっけ？　何しに来たの？」

中から現れたのは、長い黒髪《かみ》をたなびかせる女——贄川春奈《にえかわはるな》。

どこか歪《ゆが》んだ微笑《ほほえ》みを浮かべる彼女に、愛海は表情を変えぬまま淡々《たんたん》と答える。

「……臨也《いざや》に、嫌《いや》がらせをしに」

『罪歌《さいか》』の事は、既《すで》に愛海も知っている。

実際に、春奈に斬《き》られて操《あやつ》られた人間達を見た事もある。

だが、彼女を見る愛海の眼《め》に、怖《おそ》れの色は欠片《かけら》も無い。

今の彼女にとって、折原《おりはら》臨也への悪意以外の感情が湧《わ》き上がる事は滅多《めった》に無かったのだ。

「へえ、貴女《あなた》も大変ね。嫌がらせって、具体的に何をするつもりなのかしら？」

クスクスと笑いながら尋《たず》ねる春奈に、彼女は淡々と答える。

「ここにある、臨也の大事な物を盗《ぬす》みに来た。それだけよ」

すると、春奈は僅《わず》かに眼を細め、呟《つぶや》く。

「……それ、どこまで本気？　一応、今日《きょう》は私がその『荷物』の番を任されてるんだけど？」

「私が、『臨也に言われて来た』って貴女を騙《だま》して首を持ち出した。そういう事にしておけばいいよ」

あっさりと言い放つ愛海に、春奈は一瞬《いっしゅん》ポカンと口を開けた後、大きく口を歪《ゆが》ませ、問う。

「あはッ……それ、私になんの得があるのかしら？」

当然と言えば当然の問いに、やはり愛海は、なんの迷いも無く答えた。

「番をする必要が無くなれば、その分だけ時間ができるでしょう？」

「……」

「人を、探す時間ができるんじゃない？」

それは、春奈にとって確かに理想的な取引だ。

折原臨也は、直接『罪歌』を使わせる時以外は、春奈の時間の殆《ほとん》どを『荷物番』として消費させていた。

まるで、自由に動かれては困るとでも言うかのように。

「いいわ。騙されてあげる」

「そう。……ありがとう、春奈ちゃん」

無表情のまま礼を言う愛海に、それ以上答える事はなく、ゆっくりと廊下《ろうか》の壁に身を預ける春奈。

当然ながら、通常の会社組織などで先述のような言い訳が通る筈《はず》もない。『何故《なぜ》臨也に直接電話をして確かめなかった』と言われて終わりだろう。

しかし、臨也が集めた集団に、そういった常識は通用しない。

春奈が『臨也が見込んで連れてきた女を信用しただけだ』と言えば済む話だ。

あるいは、臨也は愛海のこういう行動を予測した上で仲間に引き入れたのかもしれない。

そんな事を考えながら、春奈《はるな》は暫《しば》し、愛海《まなみ》の行動に対して見て見ぬふりを貫《つらぬ》き通した。

数分後。

『荷物』を持ったまま外に出て行く愛海を見送った後、春奈は自らも外出の用意を始めた。

春奈が臨也《いざや》の言う事を聞くのは、愛する者に会いたいが為《ため》だ。

那須島隆志《なすじまたかし》。

かつて彼女の教師であり、それ以上に深い関係を持った男。

早く、愛《いと》しいあの人に自分の愛を伝えなければ。

——隆志……。

年上の男の背の広さを思い出し、彼女は思う。

あの背に、自分の愛の証《あかし》である刃《やいば》を突《つ》き立てたいと。

逞《たくま》しい首筋に、流麗《りゅうれい》な鎖骨《さこつ》に、輝く瞳《ひとみ》に、男にしては滑《なめ》らかな指先に。

何度も何度も自分の刃を突き刺《さ》し、『罪歌《さいか》』を通じて自分の愛を伝えるのだと。

そして、赤い眼《め》になった愛しき男に刃を持たせ、今度は春奈自身の身体《からだ》を抉《えぐ》らせるのだと。

『罪歌』という刃を通して、お互《たが》いに『愛』を流し込み合う。

第三者が見ればおぞましい殺し合いにしか見えない光景も、春奈にとっては、他《ほか》の人間にはできない愛の形として映る。

想像だけで興奮《こうふん》したのか、全身を火照《ほて》らせた春奈は、洗面所に向かって冷水で顔を洗った。

——駄目《だめ》よ、まだ。楽しみは最後にとっておかないと。

さっぱりした顔に、病的な笑顔を浮かべ、彼女はゆっくりと家を出る。

久方《ひさかた》ぶりの自由を得た彼女が、自分のやりたい事を成す為に。

彼女が会いたくて仕方ない者を、街の雑踏《ざっとう》の中から探し出す為に。

♂♀

来良《らいら》総合病院

一方で、臨也と相対《あいたい》していた『罪歌』本体の持ち主は、一歩も動けぬ状態が続いている。

——この人は……まともじゃない。

——今すぐ、この人を斬《き》らないといけない！

——そうしないと、竜ヶ峰《りゅうがみね》君が！　紀田《きだ》君が！

杏里《あんり》は心中《しんちゅう》で叫《さけ》ぶものの、その為の一歩が踏《ふ》み出せない。

恐《おそ》れているのだ。

自分の力を知っている筈《はず》なのに、この距離《きょり》で笑顔を絶やさない臨也《いざや》の余裕《よゆう》を。

周囲の人間を銃《じゅう》で撃《う》とうとした時のように、何か自分の行動を封じ込める隠《かく》し球《だま》を有しているのではないかと。

同時に、『本当にこの男を斬《き》っても良いのか？』という疑問が頭を過《よ》ぎった。

罪歌《さいか》の支配は、絶対というわけではない。

贄川春奈《にえかわはるな》のように、罪歌の『愛の言葉』を抑《おさ》え付け、『子』である事を否定する者も居る。

良く言えば『人間に戻《もど》った』『怪異《かいい》の支配に打ち勝った』と表現できるのだが、問題は、罪歌の力を自分自身の為《ため》に利用する可能性があることだ。

人を愛するという罪歌の想《おも》いは純粋だ。

だが、その『愛の力』に、人間の個人的な欲望が加わったら？

更《さら》に、折原《おりはら》臨也のような人間がその力を手にしてしまったとしたら？

考えれば考える程《ほど》、杏里《あんり》は迂闊《うかつ》に刃《やいば》を生み出す事ができなかった。

既《すで》に自分が、臨也の術中に嵌《はま》っているとも気付かずに。


「杏里ちゃん、大丈夫《だいじょうぶ》？」

そんな杏里に声を掛けてきたのは、狩沢《かりさわ》だった。

杏里の頬《ほお》に滲《にじ》む冷や汗《あせ》に気付き、声を掛けたのだろう。

狩沢は、臨也に対しては何も言わない。

杏里と臨也の問題らしき事に、自分が踏《ふ》み込むべきかどうか判断しかねているのだろう。

「……」

緊張《きんちょう》している為《ため》か、狩沢への返答もままならない杏里に対し、臨也は軽く溜息《ためいき》を吐《つ》き、軽い調子で尋《たず》ねた。

「俺《おれ》の事を、狂《くる》っていると思うかい？」

「……はい」

あっさりと、その答えを口にする事ができた。

杏里としては他人の心の正気《しょうき》と狂気《きょうき》を区別する事などできないのだが、ただ、自分の感性に従って頷《うなず》いたのである。

臨也は僅《わず》かに下を向きながら苦笑すると、僅かな嘲《あざけ》りの眼《め》を杏里に向けた。

「これは黒バイクにも言える事だけど、君達みたいな化物《ばけもの》が、どんな権限で、人間の俺が狂ってるって判断できるんだい？」

「……」

「君、まさか、まだ自分が人間だなんて考えてない、よね？」

「……ッ！」

その言葉は、杏里にとっては不意打《ふいう》ちだった。

「そもそもさ、君に俺《おれ》を責める権利はあるのかな？　発端《ほったん》は、君の日本刀。罪歌《さいか》だぜ？　確かに原因は贄川春奈《にえかわはるな》だから、君にその点について責任を求めるのは筋違《すじちが》いだよ。とは言え、君はこのゴタゴタを回避《かいひ》する事はできた筈《はず》だ」

――え？

――私が……どうして？

折原臨也《おりはらいざや》を糾弾《きゅうだん》しようとしていた筈の自分が、何故《なぜ》か臨也に逆に批判されている。

状況が解《わか》らず、杏里《あんり》の心は立て続けに突《つ》き刺《さ》さる臨也の言葉によって掻《か》き乱されていた。

「竜ヶ峰帝人《りゅうがみねみかど》とも、紀田正臣《きだまさおみ》とも、君は距離《きょり》を置いた。そうだろう？　君は待ちに徹《てっ》したんだ。自分の周りに、自分に好意を向けてくれる人間がいる。その状況に甘《あま》えて、君は自分からは何もしなかった。もっと踏《ふ》み込めた筈なのに、だ」

「違……」

そこで、杏里の言葉が止まる。

彼女は、臨也の言葉を完全に否定する事ができなかったのだ。

もしかしたら、本当にそうなのではないか？

今まで考えたもしなかった事を臨也に指摘《してき》され、彼女の心に不安が生まれる。

杏里の眼《め》から怒《いか》りの色が僅《わず》かに揺《ゆ》らいだ事を確認し、臨也は更《さら》に続ける。

「極論を言ってしまえば、君はその罪歌を使って、竜ヶ峰帝人と紀田正臣を斬《き》るべきだった。

そして、心を全《すべ》てさらけ出させるべきだった」

「違う……違います！ そんな事は、間違ってます！」

思わず声を荒げる杏里。

廊下《ろうか》の奥にいた外来患者《かんじゃ》が何事かと一瞬《いっしゅん》こちらを見たが、臨也と杏里を見て痴話喧嘩《ちわげんか》と判断したのか、そのまま特に気にせず視線を戻《もど》した。

臨也はそんな周囲の空気を認識しているのかいないのか、それこそ、怒《おこ》った彼女を宥《なだ》めすかすかのような言いぐさで言葉を続ける。

「それは確かに、人間として間違っている方法かもしれないし、そもそも人間にできるマネじゃないかもしれない」

「だったら……」

「でも、君は人間じゃないだろう？」

「……ッ！」

臨也は、再びハッキリと断言した。

その言葉を受け、杏里は自分の唇《くちびる》と喉《のど》が震《ふる》えるのを感じ取る。

新宿《しんじゅく》で相対《あいたい》した時も、『刀如《かたなごと》きに——』と言っていたが、それは、杏里に宿る『罪歌』に向けられた言葉だと思っていた。

しかし、この時点になってようやく彼女は確信する。

彼は、園原杏里《そのはらあんり》という存在を指して『人間ではない』と断言したのだと。

杏里自身も、自分が普通の人間ではないという自覚はあった。

だからこそ、異形《いぎょう》でありながら堂々と生きるセルティに憧《あこが》れを抱《いだ》き、前向きに生きる決意をしたのだ。

それなのに、何故《なぜ》、この男の言葉がこんなにも胸に突《つ》き刺《さ》さるのか。

「君は贄川春奈《にえかわはるな》とは違う。罪歌《さいか》を抑《おさ》え付けて乗り越えようとしたんじゃない。君は人間である事を諦《あきら》め、罪歌と一体化する事を望んだんだ」

理由を考え、杏里はすぐに理解する。

臨也《いざや》の言葉の中に、明確な憎しみと嘲りが込められていたからだ。

「俺《おれ》が苛《いら》ついているのは、そんな風《ふう》に人間を捨てた君が、化物《ばけもの》の癖《くせ》に、人間みたいに悩んだフリをしてるってことさ」

彼の顔に浮かんでいるのは、先刻までと変わらぬ笑顔。

しかし、杏里の視点からすると、その言葉の中には、自分を追い詰《つ》める為《ため》の明確な悪意が感じられた。

「さっきの崖《がけ》の喩《たと》えで言うなら、君の立ち位置は安全な特等席にいる観客だ。自分は安全な場所に居るのに、周りの連中に『ねえ、危ないよ』『誰か助けてあげないの？』って囀《さえず》ってるだけだ。そして、二人がもしも落ちた時に、一番被害者面《づら》をするのは、多分君だ」

「違う……私は……そんな……」

否定しようとするが、その言葉は臨也ではなく、自分自身に届けられる。

「今回の件に悪者なんていない。竜ヶ峰《りゅうがみね》君も、紀田《きだ》君も、自分から進んで、危ないって解《わか》ってるロープの上に足を踏《ふ》み出したんだからね。加害者がいないのに、君は一人で自分は被害者だと喚《わめ》き続けるだろう。助ける方法はいくらでもあったのに、だ」

「違う！　私は……」

「二人を助ける事ができるとでも言うつもりかい？　上から目線で、化物の力を使って人間風《ふ》情《ぜい》を救って下さるとでも言うのかい？　ああ、紀田君は解らないけど、帝人君は喜ぶだろうね。君に好意を通り越して、信仰心を抱くかもしれない」

否定の言葉を考えるよりも先に、臨也は矢継《やつ》ぎ早《ばや》に次の段階の『否定』を叩《たた》きつけ、杏里の心を追い詰める。

そして、トドメだと言わんばかりに、重要な言葉を紡《つむ》ぎ出した。

「教えてあげよう、園原杏里。確かに、君が危惧《きぐ》しているように、竜ヶ峰帝人君と紀田正臣君は、とある危機に陥《おちい》っている。さっき想像した綱渡《つなわた》りなんかよりも、よっぽど危ない状況だ」

「えッ……」

「俺は、それを更《さら》にかき回す。だが、君には何もできない。まあ、君も、何もするつもりはないのかもしれないけど」

「そんな事は……」

首を振る杏里《あんり》の眼《め》からは、既《すで》に赤い光は消え失《う》せている。

代わりに涙《なみだ》を薄く滲《にじ》ませながら、杏里は何かを言おうとした。

しかし、それよりも先に、臨也《いざや》はさらに言葉で責《せ》める。

まるで、人間ではない杏里を結界《けっかい》に封じ込める呪詛《じゅそ》を唱《とな》えるかのように。

「そんな事はあるさ。だって、君、俺《おれ》がさっきから綱渡《つなわた》りだのなんだの言ってる時に、一度も叫《さけ》ばなかったろ？『帝人《みかど》君は、そんなに危ない事をしてるんですか！』ってさ」

「……ッ！」

「普通の人間ならね、まずは俺が狂《くる》ってるとか正常だとか以前に、その一点を気にするもんだよ？それが常識さ。大事な友達の安否《あんぴ》よりも、自分の事ばかり考えている君は本当に――」

パン。

と、乾《かわ》いた銃声《じゅうせい》を思わせるような音が響《ひび》き、臨也の言葉は強制的に中断させられた。

視界内にいた病院関係者達が、何事かと周囲に視線を巡《めぐ》らせている。

音の正体は、近くにいた杏里と臨也にはすぐに理解できた。

狩沢《かりさわ》が、鞄《かばん》から取り出した同人即売会の大型チラシを折って、巨大《きょだい》な紙鉄砲《でっぽう》を造り出し、それを思い切り振り下ろしたのである。

狩沢は看護師《かんごし》達に見つかる前にチラシを手早く鞄にしまい、ニコリと笑いながら臨也に向かって口を開いた。

「臨也」

イザイザではなく、臨也と呼び捨てにする彼女に、臨也は静かに口を開く。

「……何かな、狩沢さん」

「私の可愛《かわい》い友達を泣かせたら、あんたの両目の瞼をハンダで溶接するよ」

澱《よど》みの無い、真《ま》っ直《す》ぐな笑顔。

その笑顔が逆に、彼女の言葉が脅《おど》しでもなんでもなく、単純な事実だと告げていた。

臨也は暫《しば》し沈黙《ちんもく》して狩沢の言葉と笑顔を受け止めていたが、やがていつも通りの苦笑と共に、朗《ほが》らかな声を響かせる。

「俺は狩沢さんのそういう所も人間として大好きだからさ。化物《ばけもの》を庇《かば》おうが尊重するよ」

「そう？　ありがと。でも許さないよ？」

「やれやれ、言い足りなくはあるけど、ここは狩沢さんの顔を立てて引いてあげるとしよう。そろそろ脳神経外科の外来受付にいかないといけないからね」

「ああ、そりゃしっかりと見て来て貰《もら》った方がいいね。脳味噌《みそ》が狐《きつね》の顔の形してるかもよ？」

狩沢の軽口に再び肩《かた》を竦《すく》めつつ、彼は言った。

「まあ、ドタチンを撥《は》ねた奴《やつ》の事は、何か解《わか》ったら連絡《れんらく》するよ。眼《め》を醒《さ》ましたら、臨也《いざや》が珍《めずら》しく見舞いに来たって宜《よろ》しく伝えておいてくれると助かるね」

そんな事を言いながら去っていった臨也の背中を、狩沢《かりさわ》は無言のまま見送った。

すると、臨也の姿《すがた》が廊下《ろうか》の角に消えた所で、彼女は自分の服の裾《すそ》が摑《つか》まれている事に気付く。

振り返ると、そこには、顔を俯《うつむ》かせた杏里《あんり》が、手を小刻《こきざ》みに震《ふる》わせながら立っていた。

「狩沢さん……私……私……」

泣き出しそうというよりも、ショックを受けているといった方がしっくり来るだろう。

なんと言葉にして良いのかも解らずにいるであろう少女の身体《からだ》を、狩沢は強く抱《だ》きしめた。

「あッ……」

普段のセクハラのような抱きつきではなく、温かく包み込む抱擁《ほうよう》だった。

「大丈夫《だいじょうぶ》だよ、気にする事ない」

優しい言葉をかける狩沢の鎖骨《さこつ》のあたりに顔を埋《う》めながら、杏里は呻《うめ》くように呟《つぶや》く。

「でも、でも、私……本当に……」

「あれが臨也の手口なんだって。誘導尋問《ゆうどうじんもん》みたいなもんだよ。杏里ちゃんが混乱しそうな事を並べたてただけ。あいつの言ってる事が正しいように聞こえてきちゃったら、それこそ錯覚《さっかく》だよ？　あれは説教強盗《ごうとう》みたいなもんなんだから」

「狩沢《かりさわ》さん……でも……私、さっき、本当に、あの人を斬《き》ろうとして……」

「いいよいいよ。詳《くわ》しい話は後で聞かせてくれれば」

狩沢は杏里《あんり》の背をポンポンと叩《たた》きながら、杏里に優しい言葉を投げかけた。

「詳しい事は知らないけど、今だけは私が全部許してあげる。たとえ杏里ちゃんが古代の邪神《じゃしん》で、過去に地球を一度滅ぼしてたとしても、私は許してあげるからさ」

とても普通の慰《なぐさ》めとは聞こえない言葉なのだが、杏里にとっては、その言葉が何よりも嬉《うれ》しくて仕方がなかった。

「……」

だが、礼すらも言葉にできず、杏里はただ、自分自身の心の弱さを痛感させられた。

同時に、彼女は自分自身に怖《おそ》れを抱《いだ》く。

臨也《いざや》が廊下《ろうか》の角に消えると同時に、罪歌《さいか》の声が再び彼女の中に響《ひび》き始めていたのだが——

絶え間なく響く罪歌の声は、自分に優しくしている狩沢にすら、『愛の刃《やいば》』の矛先《ほこさき》を向けようとしていたのだから。

今は彼女の意思で抑《おさ》え込む事ができているが、もしも、もしもここで狩沢を斬ってしまっていたら。

そんな事を考えるだけで、心の中が恐怖《きょうふ》一色に染め上げられた。罪歌の欲望に負けてしまったら。

──『君は化物《ばけもの》だ』

杏里を断罪するかのような臨也の言葉が、今になって胸に深く突《つ》き刺《さ》さる。

それだけではない、あの男の発していた言葉は、全《すべ》てが真実だ。

狩沢は気にする事はないと言ってくれているが、反論が思いつかない時点で、きっと真実なのだろう。

混乱していた杏里は、そう信じ込みかけていた。

狩沢の『許してあげる』という言葉が無ければ、どうにかなってしまったかもしれない。

杏里は狩沢という女性に心の底から感謝しつつ──

自分自身に対して、これまでに無いほどの嫌悪《けんお》感を抱《いだ》いていた。

それでもなお、『罪歌を捨てる』という選択《せんたく》ができない自分に気付き、彼女はいよいよ、自分が本当に人間ではなくなってしまったのだと理解した。

自分は寄《き》生虫《せいちゅう》で構わないなどと思い、口にし続けていたのは──

単に、自分から眼《め》を逸《そ》らす為《ため》の言い訳に過ぎなかったのだと。

♂♀

川越街道《かわごえ》　新羅《しんら》のマンション

「大丈夫《だいじょうぶ》かい、セルティ」

雑多を極めていた新羅のマンションだが、布団《ふとん》に戻《もど》った新羅とセルティは、現在寝室内に二人きりとなっている。

なし崩《くず》しに妙《みょう》な情報共有団体のリーダーに祭り上げられたセルティは、それから半日、ほぼ徹夜《てつや》となる形で全員の話を整理したり、それを元にネットで情報蒐集《しゅうしゅう》をするなどといった作業に明け暮れる結果となった。

それだけならばまだしも、波江《なみえ》と美香《みか》の潰《つぶ》し合いを宥《なだ》めるのにもかなりの労力を割《さ》く結果となったのである。

二人とも、誠二《せいじ》の前では割と大人《おとな》しくしているのだが、彼がトイレなどに立って部屋から消える度《たび》に、途轍《とてつ》もなくストレートな潰し合いが始まるのだ。

最終的には注射器やスコップまで飛び交う女同士の争いを、周囲の人間達は必死に抑《おさ》え続ける奇妙《きみよう》な光景。

もっとも、誠二が戻ると同時に、それまでの喧噪《けんそう》が嘘《うそ》のように大人しくなるのだが。

一番大変だったのは誠二がシャワーを借りると言いだした時だ。

波江も美香もごく自然に誠二と一緒《いっしょ》に入ろうとした為《ため》、それでまた揉《も》めに揉める結果となったのである。

遠巻きにその喧噪を眺《なが》めていた渡草《とぐさ》は、隣《となり》でボーっとしている遊馬崎《ゆまさき》に問いかけた。

「……お前、ああいうの見て『リア充爆発《ばくはつ》しろ』とか言うタイプだと思ったが、静かだな」

すると遊馬崎は、不思議そうに首を傾《かし》げ、答えた。

「え？　だって……二人とも三次元じゃないっすか」

「……そう、か」

何かを諦《あきら》めたような眼《め》になった渡草の声を聞きながら、セルティは殆《ほとん》ど一人でその騒動《そうどう》を宥め続けた。


そんなこんなで朝を迎えた現在。

時計の針は既《すで》に昼近くを指しているが、他の面々も別室で寝ているらしく、昨日《きのう》のような喧噪は聞こえてこない。唯一《ゆいいつ》、遊馬崎が夏休みの午前中にやっているアニメスペシャルをテレビで見ているが、そんな音は波江や美香に比べれば細波《さざなみ》の音のようにしか感じなかった。

ようやく落ち着いた事を確認したセルティは、疲れた調子で新羅《しんら》の隣《となり》に倒れ込む。

『とにかく、疲れた……。それしか言い様《よう》がない』

「ごめんよ、なんだか大変な役を押しつけちゃって」

『いいんだ。こっちも、久々にやりがいのある作業だと思ってるよ。……ただ、運び屋の仕事は落ち着くまで減らさないとな……』

「そうだね。四木《しき》さん達にも話を通しておくよ」

四木の名前が出た事で、セルティは何か思い出したのか、PDAに疑問を打ち込んだ。

『そういえば、粟楠会《あわくすかい》も澱切陣内《よどぎりじんない》を追ってるんだっけか』

「ああ、その話はもう片がついたとかなんとか……。まあ、何か情報は持ってるかもね。でも、粟楠会にそれを聞くのは慎重《しんちょう》にやった方がいいと思うよ。ヤブヘビになりかねない」

『……そうだな。もう、私と新羅だけの問題じゃない。今、この部屋にいるみんなを巻き込む事になりかねないからな』

その文字列を見て、新羅は薄《うす》く微笑《ほほえ》んだ。

「セルティは本当に優しいねえ。普通の人間よりずっと優しいよ」

『煽《おだ》てても何も出ないぞ』

横になったまま肩《かた》を竦《すく》める彼女を見て、新羅は言う。

「セルティ、煽てでもなんでもないよ。君は、人間らしくあろうとしている分、人間よりも優しい。だからこそ、俺《おれ》は心配だ。人間を過大評価している君が悪意を眼《め》にした時、君は人間に絶望してこの世を滅ぼす魔王《まおう》になってしまうんじゃないかってね」

新羅は不安げな表情を浮かべたが、すぐに力強い笑顔を浮かべ、自らも寝たまま頷《うなず》いた。

「でも、安心してくれセルティ！　僕《ぼく》は君が人類を滅ぼすって言っても、君の味方として人類を裏切るから！　最後に残った人類として、セルティの腕《うで》の中で死んでいくなら本望《ほんもう》さ」

『果てしなく都合のいい妄想《もうそう》だな。まあ、それは置いといて、杞憂《きゆう》だと思うぞ』

セルティはだらりと身体《からだ》を伸《の》ばしながら、のんびりとPDAに文字を打つ。

『あのな、散々《さんざん》栗楠会だの臨也《いざや》だのと関わりを持ってる私が今さら人間の悪意に絶望するって、それはどういう状況なんだ？　そんな海外の虐殺《ぎゃくさつ》事件クラスだの戦争の現実だのを見たら、私だけじゃなくて大抵《たいてい》の人間は引くと思うが……』

「……そんな現実的な受け答えじゃなくて、さっきの僕の言葉に感激してくれるのを期待《きたい》してたのに……」

『人を利用しようとしてる癖《くせ》に、何が感激だ』

気のせいか、文字の羅列《られつ》に呆《あき》れの色が浮かんでいるようにも見える。

新羅はその文字から眼を逸《そ》らしながら、口笛《くちぶえ》を吹いて誤魔化《ごまか》そうとした。

『小学生か！』

セルティは新羅の横顔をデコピンで叩《たた》き、更《さら》に言葉を綴《つづ》り上げる。

『まあいいさ。せいぜいお前の企《たくら》みに付き合ってやるとしよう』

「セルティ……」

『付き合ってやるんだから、早く元気になれよ』

「ああ、歓天喜地《かんてんきち》、手の舞い足の踏《ふ》む所を知らずとはこの事だよ！　僕《ぼく》の身体《からだ》は今、果てしない歓《よろこ》びに満ちッ……あいッだぁッ！」

無理して寝たまま小躍《こおど》りしようとしたのか、身体の骨から響《ひび》く痛みに悲鳴を上げる新羅《しんら》。

『こら、無茶するな！』

「いたたた……ごめんよセルティ。でも、ありがとう……」

落ち着きを取り戻《もど》したのか、新羅は大人《おとな》しく天井《てんじょう》を仰《あお》いだ。

「でも、今日《きょう》から色々と動く事になると思うけど……最初に何から手をつけるつもり？」

『やっぱり、鯨木《くじらぎ》かさねだと思ってる』

「うん……そうだろうね」

『とりあえず、お前の怪我《けが》に対するケジメは、その女と矢霧清太郎《やぎりせいたろう》、どっちかにつけて貰《もら》わないとな……』

新羅に寄り添いながら、セルティはまだ見ぬ『敵』について考える。


——鯨木かさね。

――死んだ男、澱切陣内《よどぎりじんない》の名前を使って人身売買めいたマネをしている女。

――商品の大半は私や罪歌《さいか》みたいな存在だから、法の手は伸《の》びにくいってわけか。

――だけど、集まった情報だけじゃ、どんな人間なのか全く想像できないな。

――私達みたいな存在より、ずっと暗い闇《やみ》の中に生きる魑魅魍魎《ちみもうりょう》って感じだ。


――きっと今頃は、日の当たらない場所で次の悪巧《わるだく》みをしているのかもしれない。

♂♀

池袋《いけぶくろ》　某《ぼう》コスプレショップ店内

セルティがそんな事を思案している頃――

当の鯨木かさねは、確かに直射日光には当たっていなかった。

ただし、眩《まぶ》しく周囲を照らす蛍光灯《けいこうとう》の下にはいたのだが。

「これと、これを」

レジに彼女が持ち込んだのは、精巧《せいこう》にできたネコミミカチューシャだ。その毛ヅヤも手触《てざわ》りも猫《ねこ》そのものであり、頭に着ければ今にも動きだしそうな一品である。

それを持ち込んだのは、『社長秘書』という単語がぴったりの、硬《かた》い表情をしたメガネ美女だった為《ため》、対応した店員は『この人が、これをつけるのか？』と少なからず疑問に思った。

しかし店員もプロなのでそんな事は欠片《かけら》も表情に出さず、客である鯨木《くじらぎ》に笑顔を向ける。

「ありがとうございます。プレゼントですか？」

「いえ、自分用です」

全く表情を変えず、事務的に言い切る鯨木。

背筋を伸《の》ばしてコスプレショップ店内を歩く彼女の姿《すがた》はまさに『ビジネスウーマン』という単語を具現化したかのようで、店内に居た客達は『あれも何かのコスプレではないか？』と錯《さっ》覚《かく》する程《ほど》だった。


そんな彼女は、購入《こうにゅう》したネコミミ入りの袋《ふくろ》を小《こ》脇《わき》に抱《かか》えながら、カツカツと池袋《いけぶくろ》の街中を闊《かっ》歩《ぽ》する。

照りつける日光に強く眼《め》を細めた以外は、彼女の表情を構成する筋肉が動く事はなく、機械のような一定リズムで、人と人の間を縫《ぬ》って大通りを歩み続けた。

と、そんな彼女の携帯電話から、着メロではない、事務的な発信音が鳴り響《ひび》く。

通話ボタンを押すと、スピーカーから矢《や》霧《ぎり》清《せい》太《た》郎《ろう》の声が吐《は》き出された。

『私だ。進捗《しんちょく》はどうなっている。澱切《よどぎり》氏の携帯に繋《つな》がらんのだが、何かあったのかね』

「澱切氏は、昨晩《さくばん》交通事故に遭《あ》われました。現在入院中となっております」

淡々《たんたん》と答える鯨木。

あの老人達は、所詮《しょせん》澱切陣内《じんない》の——既《すで》に死んでいる人間の影武者《かげむしゃ》に過ぎない。

芸能事務所の社長を演じていた影武者以外は、身元を証明するものは何も持ち合わせていない為《ため》、身元不詳《ふしょう》の怪我人《けがにん》という事で扱われるだろう。

その『澱切陣内』の戸籍《こせき》を持っている社長役の澱切については、行方《ゆくえ》不明になっていた男が事故の被害者として発見されたと話題になる可能性はあったが、今の鯨木にとっては、正直知った事ではなかった。

『なんだと!?　では、私が依頼していた仕事はどうなる！』

「私が引き継《つ》ぎました。作業は当社の人事を尽《つ》くして遂行《すいこう》させて頂きます」

『そ、そうか。ならば問題無い。昨日《きのう》のように、ネブラの妨害《ぼうがい》があるかもしれんからな。慎重《しんちょう》に動け』

「畏《かしこ》まりました。矢霧様」

鯨木は終始事務的な口調《くちょう》で受け答えをした後、あっさりと通話を終わらせた。

セルティ・ストゥルルソンの首と身体《からだ》。そして、罪歌《さいか》。

その全《すべ》てを矢霧清太郎に提供《ていきょう》するのが、澱切陣内が最後に受けた仕事だった。

本当ならば、そんな仕事など放りだしてしまっても構わないのだが、彼女はより後腐《あとくさ》れ無く

『澱切陣内《よどぎりじんない》』との繋《つな》がりを断つ為《ため》、その仕事だけは最後まで遂行《すいこう》しようと決めている。

別の理由として、それに乗じて『敵』である粟楠会《あわくす》の眼《め》を、同じく『敵』である折原臨也《おりはらいざや》に向けようという考えもあるのだが。

それが終わり、粟楠会からの敵意を霧散《むさん》させたら、その先に何をすべきだろうか。

鯨木《くじらぎ》は、そんな事を考えながら歩き続ける。

澱切陣内という『空白の人間』を陰から操《あやつ》り、澱切陣内の人生を模倣《もほう》し続けてきた。

だが、彼女も完全な機械というわけではない。そこになんの疑問を持たなかったわけではないのだ。

しかし、彼女は他《ほか》の生き方を知らない。

裏側の仕事とはいえ、現在の安定した生活を手放してまで自由を求める理由を持ち合わせていなかったのである。

そして、澱切陣内としてのシステムは盤石《ばんじゃく》となり、このまま一生、自分は澱切陣内という人間を世界に投影し続ける機械であり続けるのだろうと覚悟《かくご》していた。

ところが——彼女が諦《あきら》めと共に受け入れた世界は、ある時を起点として、急速に崩《くず》れ去る事になる。

切っ掛けは、聖辺《ひじりべ》ルリ。

自分の姪《めい》にあたる女を、『商品』として引き入れたのが一つの契機《けいき》だった。

今思うと、ルリをこちらの世界に引き込んだ事に、鯨木かさねとしての私情が欠片《かけら》も交じっていなかったかというと、自分でも疑問は残っている。

自分と同じ血を持つ女が、自分の夢を追いかけて幸せに暮らしている事を知り、僅《わず》かな嫉妬《しっと》を覚えたのは確かだ。だが、殺意や強い憎《にく》しみを抱《いだ》く程《ほど》ではなかった。

その証拠《しょうこ》に、彼女が後に『商品』として不幸になっていく様《さま》を眺《なが》めていても、少しも心が晴れる事はなかったのだから。

かといって『澱切陣内』としての行動を続ける彼女にとって、聖辺ルリを助ける理由もなく、変わらぬ日々が続いていくと思ったのだが——

影武者《かげむしゃ》の老人と顧客《こきゃく》達が結託《けったく》して、聖辺ルリの父親を殺害したのは想定外だった。

更《さら》に言うなら、その後、聖辺ルリが怪人《かいじん》『ハリウッド』として、父親の復讐《ふくしゅう》に乗り出すとは夢にも思っていなかった。

ただ、その時に鯨木かさねが感じた事は——

映画の特殊《とくしゅ》メイクアーティストという夢を追い続けた彼女が、自らに特殊メイクを施して復讐をするという行為《こうい》への、僅《わず》かな羨望だった。

あそこまで堕《お》とされても、壊《こわ》されても、尚《なお》も夢というものに縋《すが》り続ける事ができるのかと。

自分には、そこまで執着《しゅうちゃく》するものなど何もない。

この澱切陣内の黒幕という立場すらも、望んで辿《たど》り着いた場所ではないのだ。

そして、徐々《じよじよ》に壊《こわ》れ始める『澱切陣内《よどぎりじんない》』という殻《から》の隙間《すきま》から、彼女も徐々に夢を見るようになり始める。

機械人形のようなイメージを周囲に与える彼女も、夢は確かに見ていたのだ。

『自分だけの夢を見つける』という、落語《らくご》の一幕のような夢を。

夢を見つけるのが夢という奇妙《きみよう》な螺旋《らせん》に囚《とら》われつつも、彼女は淡々《たんたん》と日々をこなし続けた。

だが、その日々は、半日前に粉々《こなごな》に砕《くだ》け散ったのである。

折原臨也《おりはらいざや》という、明確な『敵』の出現によって。

鯨木《くじらぎ》が敵であると認めた臨也にまず思った事は、底知れぬ感謝だった。

こうして朝を迎えてみると、肌《はだ》と眼《め》を焼く日の光が、いつも違って見える。

肌が火傷《やけど》しそうな程《ほど》にヒリヒリし始めているのだが、今の彼女にとっては苦痛とならない。

自分が何をするべきなのか、ようやく、ゆっくりと考える時間ができたのだ。

矢霧清太郎《やぎりせいたろう》の仕事を済ませたら、その報酬《ほうしゆう》を手に、どこかに旅に出るのもいいかもしれない。

あるいは、10年程前からちょくちょく仕事の邪魔《じやま》をしてくる、九十九屋真一《つくもやしんいち》という存在と決着をつけるのも良いだろう。

ただ、清太郎の仕事をこなすには、早急にデュラハンの首と身体《からだ》を入手《にゆうしゆ》する必要がある。

最悪の場合、『罪歌《さいか》』に関しては自分が持っているものをまた腑分《ふわ》けして渡してしまえばいいだろう。

平和島静雄《へいわじましずお》は、警察内部に忍《しの》ばせた直属の『子』によって足止めしているが、この件が片付いたならば、釈放《しゃくほう》しても良いだろう。

上手《うま》く誘導《ゆうどう》すれば、臨也に対する切り札の一つとなる事は間違い無いのだから。

ただ、スローンからその後の連絡《れんらく》が無い所を見ると、臨也の監禁《かんきん》は失敗したと見るのが妥当《だとう》だ。それはつまり、臨也がまだ野放しになっているという事に他《ほか》ならない。

その点を踏《ふ》まえた上で、鯨木は暫《しば》し考えた後――彼女は手近な公園に足を踏み入れ、適当な木によりかかる。

そして、鞄《かばん》の中から池袋《いけぶくろ》の観光スポットなどを案内している雑誌を取り出し、真剣《しんけん》な目つきで情報をチェックし始めた。

彼女にとって、臨也の自由など、自分の自由行動を捨ててまで気にする事ではないと判断したのか、淡々《たんたん》とページを捲《めく》り続ける鯨木。

そして、『たくさんの猫《ねこ》と戯《たわむ》れる事ができるカフェ』のページと『執事喫茶《しつじきっさ》 Swallowtail』のページに折り目をつけ、それぞれの項目を再チェックした。

次に、彼女は二つの光景を想像する。

一つは、買ったばかりのネコミミを着けた自分が、本物の猫たちと一緒《いっしょ》に寝転《ねころ》がる姿《すがた》。

もう一つは、流麗《りゅうれい》に仕事をこなす執事《しつじ》達に『御嬢様《おじょうさま》』と呼ばれる自分の姿だ。

想像の中の自分も全くの無表情であると同時に、そんな事を考えている鯨木《くじらぎ》の顔もまた、いつも通りの鉄仮面《てっかめん》のままである。

猫《ねこ》と戯《たわむ》れるべきか、予約キャンセルを期待して執事喫茶《きっさ》に向かってみるべきか。

彼女にとってはどちらの選択肢《せんたくし》も甲乙《こうおつ》付けがたいのか、そのまま公園の隅《すみ》に留《とど》まり、奇妙《きみょう》な空気を周囲の空間に振りまき続けた。

♂♀

川越《かわごえ》街道　新羅《しんら》のマンション

不倶戴天《ふぐたいてん》の敵が猫か執事かで悩んでいるとも知らぬまま——

セルティは、もう一つ懸念《けねん》していた事を思い出し、ゆっくりと新羅の横から起き上がる。

「？　どうしたの、セルティ？」

『ああ、そういえば忘れてた事があって……昨日《きのう》は色々ありすぎて疲れたが、新羅にはちゃんと伝えておかないとな』

そしてセルティは、自分の解《わか》る範囲《はんい》で帝人《みかど》や正臣《まさおみ》の現状について語り出した。

ダラーズと黄巾賊《こうきんぞく》は、以前とは違う形で衝突《しょうとつ》しつつあるという事。

帝人も正臣も、それぞれ互《たが》いの存在には気付いているらしいという事。

だが、二人とも自分の思惑《おもわく》を持っており、互いのチームを潰《つぶ》す事もやむなしと思っている。

更《さら》に厄介《やっかい》なのが、そんな状況の帝人の元に、贄川春奈《にえかわはるな》捜索《そうさく》の依頼と、粟楠会《あわくす》の赤林《あかばやし》による『警告』が成されたという事である。

特に最後の『粟楠会の警告』は厄介だ。

赤林は確かに、粟楠会幹部の中で最も性格が丸く、話が通じやすいと言ってもいい。

だが、決して単なる『いい人』ではない。彼も、れっきとした粟楠会の一員なのだから。

特にセルティが危惧《きぐ》しているのは、帝人の知らない所で、ダラーズのメンバーが麻薬《まやく》などを扱いだしたら、という事だ。

麻薬嫌《ぎら》いで知られる赤林の管轄《かんかつ》でそんなマネをすればどうなるかは、火を見るよりも明らかである。

『正直、ダラーズと黄巾賊さえ絡《から》まないなら、二人で夕日の見える河原《かわら》で殴《なぐ》り合いでもすればいいじゃないかと思うんだが……周りがもう、それを許さない状況らしい。特に帝人はね』

「黒沼青葉《くろぬまあおば》君か……。やっぱりあの時彼の首を斬《き》っておけば良かったかな」

『物騒《ぶっそう》な冗談《じょうだん》は止めろ』

半分本気だと知りつつも、セルティは『冗談』と強調して新羅の言葉を否定した。

そちらの件については、どうすれば収拾できるのかセルティ達には想像もつかない。

帝人《みかど》が言うように、ダラーズも黄巾賊《こうきんぞく》も全《すべ》て壊滅《かいめつ》させ、お互《たが》いゼロになった状態から絆《きずな》を紡《つむ》ぎ直すしかないのだろうか？

——でも、駄目《だめ》だ。

——その方法は、きっと駄目だ。

セルティは、ふと、何故《なぜ》それが駄目なのかと考えた。

そこから何か代替案《だいたいあん》が閃《ひらめ》くかもしれないと期待したのである。

だが、出て来た答えは、代替案というよりも、新たな悩みを生み出すものだった。

『杏里《あんり》ちゃん』

「えッ」

『帝人君のやろうとしている事には……全部を壊《こわ》してやり直すって方法には、どこにも杏里ちゃんがいない。それは駄目だ。絶対に、駄目だと思う』

セルティは新羅《しんら》にそう断言した後、迷いながらPDAに文字を紡《つむ》ぎ続ける。

『杏里ちゃんが、どれだけ帝人と紀田《きだ》君を心配しているか、私は良く解《わか》ってる。それなのに、そんなあの子の心を無視して、帝人と紀田君の間に繋《つな》がった糸を全部壊してしまおうなんて、あまりにも……』

帝人を批難《ひなん》しているようで気が引けたのか、セルティはそこで一度新羅《しんら》にPDAを見せたが、収まりがつかなくなったのか、新しく文字を打ち直して新羅の顔の上に突《つ》きだした。

『そんなの、あまりにも身勝手じゃないか』

新羅は、そんなセルティの様子を見て小さく微笑《ほほえ》み、独《ひと》り言のように呟《つぶや》く。

「セルティは、本当に優しいね」

更《さら》に、セルティの首を見つめ、彼女を慈《いつく》しむ言葉を吐《は》き出した。

「大好きだよ。そういう所もね」

普段挨拶《あいさつ》代わりに言っているものとは雰囲気《ふんいき》の違う、真剣《しんけん》な言葉。

『んんなっっっあああんに大wと乙z3ウエン』

本来は『何を突然《とつぜん》』と打ち込もうとしたのだが、新羅の真剣な調子に、思わずキーを打つ指と影が震《ふる》えてしまったのだ。

『……いや、その、嬉《うれ》しいんだが……。この部屋にいないっていっても、周りに大勢人がいる状況でそんな事を言われると、恥《は》ずかしいじゃないか……』

セルティが人間と同じ身体《からだ》の構造をしていたら、恐《おそ》らくは全身を真《ま》っ赤《か》に染め上げていた事だろう。

首から上があれば、頬《ほお》を染めて新羅から眼《め》を逸《そ》らしていたかもしれない。

『眠《ねむ》れなくなるだろ、馬鹿。……ちょっと、いつものチャットに杏里ちゃんがいないか、見て来てみる。メールのやりとりより、あっちの方が気さくに話せるみたいだからね。ちょっと世間話がてら、様子を見てみるよ』

強引《ごういん》に話を元に戻《もど》しつつ、セルティは心を落ち着かせながら改めて新羅《しんら》に告げた。

『私も、迷ってるんだ。帝人《みかど》には杏里《あんり》に内緒《ないしょ》にしてくれと言われているが……。杏里ちゃんを、このままずっと部外者にし続けていいのかどうかってね』

「ああ……それは難しいね。僕《ぼく》も、伝えるべきかどうかは悩む所だ。臨也《いざや》の奴《やつ》なら、なんの迷いもなく教えるだろうけど。それも、相当に不安を煽《あお》る形でね」

少し前に、実際臨也が杏里の不安を煽っていたとも知らぬまま、新羅は全くの偶然《ぐうぜん》でそんな事を口にする。

セルティはその言葉を聞いて妙《みょう》な胸騒《むなさわ》ぎを覚えつつ、横に置いてあったノートパソコンを開きながら、片手でPDAに器用に文字を綴《つづ》りあげた。

『そうだな。杏里ちゃんは強い子だけど、割と自分を追い込む所があるから……あの子を巻き込む事になるとしたら、慎重《しんちょう》にあたらなくちゃな』

と、今の杏里の状況を知る者からすれば、空《むな》しさしか響《ひび》かない気遣《きづか》いの言葉を。

♂♀

同時刻　池袋《いけぶくろ》　某《ぼう》コスプレショップ店内

「申し訳ありません、その商品は、本日売り切れてしまいまして……」

「そうですか……ありがとうございました」

店員に礼を告げ、コスプレショップを後にする杏里。

臨也と再会を果たしてから数時間。

彼女の心は、ようやく平穏《へいおん》を取り戻しつつあった。

もしも狩沢《かりさわ》がいなかったら、と思うと、杏里はぞっとする。

あのまま一人で臨也と会話を続けていたら、自分は今頃、本当にどうにかなってしまっていた事だろう。

狩沢は、自分自身の中に湧《わ》き上がる不安と恐怖《きょうふ》に震《ふる》えながら話す杏里の言葉を、全《すべ》て受け入れてくれた。

どうして、自分などにこんなにも優しくしてくれるのか、杏里はそれが不思議で、狩沢に直接尋《たず》ねてみた。

すると彼女は柔和《にゅうわ》な笑顔を浮かべ、自分の額《ひたい》を杏里の頭にコツリと触《ふ》れさせる。

――「大人《おとな》のお姉《ねえ》さんはね、可愛《かわい》いものの味方なんだよ」

――「私ぐらいになるとさ、『カッコイイ』も、『可愛い』の中に入っちゃうの」

――「人間かどうかなんて、関係ないよ。同じ事で笑って、同じ事で泣けるかどうかだよ」

──「杏里《あんり》ちゃんは、可愛《かわい》いし、笑う事ができるし、それに、自分と友達に関わる事が悲しいから泣きそうになってるじゃん」

──「だから、大丈夫《だいじょうぶ》。他《ほか》の人達が杏里ちゃんを否定しても、私は受け入れてあげる」

──「人間かどうかなんて、ドタチンもトグぴょんも、全然そんなこと気にしないよ。ゆまっちなんか、逆に喜ぶと思うしね。私だって喜んでるぐらいだし」

──「帝人《みかど》君も紀田《きだ》君も大丈夫。私達よりも、ずっとずっと杏里ちゃんが優しいって知ってると思うから」

自分自身も門田《かどた》の事が心配でしょうがないという時に、彼女は一時間ほど付きっきりで、病院の廊下《ろうか》にある長椅子《いす》の上でずっと親身に話を続けてくれたのだ。

セルティと話している時と同じか、それ以上の安堵《あんど》感が杏里の全身を包み込む。

自分の事を知って、尚《なお》かつ受け入れてくれる人間がいる。

ただそれだけの事で、杏里の心は随分《ずいぶん》と楽になった。

──「みかぷーの事とかは、私が今、携帯を使っていい場所からダラーズ掲示板とかに繋《つな》いで調べておいてあげる」

──「だからさ、杏里ちゃんに、ちょっとお使い頼んでもいいかな?」

──杏里に気分転換させようとしたのか、狩沢《かりさわ》はとある『おつかい』を杏里に頼み込んだ。

──「ドタチンが起きた時、女の子みんなでネコミミでお見舞いしてあげたら、喜んでくれるかなって思って」

そんな事を言いながら、コスプレショップにネコミミカチューシャを買ってくるよう、メモと現金を渡してきたのである。

しかし、そのカチューシャは売り切れてしまったという。

店員が『本日』と言っていたからには、今日《きょう》も入荷自体はしていたのだろう。

他《ほか》の店も探してみようかと思ったが、コスプレショップ自体に不慣れな杏里は、どこに行けば良いのかも解《わか》らず、とりあえず適当に周囲を歩いて探して見る事にした。

改めて見ると、この近辺は漫画《まんが》やアニメに関係する店が多い。

そう考えながら看板《かんばん》などを見て歩いていた杏里だが——

ゾワリ

と、背中に急激に寒い風が吹き抜けた。

——え？

——なんだろう……これ。

——誰かに、見られてる？

『視線を感じる』という言葉は古来より存在するが、本当の意味で『誰かに見つめられている』と認識できたのは、杏里《あんり》にとって初めての経験だった。

だが、それは、杏里が気付いたというよりも、『罪歌《さいか》』が気付いたと言った方が良かったかもしれない。

彼女の心の中で急速に罪歌達がざわめき始め、歓迎とも拒絶《きょぜつ》とも取れる雰囲気《ふんいき》を杏里の身体《からだ》全体に行き渡らせたのだ。

何かがいる。

誰かがいる。

自分と、いや、あるいは罪歌と関係のある何者かが、この近くから、じっとこちらを睨《ね》め付けているかのような感覚がある。

見てはならない。

振り返ってはいけない。

そんな思いも、確かにあった。

全身の細胞《さいぼう》が警告《けいこく》を繰《く》り返しているが、杏里はその視線の元に向かって振り返った。

振り返ってしまった。

そして、その視線の先からこちらに近づいて来る影を見て、杏里は思う。

これは、果たして偶然《ぐうぜん》なのか？

それとも、自分も彼女も、あるいは帝人《みかど》や正臣《まさおみ》もまた、巨大《きょだい》な事件の渦《うず》の中に巻き込まれてしまっているのだろうか？

と、偶然だけで片付けられない不気味《ぶきみ》な螺旋《らせん》を感じ取っていた。

一方で、杏里にそれだけの事を思わせた少女――贄川春奈《にえかわはるな》は、相も変わらず美しい顔に病的な笑みを浮かべ、艶《つや》やかな黒髪《かみ》を風に靡《なび》かせながら、杏里の少し前で立ち止まった。

都心部の歩道上。

多くの通行人が行き来する中で、二人の少女が立ち止まった。

何も言う事ができずにいた杏里に、贄川春奈が静かに微笑《ほほえ》みかける。

「久しぶりね。園原《そのはら》さん」

なまめかしい色気を感じさせる微笑みに、杏里はただ、相手の名を呼ぶだけで精一杯だ。

「贄川……先輩《せんぱい》」

そう呼ばれた少女――『罪歌』の『子』の一人である贄川春奈は、徒手空拳《としゅくうけん》のまま杏里にそっと近づき、耳元で囁《ささや》いた。

「そこの公園まで、一緒《いっしょ》に来てくれるかしら？」

「えッ……」

「私はここで始めてもいいんだけど、貴女《あなた》は……こんな人目の多い場所じゃ、嫌《いや》でしょう?」

贄川《にえかわ》が何を始めるつもりのかは、杏里《あんり》にも即座《そくざ》に理解できた。

何しろ、彼女の穏《おだ》やかな声の中には——杏里に対するあからさまな対抗意識と、果てしない殺意が込められていたのだから。

チャットルーム

・・・

狂【ともあれ、これは世界を革命する一歩になるのではないでしょうか？　電脳の海の住人達は大半が単なる悪戯《いたずら》と捉《とら》えているようですけれども、私には解《わか》ります。あれは悪戯などではないと。確かにあれは、『本物』に相違ないと】

狂【今までも様々な映像が超常現象の証拠《しょうこ》として上がって来ましたが、それが疑わしく見える原因の一つは、たった一台のカメラでそうしたものが撮《と》られているということにあると思うのです！】

参【そうですね】

狂【カメラが二台、別のアングルから全く同時に、同じ場所に現れた幽霊《ゆうれい》や怪物《かいぶつ》を映し出したならば、それは大きな意味合いを持つと思うのです。一人の目撃《もくげき》証言では単なる眼《め》の錯覚《さっかく》と言われるように、一台のカメラでは『編集加工だろう』と言われて終わる時代なのですから！】

狂【だからこそ、今回のケースは貴重《きちょう》なのです！】

狂【テレビでは直接映像は映し出されず、企業や新聞社が運営しているネットのニュースではモザイクが掛かってしまっておりますが——動画サイトや静止画サイト、ＳＮＳやツイッティアの間では、次々と、別の人間が映し出した映像、または写真が上げられているのです！】

狂【これはもはや、真実と言っても良いのではないでしょうか！】

狂【今日《きょう》という日に、ついに池袋《いけぶくろ》という街に『何か』が現れたのだと！】

参【怖《こわ》いです】

狂【怖がる事はありません。二人が一緒《いっしょ》なら、どんな困難にも立ち向かえます。そして、死ぬ時にも貴女《あなた》と共にあるならば、私は本望《ほんもう》ですよ、参さん】

参【嬉《うれ》しい】

参【キス】

参【痛い】

参【つねられました】

セットンさんが入室されました。

セットン【こんにちはー】

セットン【お久しぶりです】
セットン【罪歌《さいか》さんは……いらっしゃらないみたいですね】
セットン【ちょっとメールしてみようかな】
狂【これはこれは、偉大なるチャットルームの先達《せんだつ》にして導き手の一人でもあるセットンさんに再会できて光栄です】
セットン【相変わらずテンション高いですね】
参【こんにちは】
セットン【えーと、何があったんです？】
セットン【過去ログ全部見た方がいいのかな】
狂【あらあら、その様子では、セットンさん、まだ御存知《ごぞんじ》無いようですわね。とはいえ、まだネット上に噂《うわさ》が広まってから30分といった所なのですから、仕方がないといえば仕方ないのですが……逆に考えると、たった30分でここまで拡散するツイッティアの力を恐《おそ》れるべきなのかもしれませんわね】
参【怖《こわ》いです】
狂【ともあれ、今からなら、過去ログやツイッティアを見るよりも、テレビのニュースをつける事をお勧《すす》め致しますわ】
セットン【ニュース？】

狂【ええ、丁度正午《ちょうどしょうご》のニュースが始まる所ですし、大王《だいおう》テレビあたりのニュースが特集を組むと見ているのですが……】
セットン【何がなんだか解《わか》りませんが……】
セットン【ちょっと、見てみますね】

♂♀

川越《かわごえ》街道　新羅《しんら》のマンション

セルティは、チャットルームで狂達が騒《さわ》いでいる内容が気になり、ノートパソコンを持ったままテレビのある広間へと移動した。

すると、そこには既《すで》に仮眠を終えた他《ほか》の面々が集まり始めていた所で、夏休みのアニメ特集が終わったテレビのチャンネルを、遊馬崎《ゆまさき》がランダムに変えている姿《すがた》が見える。

遊馬崎はセルティが部屋に来た事に気付くと、笑いながら声をかけてきた。

「あ、セルティさん、もう起きたんですか？　それとも徹夜《てつや》っすか？」

『ああ、ちょっと寝付けなくてね。ところで、チャンネルを借りていいかな』

「や、借りるもなにも、セルティさんと岸谷《きしたに》先生のものじゃないっすか！　どうぞどうぞ」

『ありがとう』

何事もなく受け取り、チャンネルを変えていくセルティ。

ここまでは、彼女にとってまだ『平穏《へいおん》』と言える範疇《はんちゅう》だ。

波江《なみえ》の事が気になるものの、誠二《せいじ》の視線がある限りは、そこまで無茶《むちゃ》はしないだろう。

よってセルティは、なんの警戒心《けいかいしん》もなく大王《だいおう》テレビのニュース番組にチャンネルを合わせた。

ところが——

そこから流れてきたニュースは、一般市民はもちろん、セルティの思考そのものを非日常に引きずり込む内容だった。


『はい、こちらが現場となった池袋《いけぶくろ》駅東口前です』

画面に映るのは、池袋駅前の見慣れた景色《けしき》。

だが、その一区画にビニールシートが張られ、物々しい雰囲気《ふんいき》が生み出されている。

——なんだ？

——通り魔《ま》でもあったのか？

時期が時期だけに、まさか知人が襲《おそ》われたりしたのではないかと不安になるセルティ。

だが、その不安が取り越し苦労だという事は、即座に理解する事ができた。

テーブルの上に置いたノートパソコンでは、狂がどこかのアドレスを張っている。どうやら画像掲示板《けいじばん》の類《たぐい》のようだ。

なにげなしにそのリンクをクリックするのと、テレビのキャスターが話し始めたのと、セルティがテレビ画面上のテロップに気付いたのは、ほぼ同時の事だった。

『この人通りが多いロータリー、その人混みそのものに狙《ねら》いを定めたかのように——午前11時頃、何処《どこ》からか人間の女性の頭部が投げ込まれたのです』

——へ？

テロップには、簡潔《かんけつ》にこう書かれていた。

【白昼《はくちゆう》の狂気《きようき》！　池袋駅前に女性頭部】

——はへ？

心中《しんちゆう》で呆《ほう》けた声を上げながら、セルティはゆっくりとノートパソコンの画面に視線を落とし——セルティの視覚を司《つかさど》る【影】そのものに、一枚の画像が深く鋭《するど》く突《つ》き刺《さ》さり、そのまま彼女の心に焼き付けられた。

なにしろ、一般人が携帯電話のカメラで撮影したと思《おぼ》しきその画像には、アスファルトの上に転がる、女性の生首《なまくび》が映し出されていたのだから。

部屋にいた者達は、一斉《いつせい》に一人の少女に視線を移す。

張間美香《はりまみか》。

生首《なまくび》の顔は、彼女に恐《おそ》ろしいほど良く似ていた。
だが、セルティはそちらを向く事はしなかった。
彼女は、画像を見た瞬間《しゅんかん》に理解していたからだ。
写っているのが、自分自身の『首』の写真に相違ないと。

かつて追い求めて止《や》まなかった自らの『顔』が、ネットを通して世界中の晒《さら》し者になっている事を確信したセルティ。

彼女は、崩《くず》れ落ちるように床《ゆか》へと倒れ込み——
周囲の声を聞く暇《ひま》もなく、そのまま意識を失った。

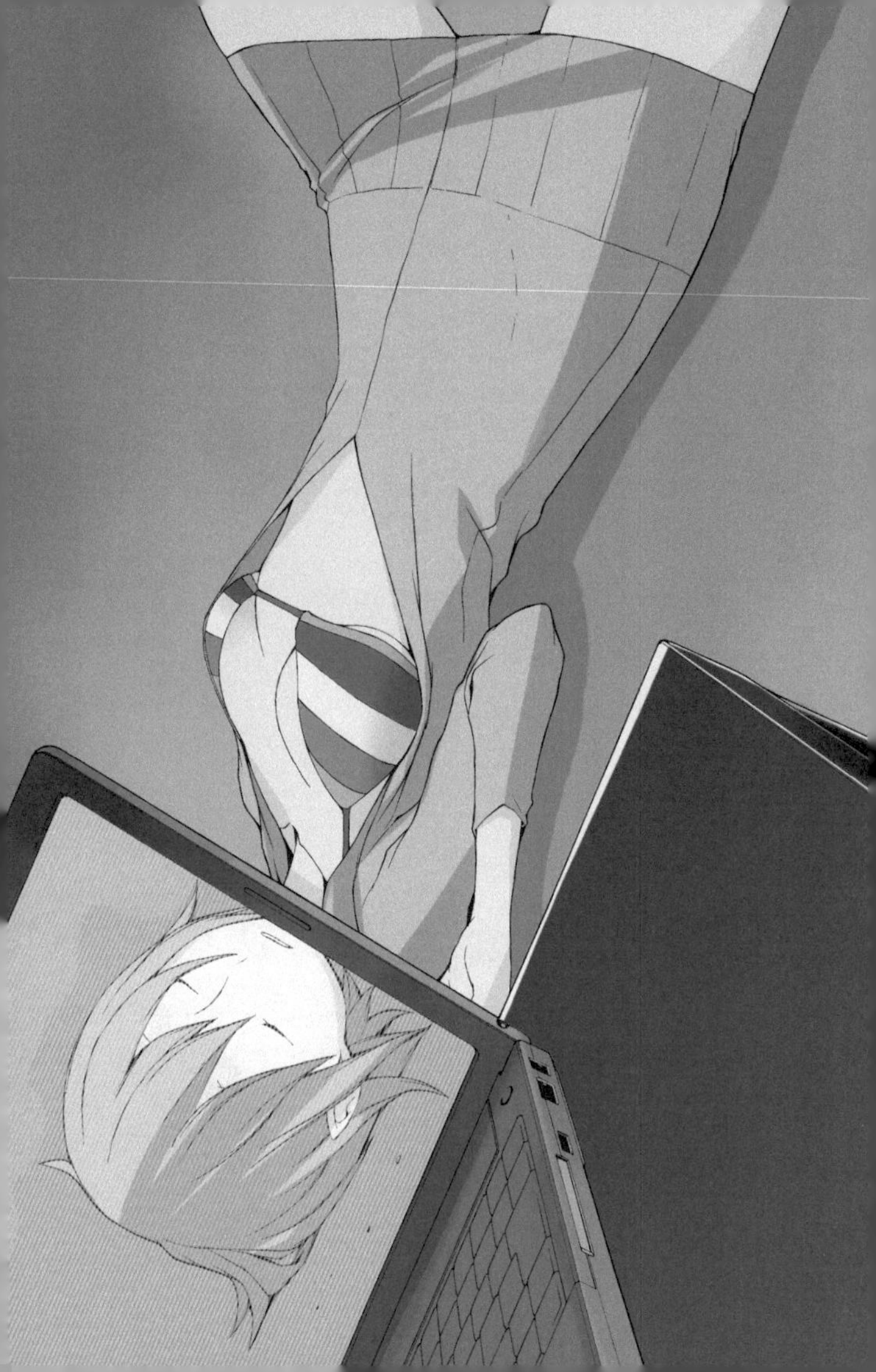

六章　象牙の塔

DRRR!!×11

Ryohgo Narita な-9-41

池袋某所《いけぶくろぼうしょ》　カラオケボックス

池袋どころか、日本中が猟奇的《りょうき》なニュースに沸いていた頃——

四十万博人《しじまひろと》は、冷や汗《あせ》を掻《か》きながら椅子《いす》に座り続けていた。

変装のつもりなのか、髪《かみ》をカチューシャで無理矢理《むりやり》オールバックにしており、色の濃《こ》いサングラスで無理矢理目を隠《かく》している。

彼は現在、非常に厄介《やっかい》な立場に身を置いていた。

少し前までは、自分は違法薬物を売りさばく組織の幹部。実質的に取り仕切っていた存在だと言ってもいい。ところが、『アンフィスバエナ』と呼ばれる組織との抗争《こうそう》の最中に、折原臨《おりはらい》也《ざ》《や》の手によって、地の底まで堕《お》とされたのである。

現在は折原臨也の手駒《てごま》としてダラーズに接触《せっしょく》しているものの、その裏では、澱切陣内《よどぎりじんない》の指示を受けて動いている存在だ。

もしも自分が臨也《いざや》が派遣《はけん》したスパイだとバレれば、ダラーズの面々に処分される事だろう。

あるいは、澱切《よどぎり》のスパイだとバレれば、折原《おりはら》臨也に処分される事は間違いない。

ならば、正直に折原臨也に『澱切が接触《せっしょく》してきた』と告げるべきか。

ダラーズに『自分は折原臨也のスパイだ』と告げるべきか。

迷いはすれど、どの選択肢《せんたくし》が最も自分を安全圏に運ぶのか、今の四十万《しじま》には見当すらつかなかった。

結局どの陣営《じんえい》も裏切る事はできず、自分の首だけが緩《ゆる》やかに絞《し》め上げられていく状況。

——どうせ地獄《じごく》に落ちるならば、全員道連れだ。

それが、四十万の出した結論だった。

このまま暫《しばら》く多重スパイを繰《く》り返し、それぞれの陣営の弱みをできるだけ多く握《にぎ》り、自分が破滅《はめつ》する前にその全《すべ》てをぶちまける。

無謀《むぼう》な賭《か》けである上に、自分が生き残る目は限りなく小さい。

だが、四十万はその賭けに乗らざるをえない状況まで追い詰《つ》められていた。

警察に飛び込み、全《すべ》ての罪をさらけ出せば、刑務所《けいむしょ》に入る事にはなるが、命だけは助かるかもしれない。

しかし、刑務所に入り、これまで築き上げてきた名声を失う事は、四十万博人《ひろと》という人間にとっては死も同義だった。自分一人だけが死ぬ、そんな道などは最初から選択肢に含まれていなかったのだ。

そんな彼が、今は冷や汗《あせ》を掻《か》きながら椅子《いす》に座り続けている。

現在、部屋には博人以外誰もおらず、カラオケの画面から響《ひび》く情報番組の音だけが流れている状態だった。

変装めいた事をして待ち続けているのは、これから会うのが、澱切の使いの者だからだ。

定期的に連絡《れんらく》を取り合う事になっているのだが、電話などでは足が付くと、こうしてカラオケボックスの中で直接会う段取りとなっている。

入室も退室もバラバラで、四十万が指定された偽名《ぎめい》で部屋を取り、料金は澱切側の人間が払《はら》う。これならば、足も付きにくい筈《はず》なのだが——折原臨也の情報網を過小評価してはならぬという事は、博人自身が身をもって知っていた。

何しろ、こちらは折原臨也の手駒《てごま》の正確な人数すら把握《はあく》していないのだ。カラオケボックスの店員が臨也の手下だったという可能性も捨てきれない。

その為《ため》、町に繰り出す前からこのような変装をしてきたのだが——

30分ほど遅れて部屋に入ってきた男を見て、四十万は目を丸くした。

夏場だというのに、ニット帽《ぼう》を深く被《かぶ》り、口元にはマスクすらしている。

当然とでもいうかのようにサングラスもしているのだが、これでは逆に怪しく、周囲の目を引いてしまうのではないだろうか。

かと思うと、男は入ってくるなり、口から何かを吐《は》き出した。

それが変装用の含み綿と入れ歯だと気付く四十万《しじま》の前で、男は付け髭《ひげ》をペリペリと剝《は》がしていく。

「失礼。遅れてしまったようだ」

扉《とびら》からは見えない位置に腰《こし》をかけ、そこで初めて男は声を出した。

「……澱切《よどぎり》さんの使いの者だ。君が四十万博人《ひろと》君だね」

「は、はい」

「すまない。ビックリしただろう」

爽《さわ》やかな笑みを浮かべる男に、四十万はおそるおそる問い質《ただ》す。

「あの……俺《おれ》はともかく、貴方《あなた》が変装する理由って……」

「ああ、すまない。素顔を晒《さら》して街中を歩けない身の上なんだ。ちょっと借金をしてるものでね。あの恐《おそ》ろしいバーテンダーの借金取りに見つからないようにしてるのさ。その借金のカタとして、澱切さんの使いっ走りをやっているようなものさ」

もっと強面《こわもて》の人間が来るかと思っていたが、想像していたよりも大分まともな人間だ。変装していた事には驚《おどろ》いたが、事情を聞けば納得《なっとく》もできる。四十万も池袋《いけぶくろ》を庭としていた以上、平《へい》和島静雄《わじましずお》の危険度については強く脳髄《のうずい》に叩《たた》き込まれているからだ。

「でも、あの借金取り、逮捕《たいほ》されたって噂《うわさ》ですよ」

「噂だろ。噂は信じないし、信じたとしても、今日《きょう》にはもう釈放《しゃくほう》されてるかもしれない。……ああ、すまない。ちょっと臆病《おくびょう》な性格でね」

男はリモコンで飲み物を注文した後、無言のままマスクをかけ直す。

そして、店員が手早く飲み物を運んできて、部屋を退室したのを確信してから再びマスクを外し、テーブルに置いた。

そんな様子を見て、四十万が不思議そうに尋《たず》ねる。

「……でも、俺の前で顔を見せてちゃ台無しじゃないですか？　いや、ニット帽《ぼう》とサングラスはつけたままですけど……もう、ほぼ素顔でしょそれ」

「はは、いいさ。俺は君を信用しているからね」

——何を言ってるんだ、こいつは？

耳障《ざわ》りの良い言葉を吐き出す男を、四十万は露骨《ろこつ》に訝《いぶか》しんだ。

その表情を見て、男はハハ、と笑いながら言葉を紡《つむ》ぐ。

「ああ、すまない。会ったばかりで『信用してる』、なんて言葉は胡散臭《うさんくさ》いだけだよな。でも、一つ理解して欲《ほ》しいのは……少なくとも、俺は、君の敵じゃないって事だ。たとえ、君が澱切陣内《じんない》の敵であろうとね」

「……？　どういうことですか？」

「ハッキリと言っておこう。澱切陣内は、夕べ、交通事故に遭《あ》った」

「!?」

不意打ちのように事実を告げられ、四十万《しじま》の感情の流れが停止する。

その隙《すき》を突《つ》くように、男は淡々《たんたん》と言葉を続けた。

「秘書の鯨木《くじらぎ》さんの話だと、半年は動けないらしい。まあ、あの爺《じい》さん、歳《とし》も歳だからな。このままあの世に行ってもおかしくないだろう」

「じゃ、じゃあ」

「おっと、このまま自由の身、というわけにはいかないぜ。鯨木が目を光らせてるだろうし、それに、彼女の使いっ走りである俺《おれ》も、君についての情報は知ってる。どの道、折原臨也《おりはらいざや》の使いっ走りなんだろ？ 俺もアイツの事は知ってるが、厄介《やっかい》な奴《やつ》を敵に回したな。同情するよ」

「……」

嫌《いや》な情報を告げられ、四十万は即座に意気消沈《しょうちん》する。

しかし、そんな彼に対し、男はフレンドリーに語り続けた。

「まあ、聞けって。俺も澱切陣内《よどぎりじんない》に忠誠《ちゅうせい》を誓《ちか》ってるってわけじゃあない。あのメガネ秘書、鯨木の奴《やつ》はいい女だと思うけどな。いつか手籠《てご》めにしたいが、それは後回しだ。……ま、そこでだ、あんた、俺と組んで大金を手に入れるつもりはないか？」

「え……？」

「澱切陣内の貯《た》め込んだ資産の一部をくすねようって話さ」

――なんだ……？

――こいつ、本当に澱切の爺《じじい》の使いか？

――いや、もしかしたら、俺が裏切るかどうか、かまを掛けてるのかもしれない。

――本当に澱切が事故ったのかどうか解《わか》るまで、下手《へた》に賛同するのは不味《まず》いな。

あまりに唐突《とうとつ》な事を言い出す男に、四十万は逆に疑念を色濃《こ》くする。

「資産っていうより、奴の商売ルートの一部を頂く、って感じかな」

「……いや、ヤバイでしょう、それ」

「ハハ、今ヤバイのは澱切の方だ。そうだろう？　粟楠《あわくす》会の連中にも目をつけられてるこの時期に、とんだヘマを踏《ふ》んだもんだ。いや……噂《うわさ》じゃ、奴を撥《は》ねたのは折原臨也の使いっ走りって話だぞ？」

「……!?」

突然《とつぜん》突きつけられる情報に、四十万は狼狽《うろた》える。

――くそ、こいつの情報、どこまで信じていいんだ？

――なんか、今一つ信用できないんだよな、このオッサン。

自分よりも10歳年上かどうかという男を前に、四十万は沈黙《ちんもく》を守る事にした。

だが、そんな四十万の心情が解《わか》ると言わんばかりに、男はウンウンと頷《うなず》いた後、サングラスの奥の目を細めながら言葉を続ける。

「解《わか》るぞ。俺《おれ》の事が信用できないんだろう？　確かに、お前はもう崖《がけ》っぷちだ。警戒《けいかい》するのは当然だ。なんの見返りも無しに、俺を信じる事はできないだろう」

「そりゃ、まあ」

憮然《ぶぜん》と答える四十万《しじま》に、男は言う。

「門田京平《かどたきょうへい》」

「？」

「門田京平って、ダラーズの有名人を知ってるか？」

「何日か前に撥《は》ねられたって噂《うわさ》は聞きましたけど……」

四十万は以前にダラーズについて調べた時、当然ながら有名所《どころ》のメンバーとして門田の事もチェックしていた。もっとも、彼の事故について知ったのは、ゆうべ、竜ケ峰帝人《りゅうがみねみかど》と初顔合わせをした時に、ダラーズ内部の状況として聞いたのが初めてだったが。

「今、色んな連中がその轢《ひ》き逃げ犯を血眼《ちまなこ》になって追ってる。下手《へた》すりゃ、犯人はリンチにあって殺されるかもな」

「まあ……そうかもしれませんね。でも、なんで今、そんな話を？」

相手の意図が読めず、男の目を見ようとする四十万。

だが、自分と同じ色濃《こ》いサングラスが、部屋の薄暗《うすぐら》さと相まってその目を巧《たく》みに覆《おお》い隠《かく》す。

そして、男は一度ドアの方に視線を向けた後、扉《とびら》がしっかりと閉まっているのを確認してから小声で呟《つぶや》いた。

「その犯人を、俺が知ってるって言ったらどうだ？」

沈黙《ちんもく》。

男の言葉の意味を理解し、自分なりに判断するまで、

「……ちょっと待て。犯人を……知ってる？」

「言葉通りの意味だ」

あっさりと答えた男の言葉に、四十万はしばし考え込む。

――なるほど。

――その犯人を見つけた栄誉《えいよ》を、俺に譲《ゆず》ってくれるってのか？

――だが、こいつの口にする犯人が本当に犯人だって保証はどこにある？

――こいつが誰かをハメる為《ため》に、俺を利用しようとしてるんじゃないか？

「……。それこそ信じがたいですよ。警察だけじゃない。ダラーズがあれだけの人海戦術をやっても見つからない犯人を、どうして貴方《あなた》が？　証拠《しょうこ》でもあるんですか？」

あわよくば、その証拠の内容だけを聞いて、それをヒントに自力で犯人を捜《さが》し出すのも手だ。

だが、男の口から吐《は》き出された『証拠』は、四十万の想像を超えるものだった。

「ああ、証拠《しょうこ》ならあるぞ。ほら」

すると、男は携帯を取りだし、一枚の写真データを画面に映し出した。

そこには道路上に倒れる青年の姿が映っており、明らかに事故直後といった状況である。

「これは……」

携帯に映し出された写真を見て、四十万《しじま》はすぐにその違和感に気が付いた。

ライトに照らされた、事故の被害者の身体《からだ》が——

そのライトを付けた車の、内部から映し出されているではないか。

ゾワ、と、四十万は自らの背に冷たい汗《あせ》が滲《にじ》み出すのを感じ取った。

自分は今、物凄《すご》く軽い流れで、洒落《しゃれ》にならない物を見せられたのではないかと。

男は一件爽《さわ》やかだが、よく見るとどこかネットリとした笑みを浮かべたまま、四十万の不安が正しいと証明する言葉を吐《は》き出した。

「俺が、助手席から撮ったんだ」

「……」

四十万は、口を動かす事ができなかった。

口だけではない。指や足先が、緊張《きんちょう》でろくに動かせなくなる。

目の前に現れた男は、単なる澱切《よどぎり》の使いっ走りだと思っていた。

最初にこの男の顔を見た時、折原臨也《おりはらいざや》や澱切と比べて、どう見ても大物には見えない。少しばかり顔が良いのをいい事に、そこら辺で女に貢《みつ》がせた金をパチンコに注《つ》ぎ込んで破滅《はめつ》していきそうな雰囲気《ふんいき》しか感じられなかったのである。

だからこそ、そんな男の口から危険な情報が吐き出された事が、彼の全身を恐怖《きょうふ》で包み込んだのだ。

——嘘《うそ》だろ。

——こんな、なんでもなさそうな優男《やさおとこ》のオッサンが……。

肩《かた》を震《ふる》わせる四十万に、男は淡々《たんたん》と言葉を吐き出す。

四十万を、更《さら》なる泥沼《どろぬま》に引きずり込む為《ため》に。

「そう。俺《おれ》がさ。その犯人に言ってやったんだよ。『撥《は》ねろ』ってな」

「……あ……いや……」

「そしたら、運転手は迷い無く撥ねた。つまり、その運転手が犯人ってわけだ。横で見てたんだ。これ以上の証拠もないだろう。残念ながら、裁判《さいばん》の証言台に立つ気はないから、この情報を売るとしたら、警察じゃあなくダラーズのチンピラども相手だろうがね」

言葉を詰《つ》まらせる四十万の前で、男は人差し指でコツコツとテーブルを叩《たた》く。

「この場合、俺って罪になると思うか？　いや、殺人教唆《きょうさ》が成立すりゃもちろん罪だが、俺が撥ねろって言った事なんざ証明できないし、仮に撥ねろと言ったとしても、寝言だと言い張ればどうだ？　泥を撥ねろって意味で言ったといえばどうなる？　まあ、実際は裁判にならないと解《わか》らないけどな」

楽しそうに笑った後、ドリンクを煽《あお》る澱切《よどぎり》の使い。

一方、四十万《しじま》は目の前にある飲み物を啜《すす》るどころか、膝《ひざ》の上に置いた手を動かす事もままならず、ただ、男に問いかける事しかできなかった。

「なんで、私にそんな話を……」

「俺《おれ》を信用して欲しくてね。俺はお前の弱みを握《にぎ》っているが、これで君も俺の弱みを握った。フィフティ・フィフティだ。一方的にお前の弱みを握ってる澱切や臨也《いざや》より、よっぽどいい友人関係を築けるとは思わないか？」

即座に答えを出す事はできなかった。

——誰だ？

——こいつは一体、誰なんだ？

——初めて見る顔だ。ヤクザ関係にも見えない。

——いいとこ、場末のホストって感じの雰囲気《ふんいき》だ。

この男は、臨也や澱切と比べてどうにも小物《こもの》臭《くさ》い。組んでおいて、あとで一番裏切るのが楽なのは間違い無くこの男だろう。

澱切の資産を奪《うば》う。確かに、それを成した後でこの男を足切りすれば、再び自分に生きる目が出てくるのではなかろうか？　そんな誘惑《ゆうわく》に駆《か》られつつも、四十万は決断を下す事ができず、誤魔化《ごまか》すように質問を繰《く》り返す。

「どうして……門田《かどた》を？　まさか澱切の指示で？」

「いや……俺は直接恨《うら》みはないし、澱切の爺《じい》さんに直接指示されたわけでもないんだけどな。門田の動きを封じれば、それだけ喜ぶ奴《やつ》がいるって事さ。俺が誰の願いを叶《かな》えてやったか、それを話すのは、もう少しお前と信頼関係を築き上げてからだな」

男はそこでドリンク内の氷を口に含み、舌《した》の上で舐《な》め溶《と》かしながら言葉を続けた。

「一番の理由は、俺の新しい手駒《てごま》がきちんと命令を聞くかどうか試しておきたかったんだ」

「手駒？」

「ああ、いや。こっちの話さ。で、どうする？　話に乗るか？」

四十万は、しばし口を閉ざして考え込み——その後、意を決して口を開く。

「……詳《くわ》しい説明を聞いても、いいですか」

どうせ、これ以上堕《お》ちる事はない。

自分の弱みは澱切や臨也に知られているが、この男の秘密を知るのは自分一人だ。

こちらのもみ消しさえ上手《うま》くやれれば、長くユスリのネタに使えるかもしれない。

やはり、この男は小物なのだろう。こんな割の合わない取引を持ちかけてくるとは。

もっとも、これが折原臨也相手ならば、割の合わない取引の裏に何かがあるに違いないと警《けい》戒《かい》する所なのだが。目的が『金』と言うこの男なら、その心配も薄《うす》そうだ。

そんな打算をしつつ答えた四十万《しじま》の手を、男が硬《かた》く握《にぎ》りしめる。

「素晴《すば》らしい。君は聡明《そうめい》だよ。四十万博人《ひろと》君」

「……そういえば、まだ貴方《あなた》の名前を聞いてない」

「ああ、これは失礼した。俺《おれ》の名前は――――」


それから30分後。

二人は今後の動きについての説明や情報交換をした後、あっさりと別れを告げる。

長居するのは互《たが》いに危険だと解《わか》っているのだろう。

四十万も、完全に男を信用してはいない雰囲気《ふんいき》だった。

それを理解しつつ、男は先に部屋を出た四十万を見送り――一人で笑う。

「あんな情報、弱みでもなんでもないのに、バカな奴《やつ》だ」

破滅《はめつ》に近い場所にいる男は、カラオケボックスの中でなにをするわけでもなく、ただ、ひたすらに笑い続けた。


「なにしろ、俺も運転手も、門田にしっかりと顔を見られてるんだからなぁ！」

♂♀

都内某所《ぼうしょ》　廃《はい》ビル

「……えッ？」

竜ヶ峰帝人《りゅうがみねみかど》と黒沼青葉《くろぬまあおば》、そしてブルースクウェアのメンバーが一時的なアジトとして使用している廃ビル内。

携帯のSNSサイトからニュースをチェックしていた帝人は、そこに表れた一つのニュースを見て眼《め》を丸くした。

「まさかこれ……セルティさんの首じゃないよね……？」

生首《なまくび》が歩行者天国に投げ込まれるというニュースに、全《すべ》ての作業の手を止める帝人。

彼の周りにいたブルースクウェアのメンバー達も、物騒《ぶっそう》なニュースを耳にして持ち込まれたテレビに目を向けていたのだが——

「張間《はりま》さん⁉」

と、ネットを調べた帝人が大声を上げたので、思わずそちらに振り返った。

帝人《みかど》が声を上げたのは——画像アップローダーに上げられた、当の『生首《なまくび》』の画像を見た帝人は、それが同じ学校に通う少女と同じ顔をしていると気付き、反射的にその名を叫《さけ》んでしまった。

だが、帝人はすぐに別の可能性に辿《たど》り着く。

むしろ、そちらの可能性の方が大きいのではないかと判断した。

かなり高画質の携帯カメラで取られたらしき画像を改めて見て、帝人は思う。

この首は、あまりにも綺麗過ぎると。

まるで、まだ生きているかのような質感で、首の断面なども含めて、血に汚《よご》れているようには思えない。

「……これ、張間《はりま》先輩《せんぱい》じゃ……」

後ろからパソコンのモニターを覗《のぞ》き、神妙《しんみょう》な顔で呟《つぶや》く少年——黒沼青葉《くろぬまあおば》。

帝人は先刻までの自分と同じ想像をした後輩《こうはい》の言葉を聞き、静かに首を振った。

「違うよ。これは多分……セルティさんだ」

「えッ」

「張間さんって、整形されてるんだ。セルティさんの首と同じ顔に……ああ、御免《ごめん》、その辺の説明は長くなるから、後で改めてするよ」

そして帝人は、自分の推測を確認すべく、ネットの情報を拾い読む。

【俺《おれ》もあの首見たけど、作り物でしょ。死体って感じじゃなかった】

【動画撮《と》ってた奴《やつ》がアップローダーに上げてるんだけどさ、マジ生きてるみてえ】

【普通の動画サイトじゃないの？】

【死体動画なんか上げたら速効垢《あか》バンに決まってるだろうがよ】

【動画の1分34秒のところ、なんか瞼《まぶた》がピクって動いてね？】

【うわ、マジだ】

【よく気付いたなお前】

【じゃあやっぱ作り物？】

【マジで生きてんだったりして】

【首無しライダーの首じゃね？】

【アリだな】


帝人がピックアップしたのは、犯人は誰だの、なんの影響だのと議論を続けるレスではなく、そうした現場を直接見た人間達の反応などだ。

そして、帝人も実際にその動画とやらをダウンロードしてみる事にする。

最初に目に付いたアドレスのうち二つはウィルスが仕込まれていたので回避《かいひ》し、三つ目のアドレスからその動画を入手した。

淡々《たんたん》と画像を流す帝人《みかど》だったが——確かに、瞼《まぶた》が一瞬《いっしゅん》動いたように思える。

死後硬直《こうちょく》という言葉はよく聞くが、瞼は死体の硬直に伴って瞬間《しゅんかん》的に動くものなのだろうか？

気にはなったが、それを検索《けんさく》で調べるよりも先に、より確実な確認方法を取る事にした。

「……」

帝人は携帯を取り出すと、知り合いの番号に電話する。

すると、数秒の間を置いて、留守番電話に切り替わった。

『もしもし、美香《みか》でーす。私の事を心配して電話くれた人、ありがとう！　ニュースの首は私じゃないから、伝言ちゃんと聞けますよ！』

録音したてと思しきメッセージを聞いて、帝人は胸をなで下ろす。

同時に、彼は確信した。

セルティ・ストゥルルソン。

恩人でもあり、憧《あこが》れの対象でもある『デュラハン』の女性。

その彼女が探し求めていた首が、このような形で世間の目に晒《さら》されてしまったのだと。

世間の常識と、異形《いぎょう》の世界が交錯《こうさく》した瞬間だ。

しかし——

帝人は、少し戸惑《とまど》った。

首が何故《なぜ》街中に晒されたのか、などという疑問ではなく——その事実を認識した時の、自分の心の流れに疑問を覚えたのである。

——あれ？

——こんな……もんなのかな？

——こんな日が来るのを、ずっと待ってた筈《はず》なのに……。

——全然興奮《こうふん》できないや。

あれほど非日常に憧《あこが》れていた自分が、世界の常識が塗《ぬ》り替えられる瞬間を望んでいた自分が、この事件に対して驚《おどろ》く程に興味を持てなかった事に、彼は己の心を訝《いぶか》しんだ。

——なんだろう。

——好きだったマイナーな漫画や歌手が、急に有名になっちゃった時に感じる寂《さび》しさ？

——うーん。ちょっと違うかも……。

パソコン画面を見ながら更《さら》に考え続け、表情を徐々《じょじょ》に曇らせていく帝人。

——……。

——やっぱり、セルティさんにはもう……慣れちゃったのかな。

——セルティさんの事をもう、非日常だとは思えないのかもしれない。

帝人はそこで、ダラーズ初集会の夜に折原臨也《おりはらいざや》に言われた事を思い出した。

非日常など、３日で慣れて日常になってしまう。

そんな内容の事を、去り際の臨也《いざや》が言っていた事をよく覚えている。

帝人《みかど》は、臨也の言う通りなのかもしれないと思う一方、自分自身を見つめ直す。

自分が求めていたものは、寧《むし》ろ『日常』だったのではないかと。

あのダラーズ初集会の夜の興奮を、セルティと初めて出会えた時の感動をそのままに、ただ、時間だけを止めたかったのではないだろうか。非日常が、変わらぬ日常になった後——自分は、そこから更《さら》に変化する事を認めなかった。

だからこそ、自分は今、ブルースクウエアと共にここにいるのだ。

帝人はそれを再確認した後、一人、廃《はい》ビルの屋上へと続く階段に向かう。

「ちょっと、考えたい事があるから、一人にしてくれないかな」

青葉《あおば》達にそう告げると、帝人は携帯電話を取り出しながら屋上へと上っていった。

背後に残された青葉の、心の底から愉《たの》しそうな微笑《ほほえ》みに見送られつつ。


屋上に辿《たど》り着いた帝人は、深呼吸をしながら空を眺《なが》めた。

まだ太陽は高く、薄雲《うすぐも》の奥からこちらを柔《やわ》らかく照らしている。

帝人は遠くに見えるサンシャイン60ビルを見て、一人思いに耽《ふけ》った後——手にしていた携帯電話のアドレス帳を開き、一つの名前をクリックする。

最近も何度か連絡《れんらく》しようとしたが——不思議と連絡がつかなかった。

今日《きょう》も同じように連絡が途絶《とだ》えて終わりではないかと、そんな不安はあったのだが——それでも何もしないよりはマシだと思った事と、なんとなく、こんな事態になっているからこそ繋《つな》がるのではないかという勘《かん》が彼の背中を後押しした。

「……」

帝人は大きく息を吸い、アドレス帳から通話ボタンをクリックする。

その先に何が起こるかを想像し、自分の中で一つの覚悟《かくご》を決めながら。

♂♀

池袋《いけぶくろ》　びっくりガード下

——おや、また警察車両か。

——何かあったのかな？

先刻からしきりにすれ違うパトカーや鑑識《かんしき》らしき車に、臨也は胸を躍《おど》らせる。

俗にびっくりガードと呼ばれる、池袋駅の南側にある鉄道橋下の道路。

病院の診察《しんさつ》を終えた後、町の様子を探ろうと、臨也がその通路を歩いていた。

少し離《はな》れた場所に『屍龍《ドラゴンゾンビ》』のメンバーが数人ついてきているものの、敵意のある集団から殺意を持って襲撃《しゅうげき》されたら一溜《ひとた》まりもない状況である。

しかし、そんなスリルを逆に楽しむように、臨也《いざや》は上機嫌《じょうきげん》な笑顔を浮かべていた。

MRI検査やCT検査を受けた結果、皮膚《ひふ》に外傷は残っているものの、脳自体には出血その他の影響は無いと証明されたのである。

もっとも、彼が上機嫌なのは、自分の健康が確認されたからではなかったが。

——しかし、脳味噌《のうみそ》にもなんの異常も無し、か。

——となると、これはいよいよ、俺《おれ》のこの性格は、なんのせいでも誰のせいでもなく、俺《おれ》自身が生みだした結果って事になるよねえ。

そんな事を考えつつ、臨也は検査前の出来事——園原杏里《そのはらあんり》という『異形《いぎょう》』との会話を思い出した。

狩沢《かりさわ》があの場を収めなければ、一体どうなっていただろうか。

自分は杏里に斬《き》られていただろうか。それとも、先に杏里の心が壊《こわ》れていただろうか。

人間を蝕《むしば》む異形と相対《あいたい》したというのに、臨也はそれが愉快《ゆかい》で仕方ない。ただし、彼が愉快だったのは、異形の杏里ではなく、そんな異形を『友達』と言い切った狩沢の方なのだが。

——ああ、やっぱり狩沢さんや遊馬崎《ゆまさき》君は面白いね。

——彼女達みたいな人間がいるから、世の中は愉《たの》しくて仕方ない。

臨也はクックッと笑いながら、更《さら》に考える。

――でも、地球上の大半の人間が彼らみたいに『異形』を受け入れるとしたらどうなる？

――異形が当たり前のように日常を闊歩《かっぽ》する世界になったら、俺はそうした異形連中も『人間』と同じように観察できるのかな？

自分が園原杏里のような『人間を止《や》めた者』に対して嫌悪《けんお》を抱《いだ》いているのは確かだ。

だが、セルティ・ストゥルルソンに関しては、『首』を除《のぞ》いては殆《ほとん》ど興味がない。

臨也の興味は、人間全《すべ》てと、死の後に待ち受けているものだけだ。

死が虚無《きょむ》だというならば、臨也にとってそれほど悲しい事はない。それ以上、人間を観察することができなくなってしまうのだから。

たとえ永遠に何も手出しができなくなる状態だとしても、霊《れい》とやらになれるのならば、臨也にとってはそれは天国と同じ事だ。それが、自分にとって最高の結末である。

しかし、セルティ・ストゥルルソンという存在は、臨也にとって新たな価値観を目の前に示したのだ。

霊の存在があるとしても、天国や地獄《じごく》は全く信じていなかった。文化圏による死後の世界の価値観の違いを見るだけで、現世《げんせ》に続く統一された『新世界』などないのだと。

ところが、デュラハンという伝承通りの存在が、この池袋《いけぶくろ》の街に具現化しているのだ。

彼女が紛《まぎ》れもない異形であり、伝承の通りだとするならば――あるいは、『天国』や『地獄』、もしくは、それこそ北欧神話《ほくおう》において『ヴァルハラ』と呼ばれる戦場があるのではないか。

臨也《いざや》は、自分が天国に行きたいと思っているわけではない。恐《おそ》らく自分は、天国か地獄《じごく》ならば地獄行きの存在だろうと理解している。

彼が望んでいるのは、その『続きの世界』において、魂《たましい》だの霊魂《れいこん》だのといった存在になった人間達が、どのように振る舞うかだ。

死後の世界など無いと、『虚無《きょむ》』に希望を抱《いだ》いて自殺した者の霊に、『残念。虚無なんてものは迷信さ。君の意識と苦しみは永遠に続くんだ』と告げたら、いったいどんな反応を示すだろうか。

一人殺そうが千人殺そうが同じだと大量殺戮《さつりく》をして死刑になった人間に、『残念だけど、同じじゃなかったね』と言ったらどんな顔をするだろう。

逆に、家族を残して消えたくないと恐怖《きょうふ》を抱きながら死んだ者に、『おめでとう、貴方《あなた》は家族を見守り続ける事ができる』と伝えたら、どのような表情を見せるだろう。具体的に、いつまで家族を見守り続けるのだろう？　1年？　2年？　10年？　永遠に？　それとも、いつでも見られると解《わか》れば、数時間で飽《あ》きてしまうものだろうか？

死後の世界は、誰にとっても未知だ。

そんな未知の世界に叩《たた》き込まれた人間達が、いったいどのような思考に至り、どのような行動を起こすのか——

まるで、夢を追いかけ空想に浸《ひた》る子供のように、そんな人間達の反応を妄想《もうそう》しては恍惚《こうこつ》とした気分に包まれる。

臨也は、そんな白日夢《はくちゅうむ》を見て微笑《ほほえ》みつつも、警察車両の動きが気になり、ネットで情報を漁《あさ》ろうと携帯電話を取りだした。

と、そのタイミングで振動を始めた携帯電話が、彼を完全に現実へと引き戻《もど》した。

【竜ヶ峰《りゅうがみね》帝人《みかど》】

着信画面にはその名が表示されている。

臨也は携帯電話を握《にぎ》ったまま、数秒だけ考える。

──帝人君か。

──最近は連絡《れんらく》もなかったけど、どうしたのかな？

もっとも、彼は最近は、帝人からの電話に関して意図的に取らなかったのだが。

──このタイミング。何かあったのかな？

病院を出たばかりで、まだ池袋《いけぶくろ》のニュースを知らない臨也は、数秒考え込んだ後に着信ボタンを押し込んだ。

「もしもし。久しぶりだね。帝人君」

『あ、どうも……お久しぶりです。折原《おりはら》さん』

「前は電話に出られなくて悪かったね。ちょっと、仕事が立て込んでてさ」

『いえ、こちらこそすいません。お忙《いそが》しい所を……』

そんな挨拶《あいさつ》を交わした後、臨也《いざや》は単刀直入《たんとうちょくにゅう》に問いかける。

「どうしたのかな。何か困りごとかい」

『すいません。少し、折原《おりはら》さんに尋《たず》ねたい事があって……』

♂♀

廃《はい》ビル

『何かな? ものによってはタダで教えるし、商売に絡《から》むなら有料だよ』

以前話した時と変わらぬ声が携帯から響《ひび》き続け、帝人《みかど》は深く息を吸い込んだ。

――折原さんは、首のニュースを御存《ごぞん》知ですか。

何はともあれ、まずはそこから尋ねようとする。

だが、帝人はその言葉を喉《のど》の奥に押し込んだ。

数秒沈黙《ちんもく》し、夕べから感じていた一つの疑問を紡《つむ》ぎだす。

「……折原さん。粟楠《あわくす》会の、赤林《あかばやし》さんっていう人を御存知ですか?」

『ああ、知ってるよ』

即座に答えが返ってきた。

声の調子は、いつも通り明るい。

帝人のような高校生の口から、暴力団の幹部の名前が出たのにも関わらずだ。

「……あの、凄《すご》く変な事を聞きますけど、気を悪くしたらすいません」

『なんだい？』

「赤林さんに僕《ぼく》の事を教えたの……折原さんですか？」

すると――数秒の間《ま》が空《あ》くことを想像していた帝人の予想とは逆に、間髪入《かんはつい》れずに臨也の答えが返ってきた。

『半分正解。半分ハズレ、ってところかな』

♂♀

『えッ……？』

携帯から聞こえる戸惑《とまど》いの声に、臨也は笑いを噛《か》み殺しながら首を振った。

「前に言っただろう？　君に敬意を表して、君がダラーズの創始者だっていう情報は売らないでおいてあげるってさ。ただ、例外はあるよ」

『例外……？』

帝人《みかど》の呟《つぶや》きに、臨也《いざや》は懇切丁寧《こんせつていねい》に言葉を続ける。

「一つは、商売抜きの場合。ダラーズの創始者の正体が君だと、商売抜きで、俺《おれ》が個人的な友人の為《ため》に教えてあげようと思った時さ。それが君達の為になると思った場合だね」

それは、臨也にとっては真実でもあり嘘《うそ》でもあった。

かつて紀田正臣《きだまさおみ》にダラーズのボスの正体を教えたのは、確かに商売抜きだ。だが、『帝人や正臣の為になる』などと考えた事はなく、あくまで『自分の為になる』からである。

その点を抜けば、法螺田《ほらだ》というチンピラに帝人の情報を流したのは臨也ではなく波江《なみえ》という事もあり、臨也の言葉は大まかな真実であると言えた。

「二つめは……これが赤林《あかばやし》さんのケースだけど、最初から向こうが君をダラーズの創始者として疑って、それを証明する為の情報蒐集《しゅうしゅう》を依頼してきた場合だ。流石《さすが》に、真実を言わない事はできても、嘘を伝える事は僕の商売その物を否定するケースになるからね」

これも、僅《わず》かな嘘が混じっている。

赤林に対して、完全な真実を告げたわけではない。

臨也は『自分の後輩《こうはい》がダラーズのボスだなんて想像もつかなかった』というような言い方をしている。商売でありながら、彼は堂々と赤林に嘘をついてのけたのだ。もっとも、赤林がその嘘を見破っているであろう事も折り込み済みではあるのだが。

しかしながら、臨也が今の言葉に嘘を混ぜたのは、自分の保身の為《ため》ではない。

竜ケ峰《りゅうがみね》帝人の渡るロープに、火を点《つ》けるためだ。

「解《わか》るかい？　俺《おれ》の所に来た時点で、赤林さんはもう、君がダラーズのボスだってあたりをつけてたんだ」

『……』

受話器の奥からは呼吸音しか聞こえてこない。

だが、臨也は構わず言葉を続ける。

「つまり、君の秘密は、もう裏の世界では秘密でもなんでもないと思っていい。裏どころじゃないね。時間が経《た》てば表にも噂《うわさ》は流れて、二学期が始まった頃には学校でポンと肩《かた》を叩《たた》かれて、知りもしない学校の生徒から『お前がダラーズのボスってマジ？』なんて疑い半分で聞いてくる奴《やつ》が現れるかもしれないんだよ」

『……まあ、それはあると思います』

「そこで、俺の方からも君に聞きたい。何でまだ君はそこにいるんだい？　とっとと自分の立場なんか捨てて、普通の生徒を演じればいい。俺の耳にも届いてるよ。君が最近、学校の後輩と組んで何か物騒《ぶっそう》な事をしてるってね」

と、そこで携帯から漏《も》れ聞こえたのは、帝人の薄《うす》い笑いだった。

『ハハッ……やっぱり折原《おりはら》さんって凄《すご》いですよね。そんな事まで耳に入ってるなんて……』

「言っておくけど、もうシズちゃんもダラーズの一員じゃないし、ドタチンが事故にあった事も俺《おれ》は当然知ってるよ。そして、君がその情報を知っている事も予想できる。なのに、どうして君は、まだそこにいる？　どれだけ危険な事か解《わか》っているだろうに」

『……ヤクザの人達にも、バレちゃいましたしね』

「そうだね。今が最後のチャンスだ。ダラーズの全《すべ》てを他人に明け渡して、普通の高校生に戻《もど》れば、粟楠《あわくす》会の人達もそれ以上手出しをしてくる事はないだろう。君の名前もすぐに忘れるさ」

そんな道など最初から選択肢《せんたくし》にはないのだと知りつつ、臨也《いざや》は敢《あ》えてそう問い質《ただ》した。

臨也の予想通り、帝人《みかど》は沈黙《ちんもく》したままで、それを肯定《こうてい》する様子はない。

だが、それでも追い打ちをかけるように、情報屋は偽《いつわ》りの説得を続けた。

「どうしたんだい？　君が望んでいたのは非日常だろう？　今の君からすれば、逆に平凡《へいぼん》な生活の方が非日常なんじゃないのかな？」

『……折原《おりはら》さんが言ったんですよ。非日常を味わう為《ため》には……受け入れるか、進化を続けるしかないって』

「ああ、言ったね。だけど、それを鵜《う》呑《の》みにする必要なんかない。選ぶのは君だ」

『はい。だからハッキリと言えます。折原さんが裏で何もしていなかったとしても……多分僕《ぼく》は、最後にはこういう事になっていたんだろうなって』

その言葉に、今度は臨也の方が一瞬《いっしゅん》沈黙《ちんもく》した。

だが、それは自分の行動を看破《かんぱ》されたという衝撃《しょうげき》ではなく——心の奥底から震《ふる》え上がる、果てしない興味と歓《よろこ》びによる沈黙だったのである。

「やだなあ。まるで、俺が裏で何かしてるみたいじゃないか」

期待《きたい》を込めて、臨也はそう言葉を返した。

すると、帝人はその言葉の中に怒《いか》りも失望も感じさせぬまま、告げる。

『何かしないわけないじゃないですか……甘楽《かんら》さんが。多分、正臣《まさおみ》に僕の正体を最初に伝えたのも、折原さんですよね』

「だとしたらどうするんだい？　俺を軽蔑《けいべつ》するかな？　それとも憎《にく》むかい？」

『……その言い方、やっぱり、折原さんなんですね』

臨也は沈黙《ちんもく》し、肯定の代わりとした。

次に帝人が何と言うのか、聞き逃《のが》さぬように携帯電話を持ち直す。

そして、次の瞬間《しゅんかん》に帝人が吐《は》き出したのは——

『ありがとうございます』

あまりにも唐突《とうとつ》な、謝礼の言葉だった。

だが、帝人はそれが皮肉でもなんでもないというように、普段通りの声で折原臨也への感謝の言葉を紡《つむ》ぎ出す。

『その事が無ければ、僕、ずっと正臣にも……園原《そのはら》さんにも、隠《かく》し事をしたまま生きていく事になってたんだと思います。そりゃ、人間誰でも秘密の一つや二つはあると思いますけど……僕《ぼく》はただの高校生なんです。漫画《まんが》の主人公みたいに、本当の自分を隠《かく》したまま生きられるほど強くない』

「……」

『あのままじゃ、僕はダラーズっていう波にただ流されて、そのまま普通に日常の中に埋没《まいぼつ》していったかもしれない。大切な人達に、負い目を持ったまま』

「今の君のやってる事は、負い目にはならないのかい？　黄巾賊《こうきんぞく》とも揉《も》めているんだろうし、黄巾賊のボスが誰なのか……俺《おれ》が情報を売らなくても、もう解《わか》ってるんだろ？」

臨也《いざや》は、自分の中に湧《わ》き上がる感情を抑《おさ》え込みながら、平静を装って問いかけた。

だが、帝人《みかど》は、そんな揺《ゆ》さぶりには欠片《かけら》も心を乱さず、無邪気《むじゃき》さすら感じられる言葉で臨也に対して答えを返す。

『ダラーズを作った事が、そもそも僕の負い目です。だから、黄巾賊も、僕に関わる他《ほか》のゴタゴタも全部ダラーズの中に組み込んで、リセットしたいんです。いや、ゲーム風に言うなら、二周目、って感じかもしれません』

「ゲーム感覚とは、随分《ずいぶん》と今時《いまどき》の子供っぽくなったもんだね」

『今時の子供ですからね』

自嘲《じちょう》気味に笑う雰囲気《ふんいき》が、携帯の奥から伝わってくる。

『僕は、ダラーズを最初の状態……あの初集会の夜にまで戻《もど》したいんです。そのために、ダラーズの周りにひっついた、余計なものを全部壊《こわ》したい。僕がやりたいのはそれだけなんです。黄巾賊との抗争《こうそう》も含めて』

「そう言ってダラーズを私物化しようとしている君も、今や『余計なもの』になりつつあるんじゃないのかい？」

意地の悪い言葉に、帝人は笑いながら返す。

『やだな。折原《おりはら》さんらしくないですよ』

「そうかな？」

『だって、僕はもうとっくに「余計なもの」じゃないですか。だから、僕も含めて全部壊すんです。全部まっさらになった所で、ダラーズが最初の状態に戻ったら、改めて僕は、何かを始めようと思ってます。園原《そのはら》さんや正臣《まさおみ》と一緒《いっしょ》にダラーズに入り直すっていうのも面白いかもしれませんね』

「……」

——やっぱり面白いな！　最高だよ、この子は！

——竜ケ峰《りゅうがみね》帝人君。俺は今、君に軽い驚《おどろ》きと敬意を抱《いだ》いている。

——君は俺が見て来た中で、最高部類のピエロだ。人間そのものだ！

——ああ、昔からそんな予感はあったけれど、俺の勘《かん》は間違っていなかった！

「いいね！　そうだよ、君は人間だ。君こそ人間だよ、竜ヶ峰《りゅうがみね》帝人《みかど》君」

『えッ？』

思わず感動を声に出してしまっていたらしいが、臨也《いざや》は気にせず声を上げ続けた。

「自分勝手でありながら他人思いで、贖罪《しょくざい》をする為《ため》に罪を犯し、自分の殻《から》に引きこもって世界を変えようと試みる。矛盾《むじゅん》した事ばかりしてるが、そういう理屈《りくつ》じゃ割り切れない事こそが人間らしいって事だと思うよ。毎日横断歩道を右足から踏《ふ》み出してたのに、何の理由もなく今日《きょう》は左足から踏み出してみた。そんな移ろいやすさも人間の本質の一つだと思ってる」

『折原《おりはら》さんがどうして僕《ぼく》をそんなに買いかぶっているのか解《わか》りませんけど、僕なんかが人間らしいわけないじゃないですか。ただ単に、優柔不断《ゆうじゅうふだん》なだけですよ』

「ああ、別に褒《ほ》め言葉じゃないからね。優柔不断なのに、行動力だけ異常にある。緩《ゆる》やかな動きだが予想はできない。まるで、ゆっくりと回る鼠《ねずみ》花火だ」

『最後に爆発して死ぬって言いたそうですね』

悲観的な事を言う帝人に、臨也は笑いを押し殺しながら答える。

「それを決めるのは俺《おれ》じゃない。知ってるだろ？　俺はただ、君達が前に進む為《ため》の手伝いをするだけさ。どっちに進むかを決めるのは君次第だ。ついでに言っておくと、粟楠《あわくす》会から赤林《あかばやし》さんが来たのは、君にとって大きなチャンスだ。あの人は、自分達の世界から身を引いた人間を後からねちねち脅《おど》す人じゃない。これがどういう事か解るかい？」

『……引き返すなら、今しかない、っていう事でしょう』

「ああ。俺《おれ》は今、君の人生の先輩《せんぱい》として迷ってるよ。俺はほら、赤林《あかばやし》さんとか粟楠会《あわくすかい》とも関わりのある身だ。正直、いつ撃《う》たれて死んでもおかしくない。そんな君の手を引いて暗い海の底の歩き方を教えるべきか、それとも、背中を押して日の当たるビーチに戻《もど》してあげるべきか」

『赤林さんにも、そんな感じの事を言われました。でも、僕《ぼく》が立ちたいのは、そのどっちでもないんだと思います』

「へぇ？」

『その喩《たと》えで言うなら、僕はただ、その境目の波打ち際に立ちたいんです。結局、ただの学生だろうと、ダラーズの一員だろうと、どっちか一つを選んじゃったら、その時点で僕は……退《たい》屈《くつ》するんじゃないかって。僕は命がけのスリルとかそういうのを求めてるわけじゃない。だけど、何もない平和が好きなわけでもないいんだって、この半年で思い知らされました』

電話の奥からは、複雑な感情に塗《まみ》れた少年の『本音』が聞こえて来る。

まだその言葉の中に迷いらしきものを感じるのも、それが嘘偽《うそいつわ》りのない少年の本音だからだろう。

『結局僕は、今立っている場所と違うものを見続けたいだけなんです。だから、その波打ち際でボートに乗って、波に揺《ゆ》られながらグルグル回り続けたい……って言えばいいのか……』

臨也《いざや》は楽しみにしていた通販《つうはん》商品の箱を開ける時のように目を輝かせながら、その感情を必死に抑《おさ》え、意地悪な言葉を吐《は》き出した。

「つまり、君はこう言いたいわけだ。自分は常に、ショッキングなニュース映像の中で、カメラの中に映り続ける『ギリギリの野次馬《やじうま》』であり続けたいって。その為《ため》なら、放火魔《ま》にも消防士にもなるし、怪獣《かいじゅう》を生み出しては正義のヒーローにも連絡《れんらく》する、最低のマッチポンプ野郎《やろう》になりたいって。人の不幸も幸福も、最前線で独り占めしたいんだね。神気取《かみ》りで」

あからさまな嘲《あざけ》りの言葉に、返ってきた答えは単純だった。

『神様じゃなくて、悪魔《あくま》だと思いますよ、それ』

しかし――否定の意図は含まれていない。

『思うんです。それ、臨也さんの事ですよね』

「……今、俺の事を折原《おりはら》さんから臨也さんって呼び変えたのは偶然《ぐうぜん》かな？　それとも意図的？」

『それ、重要な事ですか？　久々《ひさびさ》だからつい折原さんって言ってましたけど、なんか舌《した》が回りにくくて』

「悪い悪い。趣味が人間観察なものだから、変化にはめざとくてね」

臨也は軽く謝り、言葉を続ける。

「でも、安心したよ。君は、全く変わってない」

『えッ？』

「正直、少し心配してたんだ。暫《しばら》く会わない内に、君が変わってしまっているんじゃないかってね。でも、君は最初に会った時から何一つ変わってない。おっと、成長してないって意味じゃないよ。君は、君のままでちゃんと前に進んでるよ」

移ろいやすさこそが人間の本質だという先刻の発言をあっさりと棚《たな》にあげ、本質が変わらない事を褒《ほ》め称《たた》える臨也《いざや》。

しかし、それがピンと来ないのか、携帯の奥の声はどこか戸惑《とまど》っているようだ。

『そう……思いますか？』

「ああ、自分が今やっている事が大それてるから、君自身、不安はあったんだろう？　自分がどうかしちゃったんじゃないかってね」

『……』

沈黙《ちんもく》を肯定《こうてい》と受け取り、臨也は楽しげに賞賛の言葉を唱いあげる。

「今の君は、周りの人間には『おかしくなった』とか『様子が変だ』とか『誰かに騙《だま》されてる』とか、色々な事を思われてる事だろう。園原杏里《そのはらあんり》ちゃんや紀田正臣《きだまさおみ》君、ドタチ……門田京平《かどたきょうへい》やセルティ・ストゥルルソンっていう、君の事を良く見知った面々《めんめん》にね」

『……ッ！　隠《かく》してるつもりだったんですけど……やっぱり、セルティさんとかには……心配されました』

「ああ。そうだろうね。彼女は人間じゃないけれど、人間を模倣《もほう》しようとして、テレビだの本だのから『人間』ってものを頭の中に叩《たた》き込んでる。ある意味、だからこそ、彼女は人間でもない癖《くせ》に人間らしく見えるんだ。まあ、そんな彼女から見れば、今の君は暴走しているように見えるのも仕方ないだろう。普通の人間が見れば、君が狂《くる》い、暴走してるように思うだろう」

臨也はそう断言した後、それ以上の力を持って別の答えを断言する。

「だけど、心配する事はない、俺が保証してあげようじゃないか！　竜ケ峰帝人《りゅうがみねみかど》は、ダラーズを結成した時から何も変わってないってね！　君が狂っているというなら、そんなのはダラーズを結成した時に言うべき言葉だ！　あれだけの人数を集めて、一企業を携帯電話のメール一つで敵に回そうなんて考えた時点で、君は確かに狂っていた」

『……』

「それでも、それでも君は、歪《ゆが》んだ空気を抱《かか》えたまま日常を歩いて見せた。実に羨《うらや》ましいよ。高校の時の俺《おれ》にはできなかった事だからね」

感慨《かんがい》深げに呟《つぶや》く臨也。

そんな人生の先達《せんだつ》に対し、帝人は携帯の向こうから苦笑混じりの溜息《ためいき》を漏《も》らした後、淡々《たんたん》と問いかける。

『それで……臨也さんは、ダラーズをどうするつもりなんですか？』

「どうする、っていうのは？」

『僕《ぼく》だって、臨也さんの事を少しは知ってるつもりです。今の会話でも、なんとなく貴方《あなた》の性格が解《わか》りました。貴方が、この状況をただ黙《だま》って見てるわけがない。それに……今の状況になってから、僕《ぼく》も少し過去の事を調べましたから』

過去。

意味深《しん》な単語を呟《つぶや》いた帝人《みかど》。

だが、特にそれまでと口調《くちょう》を変える事も、特別勿体《もったい》付ける事もなく、現在の状況についての重要な言葉を口にした。

『2年前の黄巾賊にやったみたいな事を、今の僕達にもやろうとしてるんでしょう？』

沈黙《ちんもく》が、場《ば》を支配した。

ガード上を電車が通過し、その轟音《ごうおん》が通り過ぎるまで、臨也《いざや》は何も話さない。

電話越しにその音が聞こえているのか、帝人も特に何も言わない。

十秒程度の騒《さわ》がしい沈黙を経て、臨也は——笑った。

驚《おどろ》きと歓《よろこ》びの感情を入り交じらせた瞳《ひとみ》を輝かせ、楽しげに問いかける。

「紀田《きだ》君と距離《きょり》を置いてる君が、そこまで辿《たど》り着いてるとは思わなかった。九十九屋《つくもや》にでも聞いたのかい？」

『いえ……。黄巾賊《こうきんぞく》の下《した》っ端《ぱ》だった人達で、今は普通に暮らしてる人を探し出して聞きました。断片的でしたけど、二十人ぐらいの話を総合して、ようやく全体像が見えた感じです』

「俺《おれ》の事、恨《うら》んでるかい？」

『臨也さんを恨むとしたら、正臣《まさおみ》じゃないんですか？　……ああ、でも、3月の時、正臣があんな大怪我《けが》をしたのに臨也さんが関係あるなら、それは確かに恨むべきかも……。でも、どうなんでしょうね。それは、正臣との関係が元に戻《もど》った時、改めて考えますよ』

どこか他人事《ひとごと》といった雰囲気《ふんいき》の帝人に、臨也は更《さら》に口を開く。

「そうか。じゃあ、それは後回しにするよ。いやあ、正直、黙《だま》ったままやろうと思ってたんだけど、こうなってくると隠《かく》しておく意味はあんまり無いね」

臨也はガード下の壁に寄りかかり、空《あ》いた手をポケットに入れながらガード内の天井《てんじょう》を見上げ、言った。

「俺は、確かに君達に干渉《かんしょう》するつもりだよ。だけど、君の味方になるか敵になるかは決めかねてるし、ぶっちゃけた話、傍観者《ぼうかんしゃ》のままでいるのが一番公平で、自然な人間の姿を観察できる手だと思ってるけど、それも難しいかな。君と紀田君の件は、もう君達二人と周りの取り巻きだけで済ませられるような状況じゃないんだ。それは、赤林《あかばやし》さんが出て来た事でも解《わか》るだろ？」

敢《あ》えてまだ『鯨木《くじらぎ》かさね』の件に触《ふ》れる事はない。

ここで四十万博人《しじまひろと》が自分の手の者だという事をバラしてしまってもいいのではないかとすら考えたが、流石《さすが》にそれは自重《じちょう》する。高揚《こうよう》した気分のままで行動すると、自分の場合は最終的にろくな目に遭《あ》わないという事を理解しているからだ。

もっとも、結局は我慢できずにろくでもない目に遭《あ》う事も多いのだが。

帝人《みかど》はそんな臨也《いざや》の言葉を話半分に受け取り、答える。

『……できる事なら、臨也さんには味方になって貰《もら》えると嬉《うれ》しいんですけどね。初集会の時のダラーズを知ってる一人としてですけど……』

「どうかな。俺《おれ》の今後の動きは、正直俺にも読めてないしね。俺が見たいのは、結局は自分以外の人間さ。予想もつかないような局面の中でどう動くのか、それを観察するのが俺の最大の生き甲斐《がい》だよ。その為《ため》なら、俺はいくらでもマッチとポンプを使い捨てるさ」

『……まさか、あの首も臨也さんの仕業《しわざ》じゃ……あぁッ!?』

それまで何処《どこ》か影のある喋《しゃべ》り方をしていた帝人が、突然《とつぜん》声を荒げた。

突然の変化に目を細めた臨也に、帝人は慌《あわ》てて言葉を紡《つむ》ぐ。

『そうだ、そうですよ！　それで電話したんでした！』

「？」

『臨也さん、今日《きょう》の昼のニュース、御存知《ごぞんじ》ですか!?』

「いや、さっき用を済ませたばかりでね。ニュースはまだ確認してない。何かあったのかい？」

帝人の声から尋常《じんじょう》ならざる空気を感じ取った臨也は、何事かと真剣《しんけん》な顔つきで話を聞く。

『僕《ぼく》が説明するより、実際にワイドショーとか見た方がいいと思います！　携帯から見れるネットニュースとかでもいいですから！　ぶっちゃけ、それに臨也さんが絡《から》んでるのかどうか、それを聞きたかったんですけど……その様子じゃ、知らないみたいですね』

帝人は二言三言興奮《こうふん》した調子で説明し、また後でかけ直すと電話を切ってしまった。

臨也は、先刻すれ違ったパトカーの事などを思い出し、携帯でニュースを確認する。

正直、今は竜ケ峰《りゅうがみね》帝人という少年に敬意を表し、人間という存在の素晴《すば》らしさに浸《ひた》り続けていたかったのだが——妙《みょう》な胸騒《むなさわ》ぎを覚えた事もあり、通話用の携帯とは別のスマートフォンを取り出し、自作のニュース収集アプリを起動する臨也。

——シズちゃんが留置所《りゅうちじょ》から脱獄《だつごく》でもしたかな。

——そのまま撃《う》ち殺されてくれれば最高なんだけど……っと。

淡《あわ》い希望を抱《いだ》きながら、スマートフォンの画面を見ると——

『池袋《いけぶくろ》の繁華街《はんかがい》に女性の頭部』という文字が目に入り、一瞬《いっしゅん》だけ臨也の思考が止まった。

僅《わず》か一秒にも満たない時間だったが、もしもこの瞬間に平和島静雄《へいわじましずお》が自販機を投げつけていたら、なんの回避《かいひ》動作もできずにこの世から去っていた事だろう。

そんな致命《ちめい》的な隙《すき》を生み出す程の衝撃《しょうげき》が過ぎ去った後、臨也はそのニュースの詳細《しょうさい》を見て、すぐに別のネットアプリを立ち上げた。

アングラ系の画像アップローダーを回ると、その画像は、すぐに臨也の前に現れる。

張間美香《はりまみか》にそっくりな顔を確認した瞬間《しゅんかん》——折原《おりはら》臨也は、即座に理解した。

それが張間美香の首などではなく、自分が所有していた、セルティ・ストゥルルソンの首に他《ほか》ならないと。

犯人は、恐《おそ》らく間宮愛海《まみやまなみ》。

動機は簡単だ。

『嫌《いや》がらせ』。

ただそれだけの、極々《ごくごく》個人的な理由で、彼女は街をパニックに陥《おとしい》れ、臨也《いざや》の計画の一部を完全にぶち壊《こわ》したのだ。

切り札の一つを失った臨也の心に、一つの感情が湧《わ》き上がる。

圧倒的、歓喜。

「そうか……そう来たかぁ」

間宮愛海を仲間に引き入れたのは、自分の妨害《ぼうがい》をするイレギュラーとしてだ。

身内に敵がいる事で心を引き締《し》める。そんな目論《もくろ》みなど欠片《かけら》もなく、純粋に、『自分への憎《にく》しみだけで生きている少女が、どんな行動をするのかを観察したい』という、臨也の歪《ゆが》んだ欲求だけを理由で傍《そば》に置いていた。

よって、当然ながら何かをする事は折り込み済みだった。

警察にこちらの行動を通報するか、寝込みを襲《おそ》って殺そうとするか、他《ほか》のメンバーや一般人も巻き込む事を覚悟《かくご》で、アジトであるマンションの貯水《ちょすい》タンクに毒でも混入するつもりか。

無論、殺されては元も子もないので、最低限の警戒《けいかい》はしていたのだが、この行動は完全に臨也の予想を超えていた。

首を盗《ぬす》まれる事までは予想していたのだが、臨也は、間宮はそれをセルティに返すか、あるいはネブラに持ち込むか、鯨木《くじらぎ》かさねに提供《ていきょう》するものと予想したのである。

——まさか、世界そのものを巻き込むなんて思わなかった。

まるで、今回の事件の裏側にある物——ダラーズや澱切陣内《よどぎりじんない》、粟楠《あわくす》会や臨也、果てはデュラハンや罪歌《さいか》に到るまで——世間からスポットライトを『首』に集める事で、そうした物の全《すべ》てを世界の中にさらけ出そうとしているかのようではないか。


「……ハハッ」


遂《つい》に笑いが堪《こら》えきれなくなったのか——

世界そのものを笑い飛ばすような大爆笑《ばくしょう》が、びっくりガード内に木霊《こだま》した。

それは、新たな列車通過音と合わさる事で歪《いびつ》なハーモニーとなって響《ひび》き渡り、周囲にいた通行人は疎《おろ》か、少し後ろで待機《たいき》していた屍《ドラゴンゾンビ》龍のメンバーの心胆《しんたん》をも寒からしめた。


——これだから、人間は面白い！

——認めるよ、間宮愛海。俺は、君の行動に驚《おどろ》いている。

——今の俺《おれ》は、大分精神的に追い詰《つ》められたといってもいい。

——それが、嬉《うれ》しくて仕方ない！

——だけど、当然これで終わりじゃあないんだろう？


自分自身を危機に陥《おとしい》れた少女に最大限の敬意を払《はら》いつつ、臨也《いざや》は改めて考える。

——さて、じゃあ、俺もそろそろ本格的に動くとしようか。

——シズちゃんはミミズちゃん絡《がら》みの件でまあ警察だし、安心して街を動けるよ。

——ありがたい事に、鯨木《くじらぎ》かさねの『罪歌《さいか》』の子達が、シズちゃんの拘束《こうそく》を伸《の》ばしてくれるらしいしね。

——……しかし、今日《きょう》は朝から園原杏里《そのはらあんり》なんかに遭《あ》って縁起《えんぎ》が悪いと思ったけど、こうして帝人《みかど》君と話すと、運命みたいなものを感じるねえ。

——偶然《ぐうぜん》を必然に変える為《ため》に、夜あたり、紀田《きだ》君にもそろそろ働きかけようか。

爽《さわ》やかな笑みを浮かべながら、禍々《まがまが》しい企《たくら》みを胸に抱《いだ》く。

自分のプランが破壊《はかい》されかけている今こそ、純粋に人間観察できるチャンスだと、彼以外の誰も望まない希望を信じながら。

♂♀

都内某所《ぼうしょ》　立体駐車場《ちゆうしやじよう》

東京《とうきよう》都内に無数に存在する、無人式の立体駐車場。

池袋《いけぶくろ》からさほど離《はな》れていないこの駐車場も、その一つだ。

元々はブルースクウェアの溜《た》まり場だったのだが、過去の抗争《こうそう》の際、折原臨也《おりはら》の情報を元にして奪《うば》った縄張《なわば》りである。

ブルースクウェアが解散し、正臣《まさおみ》が黄巾賊《こうきんぞく》を抜けた後は、近所の不良高校生が時折屯《たむろ》しているぐらいだったのだが——現在は、再び黄色いパーツを纏《まと》う集団が闊歩《かつぽ》していた。

とはいえ、別に入って来た車に絡《から》む事もなく、そもそも目立つ場所に座り込むようなマネはしていない。

通常の利用客から苦情が来れば、すぐに警察が飛んでくる事ぐらいは理解している。実際、ブルースクウェアが利用していた時は頻繁《ひんぱん》に警官が巡回《じゆんかい》していたそうだ。

そんな情報を知っていた紀田《きだ》正臣は、極力目立つ事をせず、アジトというよりも隠《かく》れ家のようにこの場所を利用していたのだが——その習慣は正臣が離れていた間も続けられていたようで、現在は警官などが来る事は殆《ほとん》どなくなっている。

正臣《まさおみ》は、そんな立体駐車場《ちゅうしゃじょう》の屋上で、黄巾賊《こうきんぞく》の仲間達とミーティングを続けていた。

「やれやれ、その眠《ねむ》そうな顔したデカブツってのは要注意だな。噂《うわさ》通りなら、多分、串灘《くしなだ》高校の宝城《ほうじょう》って奴《やつ》だろ」

昨日《きのう》のブルースクウェアに対する誘《おび》き寄せと迎撃《げいげき》については、途中《とちゅう》までは上手《うま》くいっていたのだが——車から現れた巨漢《きょかん》の少年により、痛み分けとなって双方《そうほう》引く形となった。

「でも……マジでやる気なんだな、向こう」

黄巾賊の古株である谷田部《やたべ》浩二《こうじ》の言葉に、正臣は神妙《しんみょう》な顔で頷《うなず》いた。

「最初っからそのつもりで迎撃しようとした俺《おれ》も同じさ。ブルースクウェアの連中さえいなきゃ、本当は、俺とアイツの殴《なぐ》り合いだけで済ませるつもりだったんだけどな」

「その話、何回目っすかショーグン」

「天丼にも程があるっしょ」

呆《あき》れたように笑う仲間達に、正臣も笑いながら答える。

「何回でも言わせて貰《もら》うさ。ありがとよ、俺の個人的な喧嘩《けんか》に付き合ってくれてな」

「恥《は》ずいって」

「青春か！」

そんな照れ隠《かく》しのツッコミを受けつつ、正臣は次の行動について話し合おうと気を引き締《し》めたのだが――

視界の隅《すみ》に人影が映り、一瞬《いっしゅん》そちらに目を向けた。

カジュアルな服装に身を包んだ若い男が一人、屋上のエレベーターから出て来たのだ。

車を取りに来た一般人だろう。

正臣はそう考え、視線を仲間に戻《もど》そうとした。

しかし、一つの違和感を覚え、その男に目を向け直した。

そして、違和感の正体に気付く。

男は屋上に停《と》められているどの自動車でもなく、正臣達の集団に向かって真《ま》っ直《す》ぐに進んでくるではないか。

「おい」

正臣の言葉に、仲間達も気付いたようだ。

警戒《けいかい》の視線を送りながら、メンバーがそれぞれゆっくりと立ち上がる。

今は五人程度しか集まっていないが、相手は一人だ。もしもブルースクウェアの人間ならば、どうにかなるだろう。

なにより、将軍である紀田《きだ》正臣がここにいる。

昨日の宝城という男と相対《あいたい》した時とは話が違うのだ。

仲間達は、正臣《まさおみ》に絶対の信頼を置いて男を見据《みす》えている。

ところが、その一方で、正臣は薄《うす》く冷や汗《あせ》を掻《か》いていた。

近づいて来る男の正体に気付いたからだ。

──嘘《うそ》だろ。

──なんで、あいつがここに……。

最初は、それが誰なのか解《わか》らなかった。

何しろ、前に会ったときとは明らかに違う点があったからだ。

以前、道の陰から竜ヶ峰帝人と会話している彼の顔を見た時は、顔面に何重にも包帯《ほうたい》を巻いていたからだ。

しかし、特徴的な帽子《ぼうし》を見て、それが誰なのかを思い出した。

「六条《ろくじよう》……千景《ちかげ》……」

ボソリと呟《つぶや》いた名前に、周囲のメンバーが顔を向ける。

「えッ、知り合いかよ、ショーグン」

「いや……直接話した事はないけどよ……。Ｔｏ羅丸《とらまる》っつー、埼玉《さいたま》の暴走族《ゾッキー》の頭《かしら》だ」

「埼玉ぁ？」

訳が分からずに眉《まゆ》を顰《ひそ》める仲間達。

そんな事をしている間に、男──六条千景は、会話ができる程の距離《きより》まで近づいて来た。

彼はそこで一度立ち止まり、正臣達に向かって片手をあげた。

「よう。お前ら、黄巾賊《こうきんぞく》だろ？」

気軽な調子の問いかけに、谷田部《やたべ》達は互《たが》いに顔を見合わせ、正臣が一歩進んでそれに答える。

「そうっすけど……。今日《きょう》は女連れじゃないんすね。六条千景さん」

すると、千景は驚《おどろ》いた顔をして、自分よりも小柄《こがら》な少年に目を向けた。

「ああ、なんか駅前で物騒《ぶっそう》な事件があったみたいでな。危ないから家に帰したよ。つか、えーと、あー。すまん少年。どっかで会った事あるっけか」

「いや、直接話すのは初めてっすよ。でもほら、あなたは有名人じゃないっすか」

数歳《すうさい》年下の正臣の言葉を聞き、千景は暫《しば》し考える。

そして、ニヤリと笑いながら正臣に笑いかけた。

「なるほどねぇ。勘《かん》だけどさ、お前があれだろ。黄巾賊のボスかい」

「一応は。出戻《でもど》りっすけどね」

自嘲気味《じちょうぎみ》に言う正臣を見て、六条は帽子を軽く被《かぶ》り直し、言った。

「自己紹介《しょうかい》の必要は無さそうだけどよ、一応名乗っておくぜ。六条千景だ。川越《かわごえ》の方でTo《とら》羅丸《まる》ってチームを仕切らせて貰《もら》ってる」

「紀田《きだ》正臣です」

素直に名乗る正臣に、千景は首をコキリと鳴らした後、改めて正臣の顔を見る。

「ふーん。もっとゴツイ山賊《さんぞく》みたいな奴《やつ》を想像してたけどよ、案外小柄《こがら》なのな」

「どっちかっつーと、あんたが族のリーダーって方が想像外だと思いますよ。世間的に」

「そうか？　……まあ、確かにチームの連中と比べて俺《おれ》だけ浮いてる気はするけどよ」

「で、今日《きょう》はどういった御用件で？」

決してへりくだるわけではなく、さりとて相手を見下《みくだ》す事もせず、警戒《けいかい》したまま淡々《たんたん》と問いかける正臣《まさおみ》。

「ああ、そうだそうだ。用件な」

そんな彼に、千景《ちかげ》は気さくな笑みを浮かべ、答えの代わりに新たな問いを返した。

「お前ら、今、ダラーズってチームと抗争《こうそう》してんだろ？」

「……ええ、まあ」

「ちょっと、ダラーズには色々と借りとか貸しがあってよ」

千景はあくまで笑顔を絶やさぬまま、正臣達に単純明快な答えを吐《は》き出した。

「急でなんだけどさ。選んでくんないかな」

「……なにをっすか？」

「チームを乗っ取られるのと、チームを潰《つぶ》されるの、どっちがいい？」

♂♀

池袋《いけぶくろ》公園

贄川春奈《にえかわはるな》の後について、杏里《あんり》はサンシャイン横にある公園へとやってきた。

夏休みの昼だというのに、人はそう多くない。

公園の奥には青いビニールシートなどが見えるが、現在はホームレスの姿も見受けられず、近隣《きんりん》の会社から休憩《きゅうけい》時間を使って来ている者や、夏休み中の学生らしき者達が数名ずついるだけだ。珍《めずら》しく噴水《ふんすい》前の石ベンチにも誰も座っておらず、公園内をグルリと見渡してみても、じっくりと腰《こし》を据《す》えている者は殆《ほとん》ど見受けられなかった。

せいぜい、噴水から離《はな》れた木陰のベンチで、ＯＬらしき女性が雑誌を読んでいるのが見えるぐらいだろうか。

「……少し、座りましょうか」

春奈はそう呟《つぶや》くと、噴水前の石ベンチに腰を下ろす。

杏里は警戒しつつ、一人分間《あいだ》を空《あ》けて座るべきかどうか悩んでいた。

「そんなに怯《おび》えなくてもいいわ。貴女《あなた》の『罪歌《さいか》』の力なら、距離《きょり》なんて近くても遠くても関係ないでしょう？」

敵意と殺気はそのままに、贄川《にえかわ》は柔和《にゅうわ》な笑みを浮かべて見せる。

杏里《あんり》は不気味《ぶきみ》に思いつつも、言われるがままに、隣《となり》のスペースに腰《こし》を下ろした。

目の前には、石段を滝《たき》のように流れる美しい噴水《ふんすい》が広がっているが、今の杏里には、その光景に和《なご》むような余裕《よゆう》はない。

「……あの、贄川先輩《せんぱい》……」

だが、最初に声を上げたのは、杏里の方だった。

彼女は小さく俯《うつむ》きながら、横にいる贄川とは眼《め》を合わさずに言葉を紡《つむ》ぐ。

「ダラーズのサイトで見ました……。贄川先輩のお父《とう》さんが、先輩の事を探してるって……」

「父さんが？　ああ、そっか。もう、家を空《あ》けて暫《しばら》く経《た》つものね」

「帰ってあげた方が、いいと思います」

「嫌《いや》よ」

杏里の真《ま》っ当《とう》な提案を、春奈《はるな》は即座に否定した。

「父さんには、育てられた事について感謝してるけど、尊敬してるわけじゃないわ。父さんを安心させるよりも、隆志《たかし》を探す事の方が私にとっては重要なの」

隆志。

その名前を聞いて、杏里は一人の教師の事を思い出す。

那須島《なすじま》隆志。かつて来良《らいら》学園の教師だった男で、切り裂《さ》き事件の後に失踪《しっそう》した男。

噂《うわさ》では、借金を作ってその筋《すじ》の人間達に浚《さら》われたという事だが――杏里にとっては、そうした噂や、教師というイメージとは別の印象がある男だった。

彼は、入学した当初から杏里に目をつけており、何かと贔屓《ひいき》してはセクハラまがいの事をしようとしてきていたのである。

更《さら》に、彼はかつて贄川春奈と関係を持っており、狂信《きょうしん》的に彼を愛する春奈の手によって斬《き》られかけていた存在だ。

杏里にとっては全く興味の無い対象であり、それどころか、普段人《ひと》に対して悪意を持たない杏里が珍《めずら》しく嫌悪《けんお》感を抱《いだ》きかけたほどである。

しかし、そんな男だろうと、春奈は本気で愛していた。

切り裂き事件を起こし、杏里を殺してでもその愛を独《ひと》り占めしようとしていたのだ。

もっとも、春奈は逆に、那須島からは非常に恐《おそ》れられていたのだが。

半年前の事件を思い出し、杏里は躊躇《ためら》いがちに問いかける。

「また……始めるつもりなんですか。あれを」

「また？　隆志への『愛』のこと？　……変な事を言うのね。園原《そのはら》さん」

春奈は優しい微笑《ほほえ》みのまま、杏里にゆっくりと視線を向けた。

「愛に、最初の始まりはあっても、再開なんてないわ。一旦《いったん》終わる愛なんて、最初から愛じゃなかったのよ」

断言しつつ、春奈《はるな》は人差し指を頬《ほお》に当て、少し考えた後に言葉の続きを口にする。

「でもね、一度別れた夫婦が再婚《さいこん》するのを『あれは愛じゃない』って言う程に我《わ》が儘《まま》じゃないつもりよ？　そういうのは、愛が終わってたわけじゃない。ただ、愛し方が変わってただけよ」

「は、はあ……」

「ずっと一緒《いっしょ》にいる事も愛。距離《きょり》を空ける事も愛。憎《にく》む事さえ愛。愛し方は千差万別《せんさばんべつ》、どんな形でも構わない。そう考えられるようになったわ。貴女《あなた》に刺《さ》されて、より深く『罪歌《さいか》』と混じり合ったおかげでね」

感謝の言葉。

だが、彼女の中に渦巻《うずま》く敵意は欠片《かけら》も揺《ゆ》らいでいないと杏里《あんり》は実感していた。

いつ刃物が飛んできてもおかしくないと思いつつ、全身のどこからでも『罪歌』を現出させられるように警戒《けいかい》する。

そんな自分に、同時に嫌悪《けんお》を覚えた。

なんの躊躇《ためら》いもなく、『罪歌』を操《あやつ》ろうとしている自分に。

普通の人間ならば、贄川《にえかわ》の誘《さそ》いにこうもあっさりついて来たりはしないだろう。

杏里の心には、先刻の臨也《いざや》の言葉が楔《くさび》となって強く刻み込まれていた。

自分が人間じゃない事を、もはや完全に受け入れてしまっている。

――……もう、諦《あきら》めてた筈《はず》なのに。

病院を出てからの移動中、何度も帝人《みかど》に電話をかけたが、結局留守電《るすでん》以外には繋《つな》がらなかった。セルティにも連絡《れんらく》を試みたが、こちらの方も繋がらない。

友達が危ない状況かもと臨也から知らされているというのに、こんなにも冷静に贄川春奈に対処しようとしている自分は、確かに人間では無いのだろう。

杏里はそんな自分を嫌悪しつつ、さりとて罪歌を手放す事もできず、矛盾《むじゅん》した思いを抱《かか》えながら贄川春奈に問いかける。

「それで、贄川先輩は……私を、殺しに来たんですか」

♂♀

木々の側《そば》にあるベンチに座りながら、雑誌を熟読する女性が一人。

鯨木《くじらぎ》かさねは、自分のいる公園に、己以外の『罪歌』の気配が入り込んだ事に気付いていた。

――二人。

気配から察するに、恐《おそ》らく、一人は20年前に腑分《ふわ》けした『罪歌』のうちの一本を持ち、もう一人はそこから派生した子といった所だろう。

こちらの気配を感じられる程に『罪歌』の声を手懐《てなず》けており、自分に用があってここに来たのだろうかと考えたが――

ちらりとそちらに目を向けると、少女が二人ベンチに座って話し込んでいる。

どうも、こちらに気付いている様子はない。

――園原杏里《そのはらあんり》。

流石《さすが》に、その程度の知識はある。

眼鏡《めがね》をかけた少女の顔を見て、改めて考える。

自分に用があったわけではなく、この公園に来たのは偶然《ぐうぜん》らしい。

ならば、どうするか。

情報雑誌と『罪歌《さいか》』の母子。

二人を倒して矢霧清太郎《やぎりせいたろう》に差し出すのと、自分の『罪歌』、もしくは新たに腑分《ふわ》けして渡すのどちらの方が楽かを考えると――後者の方が遥《はる》かに楽だ。

鯨木《くじらぎ》はそれを確認すると、何事も無かったかのように雑誌のページを捲《めく》り始める。

♂♀

時折聞こえる野良猫《のらねこ》の声に、無表情のまま周囲を見渡しながら。

自分の事を殺しに来たのか。

そう尋《たず》ねた杏里に、春奈《はるな》は笑みを浮かべたまま答える。

「ええ、そうよ。……って言いたい所だけど、いいわ。許してあげる」

「……？」

「昔の私なら、絶対に許さなかったでしょうね。隆志《たかし》に好きになられた女なんて。だけど、私は貴女《あなた》に支配されて少しは大人《おとな》になったの。だから、年上のお姉《ねえ》さんとして、特別に杏里さんの事を許してあげる」

その言葉に、杏里は戸惑《とまど》った。

許すもなにも、杏里は贄川《にえかわ》春奈に対して何の非もないのだが――それを横に置いたとしても彼女の言葉には違和感がある。

何しろ、彼女からは杏里に対する敵意が全く消えていないからだ。

目の奥に殺意をぎらつかせながら、『許す』などという単語が出てくる事が理解できない。

怒《いか》りを我慢《がまん》しているというのならばまだ解《わか》る。

しかし、彼女の顔は憎《にく》しみを噛《か》み殺しているという表情ではなく、微笑《ほほえ》みを浮かべているではないか。

何が何やら解らず、杏里は訝《いぶか》しげに思いつつも相手の言葉の続きを待った。

「貴女の事は今も憎いわ。隙《すき》があるなら嬲《なぶ》り殺してあげたいぐらいよ。だって、隆志の心を私から奪《うば》って行ったんですもの。その上、貴女《あなた》は隆志《たかし》を拒絶《きょぜつ》した。本当に……本当に許せる事じゃないと思っていたけれど……」

そこで春奈《はるな》は目を逸《そ》らし、恥《は》ずかしそうに呟《つぶや》いた。

「罪歌《さいか》の声……貴女がいつも聞いてる本物の声に晒《さら》されて、私は貴女に支配された……」

「は、はあ」

「私はもう滅茶苦茶《めちゃくちゃ》よ。私が隆志を斬《き》って、隆志に斬られて、お互《たが》いにグチャグチャに混ざり合おうと思ってたのに。たっぷり愛し合おうと思ってたのに……。その前に、私の体は貴女の心に穢《けが》された。蹂躙《じゅうりん》されたのよ？　でも、思ったの。例えこの身が穢されても、隆志からいくら嫌《きら》われても、私の隆志への愛は変わらないって。貴女への憎《にく》しみすら愛に変えてみせるって」

「？　??」

——ええと。

——贄川先輩《にえかわせんぱい》は、何を言っているんだろう？

杏里《あんり》は相手の言いたい事が解《わか》らず、混乱だけが心の中に積み上がっていく。

ネジが飛んでしまった人間の心など解るものか。そう割り切ってしまえば楽だったのかもしれないが、杏里の中では、贄川春奈はれっきとした『まともな人間』の範疇《はんちゅう》だ。愛に対する行動力には尊敬すら抱《いだ》いている。

だが、尊敬する事と、相手の言葉を理解するのは全く別問題なので、杏里はなんと言葉を返せば良いのかすら解らず、すっかり困惑《こんわく》してしまった。

「私は、自力で貴女の『罪歌』の力をねじ伏せたわ。園原《そのはら》杏里。だけどね。ねじ伏せただけ。かろうじて人間として私は保《たも》てたけど、私の中に貴女の罪歌がいるの。私の罪歌とは別物の筈《はず》だったのに、私の中で混ざり合ってるの」

「そ、そうなんですか？」

杏里は確かに罪歌の宿主《やどぬし》だが、罪歌に斬られて『子』になった事はない。

罪歌の刃《やいば》を通して子に自分の意思や指令を伝える事はできるが、子の気持ちは口で言われなければ解らないのが現状だ。

「何を他人事《ひとごと》って顔してるの？　私は、責、責、責、責任を取れって言ってるのよ。代わりに、私も貴女に、刺、さ、れ、た、責任はとってあげるから」

「……え？」

「手を組みましょう。そう言ってるの」

全く予想外の言葉に、杏里は更《さら》に戸惑《とまど》った。

状況を理解できていない少女を前に、春奈は一方的に言葉を紡《つむ》いでいく。

「竜ケ峰帝人《りゅうがみねみかど》君に紀田正臣《きだまさおみ》君。どっちも気になってるけど、二股《ふたまた》掛けてるわけじゃないのね」

「……っ！」

唐突《とうとつ》に出てきた友人達の名前に、杏里は瞬時《しゅんじ》に目の色を変えた。

比喩《ひゆ》表現でもなんでもなく、実際に瞳《ひとみ》を赤く輝かせたのである。

「二人に……あの二人に手を出さないで下さい！」

強い調子になった杏里《あんり》の言葉に、春奈《はるな》はクスクスと嗤《わら》いだした。

「嫌《いや》ね。何もしないわよ。だって、貴女《あなた》にとって大事な二人は、私にとっても大事なんだもの」

「どういう……事ですか？」

「私は、罪歌《さいか》が暴走して斬《き》ったような人達とは違うの。貴女が、貴女の意思で、私を支配しようとして斬ったのよ？」

春奈は杏里に寄りかかるように肩《かた》を寄せ、顔をそっと近づける。

息の掛かる距離《きょり》、
春奈は熱い吐息《といき》を杏里の首筋《くびすじ》に溢《こぼ》しつつ、艶《なま》めかしささえ感じる声でそっと耳元に囁《ささや》いた。

「私の中に流れてきたのが……罪歌の声だけだって思ってた？」

「!?」

「私もね、最初は気付かなかった。罪歌の声をねじ伏せるまでは。だけど……いざ自分を取り戻《もど》した後に、自分の中に別の感情がある事に気付いたの。竜ケ峰帝人《りゅうがみねみかど》に紀田正臣《きだまさおみ》。まともに会って話した事すらない子達によ？」

「そんな！」

杏里は、そこでようやく春奈の方にはっきりと顔を向ける。

鼻先が触《ふ》れそうな距離で見る春奈の顔は、狂気《きょうき》に満ちてはいるが、それ故《ゆえ》に美しいと言えるかもしれない、そんな不思議な空気を纏《まと》っていた。

「貴女の感情に迷いがあって良かった。まだ、二人のどちらかへの愛にまで育ってなくて本当に良かった。愛に定義なんてないけど、少なくとも、私の隆志《たかし》への思いとはかけ離《はな》れた感情で本当に安心したわ。もしも、隆志への愛と同じぐらいの感情がその二人に湧《わ》き上がっていたら、私は自分の体を三つに切り裂《さ》いていたかもしれない」

「私の……感情？」

「ええ、愛とか恋じゃないにしても、その二人の事が大切だっていうのは良く解《わか》ったわ。もう、その感情は罪歌の力と一緒《いっしょ》に私の体に染《し》みついてるの。私はただ、その責任を取れ、って言ってるだけ」

杏里の手を取り、手の甲《こう》に指を滑《すべ》らせる春奈。

恐《おそ》らくは、彼女なりに様々な方法で園原《そのはら》杏里という少女を測っているのだろう。

「だけど、私も、貴女の心を覗《のぞ》くハメになった。不可《ふか》抗力《こうりょく》とはいえ、私が貴女を殺そうとしたのがそもそもの原因だから、そこは一歩引いてあげる」

「責任って……何をすればいいんですか？」

「だから言ってるでしょう。もう、私は貴女の一部だし、貴女は私の一部なのよ？」

「！」

その言葉を聞いた瞬間《しゅんかん》、杏里《あんり》の中に罪歌《さいか》の言葉が蘇《よみがえ》る。

――【私は少しだけ貴女になったし、貴女は少しだけ私になった】

自分が罪歌と融合《ゆうごう》したように、贄川春奈《にえかわはるな》と自分も、心の一部が繋《つな》がってしまったのだろうか？

確認してみるが、自分の中に那須島《なすじま》への好意は全く湧《わ》き上がっていない。

自分の心に安堵《あんど》しつつ、恐《おそ》る恐る春奈に言い返す。

「そんな事は、ないと思います……」

「貴女《あなた》がどう思っていようと、私にとって、人間の感情っていうのはそれほど重要な事なの。だから、貴女は凄《すご》く憎《にく》いけど、『自己嫌悪《けんお》』って事で割り切ってあげようって言ってるの」

春奈は杏里の手を握《にぎ》り、額《ひたい》を杏里のおでこにコツリと当てる。まるで仲睦《なかむつ》まじい親友同士のように見せているが、敵意は相変わらず抱《いだ》いたままだ。

「だから、隆志《たかし》への愛を実らせるのに協力して欲しいの」

「はあ……。って、え、ええっ!?」

驚《おどろ》く杏里には構わず、春奈は淡々《たんたん》と自分の意見を吐《は》き出し続ける。

「代わりに、私も貴女の恋に協力してあげる」

春奈は杏里の表情の変化を観察しつつ、更《さら》に彼女の心に踏《ふ》み込もうとした。

「貴女、今、竜ケ峰《りゅうがみね》君達がどんな状況になってるのか、どこまで知ってるの？」

「……っ！」

その問いは、杏里の心を激しく揺《ゆ》さぶる。

つい先刻、臨也《いざや》から不穏《ふおん》な喩《たと》え話を聞かされたばかりだからだ。

「贄川先輩《せんぱい》は……何か知ってるんですか？」

「ええ、それは勿論《もちろん》。折原臨也の小間使いをしてたら、嫌《いや》っていうほどその二人の名前が出てきて驚いたわ」

「！　折原《おりはら》臨也さんの⁉」

「あら、敵意剝《む》き出しって感じ。折原臨也と何かあったの？　まあ、それでも『さん』付けで呼ぶって、ある意味凄《すご》く杏里ちゃんらしいわね。あ、ええと……杏里ちゃん、って思わず呼んじゃったけど、別にいいわよね？　私達、もう友達なんだから」

殺意を隠《かく》しもせぬまま、いけしゃあしゃあと友達などという単語を口にする春奈。

「もうちょっと仲良くなったら、杏里って呼び捨てにするわ。杏里ちゃんも私の事、春奈さん、って下の名前で呼んでね？　貴女は後輩《こうはい》だけど、仲良くなったら呼び捨てでもいいわ」

「春奈さん、今はそれより、竜ヶ峰君達の事を教えて下さい！　折原さんは、一体何をするつもりなんですか！　竜ヶ峰君や紀田《きだ》君をどうするつもりなんですか！」

焦《あせ》りつつも、言われた通りに『春奈さん』と呼ぶあたりが杏里の特異な性格を表しているのかもしれない。

春奈はそう呼ばれた事で嬉《うれ》しそうに顔を緩《ゆる》ませるが、殺意は微塵《みじん》も揺らがない。

「さあ？　あのサディストが何をするつもりかなんて知らないわ。どうせ、その場に合わせて相手が一番嫌《いや》がる事をするんでしょうね。竜ケ峰《りゅうがみね》君達が今どうしてるかは……私が言うより、貴女《あなた》が『罪歌《さいか》』の力を利用して直接聞いた方がいいんじゃない？」

「それは……」

「私の『罪歌』に斬《き》られた子達は、まだこの街にたくさん残ってるわ？　その子達を上手《うま》く操《あやつ》れば、彼らの居場所ぐらい、すぐに見つかるんじゃない？」

「……」

具体的な方法まで言われたというのに、杏里《あんり》は即座に言葉を返す事ができなかった。

それは、考えなかったわけではない。

躊躇《ためら》った理由は、『罪歌』としての力を使いたくなかったからなのか、それとも、帝人《みかど》と正臣《まさおみ》の問題に自分から割り込む事を躊躇ったのか、もはや杏里自身にも解《わか》らなくなっていた。

だからこそ、春奈《はるな》の行動力と、どこまでも前向きな思考回路が羨《うらや》ましく思える。

そんな事を考えながら俯《うつむ》く杏里を見て、春奈が言う。

「……貴女、少し変わったわね」

「え……」

「貴女が私を斬った時に、貴女、言ったわよね。『罪歌は寂《さび》しがり屋だから、愛してあげてくれ』って。『抑《おさ》え込んだとか、利用したとか、そんな寂しい事を言わないでくれ』って。それなのに、私がさっきから『ねじ伏せた』とか『罪歌を利用して』って言っても、何も反論しないし……今はまるで、貴女が罪歌を抑え込もうとしてるみたい」

「……ッ!」

図星《ずぼし》だった。

彼女は自分が寄生虫《きせいちゅう》だと割り切っていた。

罪歌に依存《いぞん》して、世界に依存して生きていくのが自分の処世術《しょせいじゅつ》なのだと。

だが、切り裂《さ》き魔《ま》の事件以降、帝人達やセルティ、新羅《しんら》、後輩《こうはい》の青葉《あおば》といった面々と交流を持つ事が増え、彼女を取り巻く環境に明確な変化が現れたのだ。

その影響《えいきょう》を受け、彼女の心に揺《ゆ》らぎが生じる。

杏里は、自分の変化に気付きつつあったのだが、あえてそれを認めようとしなかった。

認めてしまった瞬間《しゅんかん》、自分はあらゆるものを失ってしまうのではないかと畏《おそ》れて。

「……ふうん。本気みたいね。皮肉よね。私がお互《たが》いに寄生しようって気になったと思ったら、今度は貴女が罪歌を抑え付けようと思い始めるなんて。もしかして、私に影響された……なんて事はないわよね。いくら友達同士でも」

妙《みょう》に友達という単語を多用する春奈だが、今の杏里の精神状態ではそんな違和感にも気付かない。

黙《だま》りこむ少女に、春奈は溜息《ためいき》を吐《つ》きながら言い放つ。

「そうね。それじゃあ……貴女の罪歌、私が貰ってあげましょうか？」

「さ、罪歌《さいか》を……ですか？」

一瞬《いっしゅん》、『それもありなのでは？』と考えた杏里《あんり》は、慌《あわ》ててその悪手《あくしゅ》を否定した。

今の状態で、もしも帝人《みかど》達に何か手助けできるとすれば、心情はどうあれ罪歌の力を使うしかない。自分の中から『手段』を簡単に消して良い時期ではないという事は、先刻の臨也《いざや》との会話で逆に思い知らされた。

もっとも、それ以前の問題として、自分の意志で無差別切り裂《さ》き事件を起こしたような女性に、罪歌の本体を渡せよう筈《はず》がなかったのだが。

「……それは、お断りします」

薄《うす》く目を光らせながら、キュウ、と拳《こぶし》を握《にぎ》りしめる杏里。

「そう？　いい話だと思うんだけどなあ」

無邪気《むじゃき》な女学生らしい言葉を使いながら、ゆっくりと立ち上がる春奈《はるな》。

春奈はそのまま噴水《ふんすい》の方に数歩進み、ゆっくりと振り返る。

そして、その姿を見て、杏里は警戒《けいかい》の度合いを一気に最高潮まで引き上げた。

「ッ！」

何しろ春奈は、目を閉じて優しげに笑っているにも関わらず——いつの間に取り出したのか、両手にそれぞれ大柄《おおがら》のナイフを握り込んでいたからだ。

「少なくとも、今の貴女《あなた》よりは上手《うま》く使えると思うわ」

ニコリと笑ったまま、彼女は両目を大きく見開いた。

「断ってくれてありがとう。これで、闘う理由ができたわね」

異常充血で真《ま》っ赤《か》になった目をギラリと輝かせ――彼女は迷う事無く杏里に向かってその刃《やいば》を振りかざした。

「友達同士でも、殺し合いの喧嘩《けんか》ぐらいたまにはするわよ……ねっと！」

♂♀

数秒前

「……にゃん」

鯨木《くじらぎ》が、無表情のままそう呟《つぶや》く。

彼女の視線の先には、いつの間にかベンチの傍《そば》まで寄ってきていた一匹《ぴき》の猫《ねこ》。

その猫に釣《つ》られるように、数匹の猫が茂みの中から顔を出す。

「……ニャー。ニャーニャー」

無表情な上に、声も特に猫撫《ねこな》で声に変化しているという事もなく、いつも通りの声で棒《ぼう》読みのようにニャーニャーと呟《つぶや》き続ける鯨木《くじらぎ》。抑揚《よくよう》のないその声は、一昔前《ひとむかし》のEメール読み上げソフトのようにも感じられた。

一体どのような心持ちでそんな行動を続けているのか、それは彼女以外には解《わか》らないが、少なくとも猫には好意的なようで、自分のポケットの中に何か食べ物は無いかと漁《あさ》り始める始末《しまつ》である。

結局何も見つからず、そもそも野良《のら》猫に餌《えさ》を与えるのは良くないのではないかと思い至り、餌付《えづ》けを諦《あきら》める鯨木。

だが、特に人なつっこい一匹《いっぴき》の子猫が、鯨木の足元にスリスリと横腹をなでつけた。

「にゃん?」

肉球でプニプニと鯨木のヒールを押す子猫。

鯨木は無表情のまましゃがみ込み、猫に地面スレスレで下から手を伸ばす。

――猫を撫《な》でるなら、顎下《あごした》からゆっくりと……。

もう少しで手が届くという、その瞬間《しゅんかん》――

鋭《するど》い金属音が、公園内に響《ひび》き渡った。

　人間や犬よりも鋭敏《えいびん》な聴覚を持つ猫達《ねこ》は、一瞬《いっしゅん》ビクリと音の起点に顔を向けた後、蜘蛛《くも》の子を散らすように茂みの中へと逃げていってしまう。

「……」

　やり場の無くなった手を空中で静止させたまま、彼女は無表情のままゆっくりと視線を動かした。

　そして、その先に見えたのは――

　二本のナイフのうち一本を手の平から生《は》えた刃《やいば》で受け止め、もう一本の刃を喉元《のどもと》に突《つ》きつけられている、『罪歌《さいか》』本体の持ち主の姿だった。

♂♀

「チェックメイトよ。園原《そのはら》さん」

「……」

「ここで、貴女《あなた》の喉を突き刺《さ》さない事が、私の申し出が嘘《うそ》じゃないって証明だと思ってくれて構わないわ」

　不敵な笑みと共に、赤い瞳《ひとみ》を輝かせる春奈《はるな》。

　二度も罪歌本体に斬《き》られた影響《えいきょう》だろうか。その目は通常の『子』よりも色濃《こ》く充血している上、その範囲《はんい》が瞳孔《どうこう》周囲に集中している。昼間見るならば、杏里《あんり》のような罪歌本体の赤眼と殆《ほとん》ど区別がつかない状況となっている。

「優しいのね。問答無用《もんどうむよう》で私を突き刺してれば、こんな状態にはならなかったでしょうに」

「……貴女を斬る理由はあっても、殺す理由はありません」

「そんなに睨《にら》まないでよ」

クスクスと嗤《わら》いながら、春奈は先刻と同じように、コン、と杏里に額《ひたい》を重ね合わせた。

「強がりとかじゃなくて、本当に『理由があれば殺す』って雰囲気《ふんいき》じゃない」

「……ッ！」

その言葉に、杏里は全身を強《こわ》ばらせた。

自分は何を考えて、今しがたの発言をしたのだろうと。

殺す理由はない。

まるで、サスペンスドラマの殺し屋か復讐鬼《ふくしゅうき》が、標的以外に投げかけるような台詞《せりふ》だ。

ならば、殺す理由があったら、本当に殺してしまっていたのではないか？

離《はな》れた場所から、罪歌の一振りで喉を切り裂《さ》いていただろうか？

心臓を貫《つらぬ》いていただろうか？

――「君、まさか、まだ自分が人間だなんて考えてない、よね？」

臨也《いざや》の言葉が心に刺さる。

彼の言う通り、自分はもう人間ではないのだろうか？

そんな迷いが生じてしまう。

本物の人外《じんがい》であるセルティならば、そんな言葉を告げて同じように春奈《はるな》に指摘《してき》されたとしても、堂々と『言葉のアヤだ』と言い切る事だろう。正臣《まさおみ》なら、『殺す理由って、まあ、よっぽどだぞ？　親を殺されたとかよ』と軽く返す事だろう。

しかし、園原杏里《そのはらあんり》は、あくまで自分自身の中に答えを求めてしまう。

――私は……。

――私は本当に、罪歌《さいか》と……混じり合ってる……？

罪歌の言葉が事実だったとした場合、それは受け入れるべき事象《じしょう》なのかどうか。

そんな事すらも解《わか》らぬまま、彼女は一人惑《まど》い続ける。

喉元《のどもと》に突《つ》きつけられた春奈の刃《やいば》よりも、彼女の言葉の方がよほど鋭《するど》く、杏里の心をいとも簡単に切り裂《さ》いた。

もっとも、既《すで》に臨也《いざや》の言葉によって半分以上切れ目が入っていた状態ではあるのだが。

「……どうしたの？　前に私を斬《き》った時とは別人みたいよ？」

流石《さすが》に、春奈もそうした異常には気付いたようで、つまらなさそうに笑顔を消す。

「で、ここからどうするの？　命乞《ご》いでもする？　それとも、一旦《いったん》刀を引っ込めて、別の場所から私の胸を突き刺《さ》してみる？　このまま私の刃が貴女《あなた》を切り裂《さ》くのと、どっちが速いか、勝負してみる？」

「その……やめてくれると、嬉《うれ》しいです」

「えッ、それ、まさか命乞《ご》いのつもり？」

「いえ……。私も、迷ってるんです。ここからどうすればいいのか……」

杏里は殺気を持った相手に刃を突きつけられた状態だというのに、恐《おそ》れの色は見せていない。さりとて泰然自若《たいぜんじじやく》とした空気もないまま、彼女は『額縁《がくぶち》のこちら側』から、『額縁の向こう側』へと問いかけた。

「私は……人間だと思いますか。それとも……怪物《かいぶつ》だと思いますか……」

弱気を貫《つらぬ》く杏里に、春奈は眉《まゆ》を顰《ひそ》めつつ答える。

「貴女は、人間でも怪物でもない。寄生虫《きせいちゅう》よ。……昔、貴女が私にそう言ったんじゃない」

「あッ……そうですよね。私がそう言ったのに、すみません……」

春奈の言葉に頷《うなず》きつつ、杏里は悲しげな微笑《ほほえ》みを浮かべた後——

静かに目を閉じ、刀を体内に収めながら告げた。

「そうでした。……私はどっちみち、人間じゃないんですね」

「……？」

完全に無防備状態となった杏里が逆に不気味《ぶきみ》で、春奈は刃を押し込む事を躊躇《ためら》った。

「だったら私は、人間の春奈さんに寄生する事にします」

「あら。どうしたの突然《とつぜん》。急に素直になるって、なんか企《たくら》んでるみたいで怖《こわ》いわよ？」

「私はもう、きっとまともな人間として物を考えられないんだと思います。私のしたい事が、竜ヶ峰《りゅうがみね》君や紀田《きだ》君の為《ため》になるのかどうか……それすらも判断できないんです」

それならばいっそ、春奈《はるな》の考えに全《すべ》て従った方が上手《うま》くいくのではないだろうか？

春奈ならば、罪歌《さいか》の言葉に惑《まど》わされる事はないのではないだろうか？

杏里《あんり》はそんな事を考える。

——そんな事は間違っている。

——この人の判断に任せたら、取り返しの付かない事になる。

——あの切り裂《さ》き事件が、更《さら》に凶悪《きょうあく》な形で街を覆《おお》い尽《つ》くすだろう。

「一つだけ……聞かせて下さい」

園原《そのはら》杏里としての理性は間違い無くそう判断しているのだが、今日《きょう》一日だけで罪歌、臨也《いざや》、春奈の三者に立て続けに心を揺《ゆ》さぶられた彼女には、もはやそんな自分の判断を信じる事ができなくなってしまっていた。

「春奈さんなら、竜ヶ峰君達を助けられますか……？」

「……」

まさかそんな問いかけをされるとは思わなかった春奈は、思わず黙《だま》り込んでしまう。

贄川《にえかわ》春奈としては、弱気な杏里が逆に不気味《ぶきみ》に感じられる。

いっその事、このまま彼女を刺《さ》し殺して、『罪歌《さいか》』を奪ってしまった方が良いのではないだろうか？

それとも、何かの作戦だろうか？

春奈は相手の真意を確かめるべく、手にしたナイフの一本を首筋《くびすじ》から顔の先へと移動させる。

切っ先を頬《ほお》に突《つ》きつけ、軽く杏里の顔を切り刻もうとした瞬間《しゅんかん》——


「猫《ねこ》が逃げます」


と、第三者の声が周囲に響《ひび》き渡った。

その言葉は、自我があやふやになりかけていた杏里に向けられたものらしい。

いつの間にか二人の横に立っていた女は、春奈と杏里の双方を一瞥《いちべつ》したあと、淡々《たんたん》と告げる。

「母と子が殺し合う現場は初めて目撃《もくげき》しましたが、正直言って迷惑《めいわく》です。余所《よそ》でやっていただけませんか」

眼鏡《めがね》をかけた女は、無表情のまま『罪歌』の母子である少女達に語りかけた。

物静かな眼鏡の女性という点は共通しているものの、杏里とは全く違う雰囲気《ふんいき》を纏《まと》う女。

一見すると地味な印象だが、透《す》き通るような肌《はだ》には染《し》み一つなく、まるで陶器《とうき》のようだ。

右手だけに着けられた黒い革手袋《かわ》が奇異《きい》な印象を与えるが、それを除《のぞ》けば、近くの会社から抜け出してきた美人秘書というイメージの女性である。

「……なに、貴女《あなた》？」

春奈《はるな》は突然《とつぜん》の乱入者を訝《いぶか》しげに見つめ、

「今《いま》大事な所だって、見て解《わか》らないのかしら？」

と、迷《まよ》う事無く、杏里《あんり》の顔に突《つ》きつけているものとは逆のナイフを突きだした。

脅《おど》しではなく、そのまま軽く刺《さ》す為《ため》の動き。

杏里は息を呑《の》みかけたが、その瞬間《しゅんかん》、女の言葉の中にあった違和感に気付く。

——母と子が。

女は、何故《なぜ》学生服同士の自分達を見て、そう表現したのだろうかと。

その答えに思い至ると同時に——鈍《にぶ》い金属音が公園内に響《ひび》き渡った。


「……え？」

呆《ほう》けたような声を上げるのは、贄川《にえかわ》春奈。

かつて、杏里が初めて彼女に『罪歌《さいか》』の本体を見せた時と似たような表情で、目の前の女と『それ』を交互《こうご》に見つめていた。

「なに、それ……何よ、貴女……」

女の左手の指先から、金属の爪《つめ》のようなものが瞬時《しゅんじ》に伸《の》び、春奈のナイフを搦《から》め受けたのだ。

日本刀とは程遠い形状だが、その爪は、一本一本が鋭《するど》い刃《やいば》となっている。

女は瞳を赤く輝かせつつ、春奈の問いに答えた。

「申し遅れました。私は鯨木《くじらぎ》かさねです。これは、『罪歌』本体の一振《ひとふ》りです」

「──ッ！」

隠《かく》しもせず、実にあっさりと告げられたその単語に、杏里と春奈は同時に驚愕《きょうがく》する。

罪歌。

確かに女はそう言った。

杏里が何か尋《たず》ねようとするよりも一瞬《いっしゅん》速く、春奈が動く。

爪に搦め捕られたナイフを握《にぎ》ったまま、もう一本のナイフで女の首を掻《か》き斬《き》ろうとしたのだ。

だが、その行動は途中《とちゅう》で強制停止させられる。

鯨木と名乗った女の足首のあたりから、ワイヤーのような銀色の縄《なわ》が伸び、春奈の身体《からだ》をがんじがらめにしてしまったのだ。

「ぐッ……あッ……」

身体中に食い込む銀の縄の痛みに耐えつつ、春奈は尚《なお》も腕《うで》を動かそうとしたのだが──

「母に逆らう事は問題ありません。反抗期、独《ひと》り立ち、理由は色々ありますから。ただ、母に牙《きば》を向けるのは道義に悖《もと》る行為だと考えています」

鯨木《くじらぎ》はそんな事を事務的な調子で呟《つぶや》きながら、革《かわ》手袋を嵌《は》めた右手で銀色の縄《なわ》の一部を握《にぎ》りしめる。

そして、縄の先端《せんたん》を器用に蠢《うごめ》かせ、腕《うで》に仕込まれたとあるスイッチを押し込ませた。

「〰〰〰ッ！」

声にならない悲鳴を上げ、春奈《はるな》の身体《からだ》が大きく震《ふる》える。

数秒間の痙攣《けいれん》を確認した後、鯨木は縄を瞬時《しゅんじ》に解《ほど》き、体内へと収束《しゅうそく》させる。

左手の爪《つめ》もいつの間にか消えており、後には何事も無かったかのように立つ鯨木と、膝《ひざ》から崩《くず》れ落ちる春奈の身体だけが残されていた。

そんな光景を見せつけられ、杏里《あんり》は鯨木に大声をあげる。

「は……春奈さんに何をしたんですか!?」

「手袋から電気を流しただけです。死ぬような電圧ではありませんが、全身に流したので暫《しばら》くは動けないでしょう」

「あ……う……」

地面に這《は》い蹲《つくば》りながらも、意識はかろうじて失っていなかったようだ。春奈は小刻《こきざ》みに震えながら鯨木を見上げ、殺意と疑念が入り交じった目で睨《にら》み付けていた。

「春奈さん、大丈夫《だいじょうぶ》ですか!?」

しゃがみ込み、春奈の身体を抱《かか》え上げようとする杏里。

だが、春奈の身体はまだ小刻みに痙攣していて、上手《うま》く支《ささ》える事ができなかった。

「少し、寝かせておくべきです。すぐに回復するでしょう」

淡々《たんたん》とした言葉に、杏里は改めて鯨木という女に目を向ける。

——誰？

——どうして罪歌《さいか》を？

——私が知らない『子』の一人……。

——違う。そんなわけがない。

——ただの『子』に、今みたいな事はできない。

——……手品師？

——まさか。

様々な考えが浮かんでは消えていく。

杏里はゴクリと唾《つば》を呑《の》みこみつつ、何から女に尋《たず》ねるべきか、頭の中に無数の疑問を渦巻《うずま》かせた後——些《いささ》かずれた疑問を口にする。

「あの、今の電気……。貴女《あなた》はどうして痺《しび》れなかったんですか？」

すると、女は無表情のまま答えた。

「いえ、私も痺れました。右腕《うで》と左足が一時的に麻痺《まひ》していますが、問題ないです」

実際、銀色の縄が繋《つな》がっていた右腕と左足首が痙攣している様子もない。

明らかに、この女性は何かがおかしい。

通常の人間ではない。それは一目瞭然《いちもくりようぜん》だった。

「罪歌《さいか》って……どういう事なんですか？　罪歌は、私の中にあります。それに……今のは、とても罪歌には見えませんでした……」

刃《やいば》の爪《つめ》や鋼《はがね》の縄《なわ》。

今しがたの光景が、どうしても女の口にした『罪歌』の単語と繋《つな》がらなかったのだ。

ところが、杏里《あんり》の疑問に答える代わりに、女は杏里について語り始めた。

「そういう貴女《あなた》は、罪歌を全《まった》く使いこなせていないようですが」

「えッ……？」

鯨木《くじらぎ》は、足元で呻《うめ》き続ける春奈《はるな》を見下ろしつつ話を続ける。

「先ほどの状況も、罪歌を二本出せば、簡単に彼女を制圧できたと思いますが」

「罪歌を……二本？」

「……まさか、罪歌が一本の日本刀としての姿しか持たないとでも？」

無表情のまま首を傾《かし》げる鯨木の言葉に、杏里は今朝方《けさがた》病院で聞いた『罪歌』の言葉を思い出した。

――【だから、貴女のお母《かあ》さんは、より私を使いこなしてたわ】

――【今のあなたじゃできない事を、いくつもできた】

あの時は強制的に『罪歌』の声を抑《おさ》えこんでしまったが、今となっては気になる点もある。

――今の私には、できない事？

――罪歌を二本……？　二刀流……？

――もしかして、今の爪や縄も……罪歌の別の姿？

――でも、罪歌は私の中にあるのに……。どうしてこの女の人が？

同時に、別の違和感にも気が付いた。

『罪歌』が絶え間なく唄《うた》い続ける愛の言葉が、臨也《いざや》に相対《あいたい》した時と同じように、杏里の中から消え去ってしまっていたのだ。

まるで、目の前の鯨木という女を恐《おそ》れるか、あるいは嫌悪《けんお》しているかのように。

――クジラギさん。

――この女の人……一体？

――猫《ねこ》って？

考えれば考えるほどに新しい疑問が湧《わ》き上がり、杏里の思考が混沌《こんとん》に堕《お》ちていく。

鯨木は、そんな杏里を暫《しばら》く観察した後、口を開く。

「私がこの公園に居たのは偶然《ぐうぜん》です。貴女を追ってきたという事はありません」

「？」

「ですが、私は迷っています。自由を手に入れた直後に貴女と巡《めぐ》り会った事は、一つの運命なのではないかと」

まさか猫耳《ねこみみ》カチューシャが二人を同じ区画に引き寄せたとは知らぬまま、鯨木《くじらぎ》は淡々《たんたん》と杏里《あんり》に問う。

「罪歌《さいか》の使い方を知らない貴女《あなた》に聞きたいのですが……」

鯨木はそこで一度言葉を止め、再度自分の考えを纏《まと》めた後に、杏里に対して問いかけた。

「貴女の罪歌、私に譲《ゆず》るつもりはありませんか？」

その言葉に、杏里は再び首を傾《かし》げる結果となる。

罪歌が欲しい。

先刻、春奈《はるな》に言われたばかりの言葉だ。

だがしかし、目の前の女性は、既《すで》に罪歌を持っているというではないか。

爪《つめ》に縄《なわ》という姿しか見ていないが、杏里も混乱が収まると同時に、気付きかけていた。

——罪歌は、一本じゃない。

意志を持った妖刀《ようとう》。その特異性から、杏里は自分が持っている本体こそが、唯一《ゆいいつ》の存在だと考えていた。

しかし、そもそも『妖刀』という存在に、自分の常識を当てはめようとしたのが間違っていたのかもしれない。もっとも、相手の持っていたものが日本刀の姿をしていたならば、逆にそれが罪歌だと言われても信じられなかったかもしれないが。

女の身体《からだ》から直接顕現《けんげん》するという、その物理法則を超えた刃《やいば》の爪を見たからこそ、逆にそれが罪歌であると思えてくる。

だが、そうなってくると、今度は女の今しがたの言葉の方が不自然になってくるのだ。

「欲しいって……。クジラギさんはもう、罪歌をお持ちなんじゃないんですか？」

「はい。私は既《すで》に、自分の罪歌は持っています」

次の瞬間《しゅんかん》、彼女の左手から長い刃が湧《わ》き上がり、日本刀の形として手の中に収まった。

その刃を一瞬《いっしゅん》輝かせた後、再び身体の中に消し去る鯨木。

もはや疑う余地はないと思いながら、杏里は改めて問う。

「じゃあ、どうして……」

「自家用車と、商品は違う、という話です」

「商品？」

杏里は、その言葉に目を丸くしたものの、心中《しんちゅう》ではそれほど意外性を感じていなかった。

何故《なぜ》なら――彼女も知っていたからだ。元々、罪歌は、『商品』として彼女の両親が経営していた古物商《こぶっしょう》に流れてきた品物だと。

「あの、罪歌は、普通に売ったり買ったりできるものなんですか？」

思わず口を出た疑問に、鯨木は頷《うなず》いた。

「それが、私の商売でした」

「?」

でした、という過去形の言いぐさに戸惑《とまど》う杏里《あんり》。

それに気付いたのか、鯨木《くじらぎ》は一瞬《いっしゅん》だけ目を逸《そ》らし、言い直す。

「失礼しました。その商売を続けるべきかどうかは、私自身も決めかねているもので。ただ、契約《けいやく》済みの最後の商品の一つが、『罪歌《さいか》』なものですから」

「!?」

——罪歌が、売り物。

——欲しがってる人が……いる?

「最悪、私の『罪歌』を商品として納入するので、無理して貴女《あなた》の『罪歌』を購入《こうにゅう》したり、強《ごう》奪《だつ》したりする必要はありませんが……」

強奪という物騒《ぶっそう》な単語をさらりと言いのけつつ、鯨木は杏里の目を見て語りかける。

「貴女の様子を見るに、『罪歌』を私のように支配してもいなければ、過去の持ち主のように支配されてもいないようです。共存《きょうぞん》というのは珍《めずら》しいケースですが、もしも罪歌が不要というのなら、私が買い取っても構いません」

すると、それまで倒れていた春奈《はるな》がよろよろと起き上がり、顔から笑みを完全に消して鯨木に怨嗟《えんさ》混じりの声を吐《は》き出した。

「何を……勝手な事を言ってるのよ……」

「大丈夫《だいじょうぶ》ですか？　無理はなさらない方が宜《よろ》しいかと」

「いけしゃあしゃあと言ってくれるわね……加害者の癖《くせ》に……まあ、それはいいわ。それより、杏里ちゃんの罪歌は、貰《もら》うんだとしたら私が貰うわ。貴女はそもそも何者なのよ……。突然《とつぜん》話に割り込んできて、罪歌が欲しいなんて、とんだ泥棒猫《どろぼうねこ》ね」

「泥棒猫……」

鯨木は何かを考え込むように俯《うつむ》くと、やはり無表情のまま、春奈に言った。

「いいですね」

「何が？」

眉《まゆ》を顰《ひそ》める春奈と、混乱して動けなくなっている杏里。

二人の少女を前に、大人《おとな》の女性である鯨木は、数秒思案し、一人納得《なっとく》して頷《うなず》いた。

「そうですね……ビジネスとして成立させるなら、説明しなければならない事が多くあります。しかし、強奪するという選択肢《せんたくし》も、私としては面倒《めんどう》な事になりそうなので回避《かいひ》したいのです」

そして、彼女は先刻の春奈とのやり取りで足元に落としていた雑誌を広い、パラパラと捲《めく》りながら二人の少女に提案した。

「この近くにある喫茶店《きっさてん》で、『罪歌』についてご説明したいのですが、時間を取って頂《いただ》く事は可能でしょうか？」

顔を見合わせる杏里と春奈。

それまでの流れから、疑問を抱《かか》えたままの斬《き》り合いまで覚悟《かくご》していた彼女達は、全く想像外の展開に面食《めんく》らっている状態だ。

鯨木《くじらぎ》は、そんな二人とは対照的に、最後まで無表情を通して提案を続ける。

「商売を抜きにしたとしても……罪歌《さいか》の事、知りたくはありませんか?」

そんな事を言われた杏里《あんり》に、その提案を拒否《きょひ》する事などできる筈《はず》もなかった。

♂♀

都内某所《ぼうしょ》　立体駐車場《ちゅうしゃじょう》

「俺《おれ》の聞き違いっすかね。今、乗っ取られるのと潰《つぶ》されるの、どっちがいいって言いました?」

紀田正臣《きだまさおみ》の問いに、六条千景《ろくじょうちかげ》はあっさりと言葉を返す。

「ああ、言ったな」

その言葉を確認して、五人ほどいた黄巾賊《こうきんぞく》の少年達の間にザワリとした緊張《きんちょう》と敵意が走り抜ける。

千景は空気が変わったのを確認しつつ、まだリーダーである少年が話を聞く気があると判断し、肩《かた》を竦《すく》めながら話を続けた。

「まあ待て、紀田正臣だっけ？　俺《おれ》もな、理不尽《りふじん》を言ってるって事は解《わか》ってる。突然《とつぜん》来て潰れるか乗っ取られるか選べなんて、一見すると喧嘩《けんか》を売りに来たと思ってもしょうがねえやな」

「……一見するとも何も、それ以外にどう思えって言うんすか」

「好意的な買収って考えもあるだろ？　あれだ、株の世界の……ホワットなんとか」

「ホワイトナイトっすか」

「そう、それだ」

ウンウンと頷《うなず》きつつ、千景は言葉を続ける。

「ぶっちゃけた話、俺の下につかねえか？　って話なんだけどさ」

「その上から目線っぷりが、喧嘩を売ってるようにしか見えないんすけど」

「ああ、その通りだ。ホワイトナイトなんかじゃねえ。喧嘩を売りに来た」

隠《かく》すことなく堂々と答える千景。

馬鹿にしているのかと、黄巾賊の面子《メンツ》の表情に怒《いか》りの色が溜《た》まっていく。

「まあそう睨《にら》むなって。お前さ、門田《かどた》って知ってるか？　ダラーズの」

「……そりゃ、まあ」

門田の名前が出た事で、正臣の敵意が困惑《こんわく》に変わる。

帝人《みかど》と千景が話している所は目撃《もくげき》したものの、門田と千景の喧嘩とその顛末《てんまつ》を見たわけではない。

——そういや、門田《かどた》さんとタイマン張ったんだっけか。

——あれって、結局どうなったんだ……？

その疑問の答えは、問いかけるまでもなく、千景《ちかげ》の口から紡《つむ》がれる。

「ま、門田の旦那《だんな》にガツンと喰らっちまってな。あの時は一旦池袋《いったんいけぶくろ》から手ぇ引くって話で纏《まと》まったんだけどよ。その旦那が事故っちまったって聞いてなぁ。ちょっと、興味がてら調べてみる事にしたわけだ」

正確には、昼過ぎに駅前で死体が発見されただのなんだのというニュースを見て、念の為《ため》に彼女達を先に家に帰してしまった為《ため》、持て余した時間を使って街を練《ね》り歩いていたのだが。

「で、なんだ、最近知り合ったこっちのダチに聞いて見たら。黄巾賊《こうきんぞく》とダラーズが揉《も》めそうになってるっつー話でよ」

近くにあった電灯の柱に寄りかかりながら、千景は面倒臭《めんどうくさ》そうに、さりとて丁寧《ていねい》に事の次第を語りはじめた。

「お前ら、評判悪いぜ。Ｔｏ羅丸《ら》がここに来る前、随分《ずいぶん》と街で好き勝手やってたらしいじゃねえか。カツアゲだの何だの、随分と街の空気悪くしてたって聞いたぜ」

恐《おそ》らくは、半年前までの、法螺田《ほらだ》達が台頭していた時期の事を話しているのだろう。

「一回、門田の旦那がたに潰《つぶ》されたって聞いたぜ。その逆恨《さかうら》みで、門田の旦那を撥《は》ねたんじゃねえかって思ってな、色々聞いて回ったらこの場所が出て来たっつーわけよ」

「あれは、違う！　あの時期荒れてたのは、ショーグンのせいじゃねぇよ！」

「よせ」

いきりたって反論しようとする仲間を制しながら、正臣《まさおみ》は静かに言う。

「で、疑わしい俺《おれ》らを潰そうってわけっすか？　なんで、そんな門田さんに義理立てを？」

「いやいや、潰すっつーか、『下につかねえか』ってさっきから言ってるだろ。そもそも、義理立てして動いてるわけじゃねえんだ。まあ、旦那達にゃノン《彼女》を助けられた恩があるからよ。犯人《はんにん》ぐらいは探すの手伝うかと思ったんだがな」

千景は溜息《ためいき》を吐《は》き出し、表情から徐々《じょじょ》にヘラヘラした軽さを消しながら言った。

「それがどうも、俺にとってもややこしい話になって来やがったわけよ」

「？」

「最近、ダラーズで内部粛正《しゅくせい》だかなんだかやらかしてる一派を知ってるか？」

「……ッ！」

――帝人《みかど》。

確認するまでもない。

正臣が今ここにいる理由である少年。

千景が言っているその一派の上に立っている人間こそ、その竜ケ峰《りゅうがみね》帝人なのだ。

「その連中ってのがさ、春に俺らの仲間をボコってバイクに火ぃつけた連中にそっくりらしいいんだわ。色んな特徴がよ」

ゾワリ、と、正臣《まさおみ》の背に悪寒《おかん》が走る。

自分は、確かに帝人《みかど》を止める為《ため》に、黄巾賊《こうきんぞく》のリーダーとして帝人と、あるいはダラーズと闘う覚悟《かくご》を決めた筈《はず》だ。

だが、他《ほか》の組織が帝人達に敵意を向けているのを目《ま》の当たりにし、正臣は言い様のない不安に囚《とら》われる。

何故《なぜ》なら、この男とTo羅丸《とらまる》は、粛正《しゆくせい》されて復讐《ふくしゆう》を誓《ちか》うチンピラや、法螺田《ほらだ》一派の残党とはレベルが違う。

動揺《どうよう》を臓腑《ぞうふ》の奥に隠《かく》しながら、正臣は千景《ちかげ》に問いかけた。

「なるほど。それで、あんたは黄巾賊を使って、その連中を炙《あぶ》り出したいわけか」

「話が早くて助かるぜ」

そして、更《さら》に正臣の心を抉《えぐ》る言葉を口にする。

「ややこしい事によ、そいつらはどうやらブルースクウエアって連中の残党らしいんだが、聞いた話じゃ、ブルースクウエアの残党の大半は黄巾賊のメンバーだったたって聞いてよ。しかも、黄巾賊は昔ブルースクウエアを潰《つぶ》した事がある……なんて情報が立て続けに入ってよ」

「……」

事実だけに、正臣は何も言い返せない。

黄巾賊の中にブルースクウェアの残党が多数紛《まぎ》れ込んでいた事すら見抜けなかった自分は、そうしたややこしさすら受け入れて黄巾賊の頭を続けなければならないのだ。

正臣のそんな想《おも》いを知らず、千景は空を見上げながら話を続ける。

「もう完全にわけが解《わか》らねえから、話をシンプルにしようと思ってな」

「？」

「本当はＴｏ羅丸《とらまる》のメンバーでかたぁつけなきゃいけないとこなんだけどさ、今は俺《おれ》が個人で動いてるだけだからな。メンバーには一切《いっさい》知らせてねえし、その連中の尻尾《しっぽ》を摑《つか》むまでは、知らせるつもりもねえ。これがどういう事か解るか？」

突然《とつぜん》の問いかけ。

なんとなく予想はついたものの、迂闊《うかつ》に口に出す事はせず、正臣は相手の言葉の続きを待つ。

答えが返ってくるとは最初から考えていなかったのか、数秒の間を置いて千景は答えを吐《は》き出した。

「つまり、あれだ。ここで、お前らが俺をフクロにして砂にしようが、お前らがＴｏ羅丸《とらまる》っつーチームを敵に回すって事はないわけだ」

それは、通常ならば自殺行為とも言える一言だ。

ここで、明らかに喧嘩《けんか》を売りに来ている彼が何事もなく帰れる可能性があるとするならば、彼の後ろにある『Ｔｏ羅丸《とらまる》』という組織力に恐《おそ》れを成した場合である。

千景《ちかげ》は今、その武器を自ら放棄《ほうき》した。

しかしながら、そこで『じゃあ袋だたきにしよう』となる程、正臣《まさおみ》達は下衆《げす》でもなければ、馬鹿でもない。

袋叩《だた》きについての道義以前に、ここで相手の言葉を鵜呑《うの》みにする者は殆《ほとん》どいないだろう。

何しろ、その言葉が嘘《うそ》であり、手を出した瞬間《しゅんかん》に、それを理由として、正当性を主張しながら組織総出でこちらを潰《つぶ》しにかかる可能性もあるのだ。

――まあ、帝人《みかど》と話してるとこ見た限りじゃ、そんなコスいマネするような奴《やつ》じゃあねえとは思うが……。

訝《いぶか》しむ正臣に、千景は言う。

「いや何、正直な話な、あれなんだよ。兄弟分の関係になろうぜとか漫画《まんが》みてえなカッコイイ事を言いたいってのはあるんだけどな。正直、良く知らん連中と兄弟分になる程に俺《おれ》は向こう見ずじゃねえ。だったら、お前ら評判良くねえし、力づくで言うこと聞かせんのもアリかなーって思ってよ」

これは、正臣も知らない事だが――

そもそも、Ｔｏ羅丸《とらまる》の成り立ちは、千景が自分の彼女に手を出した暴走族を一人で潰《つぶ》した事に起因している。

彼女が二桁《ふたけた》単位でいる千景の場合、女性本人やその家族、友人がトラブルに巻き込まれる事も多くなり、腕《うで》っ節《ぷし》を頼られては周りにいる小さなチームをいくつもいくつも潰していった。

そして、『野放しにするぐらいなら。俺が押さえ付けといた方がいいんじゃないか？』という至極《しごく》単純な理由で、Ｔｏ羅丸《とらまる》というチームを立ち上げたのだ。

すると、元から面倒身《めんどうみ》が良かった所もあり、恐怖《きょうふ》政治に従うチンピラ達だけではなく、彼の人格に惹《ひ》かれた男達が集まるようになっていった。

よって、千景としては、当時の感覚そのままに、シンプルに黄巾賊《こうきんぞく》も併合《へいごう》してしまおうと考えただけなのだが――。今回は黄巾賊に彼女が襲《おそ》われたというわけでもなく、完全に自分の我《わ》が儘《まま》だという認識があるのか、申し訳なさそうに正臣達に語りかける。

「そもそも、俺はお前らを利用するつもりなんだが、俺の方は、お前らを助けるつもりなんか欠片《かけら》もねえんだからよ。それで『兄弟分になろうぜ』なんて言ったら、俺ぁもうハニー達に一生顔向けできねえよ。だからさ、シンプルに喧嘩《けんか》、買ってくれねえかな」

「……俺らになんの得があるんすか、それ」

「得ならあるぜ」

あっさりと告げ、千景は不敵な笑みを浮かべながら言った。

「俺が負けたら、お前らの用心棒になってやるよ」

「……はい？」

「お前らの鉄砲玉《てっぽうだま》として、そのダラーズの中の妙《みょう》な連中との喧嘩で、助太刀《すけだち》してやるっつってんだよ。まあ、勝とうが負けようが、どっちにしろ俺《おれ》はダラーズと喧嘩《けんか》するんだけどな。お前ら黄巾賊《こうきんぞく》と」

淡々《たんたん》と語られる千景《ちかげ》のプランに、黄巾賊の幹部達は顔を見合わせ、正臣《まさおみ》は、半分呆《あき》れたような笑みに頬《ほお》を引きつらせながら、言った。

「あんた……もしかして馬鹿なんじゃないっすか？」

「よく言われる」

「だったら、喧嘩しないでそのまま俺らの助《すけ》っ人《と》になってくれません？」

「お前らの評判が良かったなら、それでも良かったんだけどよ」

淡々とした調子で語りながら、膝《ひざ》の曲《ま》げ伸《の》ばしなどの準備体操《たいそう》を始める千景。

「うわあ、もうやる気満々だ」

「ま、誰も怪我《けが》したくねえってんなら、それでもいいや。代わりに、お前らが持ってるダラーズの情報くれよ。そうすりゃそっちに行ってやるからよ」

「そりゃいい。俺らが手を汚《よご》さなくても、代わりにアンタがそいつらを潰《つぶ》してくれるってわけっすか」

正臣はそう言って、空を見上げて薄《うす》く笑った後――背後にいる少年達に振り返り、言った。

「悪ぃ。お前らは、手ぇ出さないでくれよ」

「えッ……ショーグン？」

眉《まゆ》を顰《ひそ》める仲間達の前で、正臣は再び千景に向き直る。

——ったく。

——何でこんなハメになっちまうんだかなあ。

——ああ、まあ、俺のせいか。

自分の過去を振り返りつつ、正臣は首を軽く回しながら千景に『言葉』を突《つ》きつけた。

「その喧嘩、買わせてもらいますよ。一人相手に五人とか六人とか、まあ、なしでしょ」

「しょ、ショーグン!?」

「タイマンで文句ないっすよね？　こっちとしても、怪我人は少ない方がいいんでね」

目を丸くするメンバーの声を背に受けながら、千景に一歩近づく正臣。

「……はッ。いいなあ、お前。チャラそうなナリしてるくせに、割と古風じゃねえか」

「アンタが言います？　それ」

正臣の言葉に苦笑しつつ、千景は帽子《ぼうし》を被《かぶ》り直しながら呟《つぶや》いた。

「やっぱ街の評判なんざ当てにならねえのかもな。気に入ったぜ。ただで手伝ってやろうか？」

「いや、俺が勝って、用心棒《ようじんぼう》になって貰《もら》いますよ」

正臣は呼吸を整えながら、更《さら》に言う。

「暴走して勝手に相手を全滅《ぜんめつ》させられると困るんでね。用心棒になったら、きちんと俺らの言う事を尊重して下さいよ」

これから喧嘩《けんか》をするというのに、正臣《まさおみ》の顔に不安や焦《あせ》りは見られない。

彼は世間話のような言葉を呟《つぶや》きつつ、改めてこれから殴《なぐ》るべき相手の顔を見た。

そして、独《ひと》り言《ごと》のような恨《うら》みの言葉を呟いた。

「アンタが……あの時に帝人《みかど》を殴ってくれてりゃな」

あの時——帝人が『自分がダラーズのリーダーだ』と名乗り出た時、キチンと帝人にケジメを取らせていれば、こんな事にはなっていなかったのかもしれない。

ただ一発殴るだけでもいい。この男が帝人を認めていれば、こんなにもこじれる事はなく、もっと早く杏里《あんり》も含めた三人で笑い合う事ができていたのかもしれない。

——いや、やめとこう。

その時の様子を始終《しじゅう》見ていた正臣は、その恨みを霧散《むさん》させた。

あの時の千景《ちかげ》に、何の落ち度もなく、本当に責められるべきは、泣き崩《くず》れる帝人に声を掛けなかった自分の方だと理解しているからだ。

「ん？　なんか言ったか？」

「いや、単なる逆恨《さかうら》みの言葉だよ」

「あぁ？」

眉《まゆ》を顰《ひそ》める千景に、正臣は軽い調子で答える。

「詳《くわ》しくは、俺《おれ》とアンタの間でケリがついたら話すさ」

「そうか。じゃあ、話せるように、なるべく顎《あご》は砕《くだ》かねえようにしといてやるよ」

「じゃあ、俺もアンタの鼓膜《こまく》だけは破かないようにしといてやるよ」

冗談《じょうだん》を口にしながら、互《たが》いに笑い合う二人。

そして、近づいて来る正臣に合わせて、こちらも一歩近づこうと片足を持ち上げた瞬間《しゅんかん》——

正臣が地を蹴《け》り、勢い良く駆《か》け出した。

「ッ！」

呼吸を乱された千景は、体勢を移動から防御《ぼうぎょ》へと修正しようとする。

そんな彼の眼前で、正臣は更《さら》に地を蹴り、斜《なな》め前方に跳《と》んだ。

停車していた車のバンパーを蹴り上げ、そのまま更に跳躍《ちょうやく》する。

「お……」

猫《ねこ》科の猛獣《もうじゅう》のようなしなやかな跳躍に、感嘆《かんたん》の声を上げる千景。

防御と回避《かいひ》、どちらか迷《まよ》った一秒にも満たない隙《すき》をついて、正臣の靴の爪先《つまさき》が、千景の顔面に叩《たた》き込まれた。

——入った！

会心《かいしん》の一撃《いちげき》。

まさかこんなにもあっさりと入るとは思わなかったが、相手の呼吸を乱す形で突進《とっしん》したのが功を奏したのだろう。

7A
8
9

正臣《まさおみ》はそのまま、呆気無《あっけな》い勝利を確信したのだが――

ガシリ

と、まだ宙《ちゅう》にある自分の足首が摑《つか》まれた。

――えッ？

疑問に思うのとほぼ同時に、自分の足首を摑んだのが、倒れかかっている千景《ちかげ》だと気付く。

視線の先で――鼻柱を僅《わず》かに曲げた千景が、それでも口を笑みの形に歪《ゆが》ませていた。

――こいつ、今ので倒れな……

握《にぎ》られた足首が強く引かれ、ゾワ、と正臣の全身に悪寒《おかん》が走る。

次の瞬間《しゅんかん》には、正臣の身体《からだ》が柱に向かって勢い良く投げられ、黄巾賊《こうきんぞく》のメンバーが声をあげかけた。

だが、激突《げきとつ》する寸前、正臣は空中で体勢を立て直し、そのまま柱に『着地』する。

一瞬《いっしゅん》だけ地面と水平になった身体を半回転させ、そのまま床《ゆか》に降りる正臣。

「ったく、今ので倒れねえとか、どんだけタフなん……うぉッ!?」

顔を上げながら言った言葉は、途中《とちゅう》で遮《さえぎ》られる。

目の前に、千景の両足の裏側が迫っていたからだ。

正臣《まさおみ》が即座《そくざ》に身体《からだ》を横に滑《すべ》らせると、今しがたまで上半身があった場所を千景《ちかげ》の両足が通り過ぎ、そのまま柱を強打する。

柱が激しく揺《ゆ》れ、上にある外灯から埃《ほこり》がパラパラと舞い落ちてきた。

「やべぇやべぇ、マジで死ぬって、そんなん」

そんな事を言いつつも、正臣は退《ひ》くことなく、尚《なお》も千景へと進んでいく。

相手が振り返るのと同時に、こめかみめがけてハイキックを繰《く》り出すが、千景はそれを紙一《かみひと》重《え》で避《さ》けた。

そして返す拳《こぶし》で正臣に殴《なぐ》りかかろうとした千景だが——その腹に、身体を半回転させた二撃目の後ろ蹴《げ》りが千景のみぞおちに突《つ》き刺《さ》さる。

「ぐッ……」

千景の口から漏《も》れる呻《うめ》きを聞いて、正臣は今度こそ自分の優位を確信しようとしたのだが——呻きはその一言で終わり、倒れる事なくこちらに殴りかかってきた。

半分後ろを向いた状態となった正臣に、千景の拳が迫る。

だが、正臣もすぐに迎撃《げいげき》態勢を取り、相手のパンチに対してカウンターを狙《ねら》った足技を繰り出した。

そして、衝撃音《しょうげきおん》が響《ひび》き渡り——急な展開に心が追いついていなかった黄巾賊《こうきんぞく》の幹部達が、ようやく事態を正確に理解する。

黄巾賊とTo羅丸《とらまる》、二つの組織の頭《かしら》同士の壮絶《そうぜつ》な喧嘩《けんか》が幕を開けたのだと。

♂♀

来良《らいら》総合病院　院内喫茶店《きっさてん》

「……以上が、貴女《あなた》と私が同じ『罪歌《さいか》』を持っている理由です。何か質問はございますか」

それは、事情を知る者とそうでない者達とで、全く違った印象を抱《いだ》く光景だった。

理知的な大人《おとな》の女性が、二人の女子高生に何らかの説明をしている。タブレット型PCの画面を使って解説しているその姿を見ると、何も知らなければ保険か何かの勧誘《かんゆう》をしているようにしか見えないだろう。

一方、事情を知る者からすれば、奇妙《きみょう》な上に物騒極《ぶっそうきわ》まりない状況だった。

何しろ、『罪歌』の本体を持つ者二人と、罪歌に斬《き》られて『子』となりつつも、自力でその支配から復活した少女が同じテーブルに座っているのだから。

「いえ……大丈夫《だいじょうぶ》です。大体は理解できました」

「……」

杏里《あんり》は『腑分《ふわ》け』の説明や、鯨木《くじらぎ》の雇《やと》い主《ぬし》がかつて他者に売った罪歌こそが、今の杏里の体内にある一振《ひとふ》りであるという事を戸惑《とまど》いながら受け入れた。一方で、春奈《はるな》は相変わらず殺気を交えた薄《うす》い微笑《ほほえ》みを浮かべ、沈黙《ちんもく》していたのだが、その殺意は現在、杏里《あんり》と鯨木《くじらぎ》の双方《そうほう》に向けられている。

いつ刃物を振り回し始めるか解《わか》らない春奈に、杏里は緊張《きんちょう》の糸をほぐす事ができなかったのだが、鯨木はそんな彼女達に、本当にビジネスとして『罪歌《さいか》』についての解説を始めたのだ。

鯨木は、澱切陣内《よどぎりじんない》の正体などについては一切触《ふ》れず、純粋に罪歌についての情報と、自分がそれを扱う商売をしている事だけを説明する。

この期《ご》に及んで隠《かく》す必要も感じていなかったが、わざわざ言う必要もないと判断したからである。

「腑分《ふわ》け、ねぇ……」

一通りの話を聞き終えた春奈は、病的な笑みと共に鯨木に問いかけた。

「そんなマネができるなら、私にも一本くれないかしら」

「以前の取引でのケースなら、罪歌は一振りで６２５万円となっております。もっとも、商品の性質上、お得意様にしかお売りしないのですが」

淡々《たんたん》と、『澱切陣内』から教えられた通りの文句を口にする鯨木。

６２５万円という数字が高いのか安いのか、春奈には判断しかねる。

この世の常識的な物理法則から外れた『妖刀《ようとう》』の値段としてはタダも同然なのかもしれないが、『お得意様』と認められるまでのハードルが異様に高いのだろう。

どちらにせよ、女子高生に払《はら》える値段ではない。

もっとも、金だけで済むのならば、春奈は『罪歌』で適当に金持ちを斬《き》って支配し、代わりに支払《しはら》わせていたかもしれないが。

「現在、その二つの条件を満たしたお客様が罪歌をご所望《しょもう》です。腑分けを繰《く》り返して、この世に四本、五本と罪歌が増え続けるのは、商品価値が下がるので避《さ》けたい所です」

そうした前提条件を説明した上で、改めて杏里に問う。

「園原《そのはら》杏里さん。改めて御相談させて頂《いただ》きたいのですが、貴女《あなた》の罪歌を、当方にお譲《ゆず》り頂けないでしょうか？」

「……できるんですか？　私の身体《からだ》から……罪歌を取り出すなんて……」

「貴女が手放したいと言うのなら。本当に捨てる気があるならば、どこかに投げ捨てるだけでも手放す事は可能な筈《はず》です。ただ、私にお譲り頂けるのでしたら、商売としてそれなりの額をお支払いする用意はありますので、御一考いただければ幸いです」

あっさりと答える鯨木に、杏里は暫《しば》し考える。

罪歌を捨てる。

今まで、そんな事は考えた事もなかった。

自分は今さら、罪歌《さいか》無しで生きていく事などできるのだろうか？

不安を抱《かか》えつつ、鯨木《くじらぎ》の持ちかけた商談に迷《まよ》う杏里《あんり》。

そんな彼女に、春奈《はるな》が横から声を掛けた。

「こんな女に売るぐらいなら、私に頂戴《ちょうだい》。私なら、もっと上手《うま》く使って見せるわ。ついでに、竜ケ峰《りゅうがみね》君と紀田《きだ》君も斬って、貴女《あなた》にベタ惚《ぼ》れにさせてあげてもいいのよ」

「やめて下さい！」

怒鳴《どな》ったわけではないが、小さな声のまま強い調子で言い放つ杏里。

「罪歌でそんな事をするなんて……やっぱり、間違ってると思います」

「あら、何がどう間違いなのかしら？」

「罪歌で斬った相手は……もう、斬る前の相手とは違います。罪歌の力で言いなりになる相手は、もう、好きになった本人とは違う『何か』なんだと……思います」

「価値観の違いね」

否定も肯定《こうてい》もせず、春奈は微笑《ほほえ》みと殺気をより色濃《こ》く混ぜ合わせながら、鯨木に目を向ける。

「貴女の意見はどうかしら？　鯨木さん」

すると鯨木は、冷《さ》めかけた珈琲《コーヒー》を軽く啜《すす》った後に、自分なりの答えを返す。

「ケースバイケースと見ます。罪歌の支配は、使い手の意志によってコントロールが可能です。たとえば……斬って何かの行動をさせたとしても、その後は一度も支配の力を発動させなければ、斬られた者は自分の中に罪歌の呪《のろ》いが入り込んでいると気付く事もないまま一生を終えるでしょう。その状態の人間まで『別人』と呼ぶのは、些《いささ》か極論かと」

「でも……」

言い淀《よど》む杏里に、鯨木は取引の説明をする時よりも遥《はる》かに流暢《りゅうちょう》に語り続ける。

「何かを叶《かな》えたいと言うのなら、罪歌の力を使う事も一つの手段と考えるべきでしょう。たとえば恋を叶える為《ため》に、男女が容姿や財力、あるいは知力、胆力《たんりょく》を武器とするように。罪歌も貴女が持った長所の一つと捉《とら》えるべきです」

「長所の……一つ？」

「他人が持たないものを使う事が卑怯《ひきょう》だと言うのならば、類《たぐ》い希《まれ》な容姿や頭の良さ、あるいは性格の良さといったものを武器に異性を虜《とりこ》にした者は、誰もが卑怯だという事になります。罪歌の力も、その一つと捉えるべきでしょう。月並みな言い方ですが、手にした力をどう使うかは、使い手の方の心持ち次第かと」

無表情のまま真面目《まじめ》に答える鯨木に、杏里は数秒考え込んだ後、小さく首を振る。

「でも……やっぱり、罪歌の力は……人間とは違います。努力でどうにかできるものでもないですし……」

「人間の力ではないから、恋に使うべきではないと？」

「……私は、さっき、ある人に『君は人間じゃない』って言い切られました。それを聞いて、私も迷ってるんです。もう、私は人間じゃないんじゃないかって。だとしたら、もう、私は、普通の人に恋をしたり、人並みの幸せを得る権利は無いんじゃないかって……」

自虐的《じぎゃく》に呟《つぶや》く杏里《あんり》。

彼女は、異形《いぎょう》でありながら一人の人間を愛する首無しライダーを知っている。だが、セルティの場合は、異形でありながら誰よりも人間らしい心を持っているという事も知っている。それに比べて、自分は人間の姿をしているのに、心だけが人間から遠ざかっていくばかりだ。

そんな思いに囚《とら》われての言葉だったが――

「それは、私にも当てはまる事でしょうか？」

「えッ？……あッ」

無表情のまま呟《つぶや》かれた鯨木《くじらぎ》の言葉に、杏里はハッと気付く。

説明された通り、鯨木もまた『罪歌《さいか》』の持ち主であり、杏里の言葉は、そのまま彼女に対して『人間ではない』と言ってしまっているのも同じ事だ。

「す、すいません。そんなつもりじゃ……」

慌《あわ》てて頭を下げる杏里に、鯨木は僅《わず》かに目を伏せながら口を開く。

「園原《そのはら》さん。貴女《あなた》が仮に今、人間ではなかったとしても……罪歌を手放すだけで、少なくとも身体《からだ》は人間に戻《もど》れます。心に関しては、『これが正しい人間だ』という基準など不明瞭《ふめいりょう》ですが、少なくとも思考に罪歌が絡《から》む事はなくなるでしょう」

「は、はい」

杏里は、その気まずさから目を逸《そ》らしたかったが、できなかった。

——あれ？

——なんだろう……。

——ずっと無表情な人だと思ったけど……。

確かに、顔は全く変わっていない。

だが、表情よりも奥の所——視線や挙動《きょどう》、息づかいの中から、杏里はほんの僅《わず》かな心情の揺《ゆ》らぎを感じ取った。

杏里は一瞬《いっしゅん》、化物《ばけもの》扱いされた事への怒《いか》りではないかと思ったのだが——

はっきりとはしないものの、それは、悲しみのようにも見える。

「貴女は罪歌を捨てるだけで人間に戻《もど》れます。ですが……」

その瞬間《しゅんかん》——杏里と春奈《はるな》の時間が止まる。

二人と向かい合う形で座っていた女の身体から、異様な気配が湧《わ》き上がったからだ。

「血と肉は、捨てられません」

「……ッ！」「!?ッ」

二人は背筋《せすじ》を凍《こお》らせながら、その異様な気配の正体を探ろうと試みる。

周囲の席に座る人々に、これといった変化は見られない。

何故《なぜ》自分達だけが。

その理由は、すぐに理解できた。

彼女達の中にある『罪歌《さいか》』の呪《のろ》いの言葉が止《や》み——一斉《いっせい》にざわめき始めたからだ。

『子』である春奈《はるな》の内部に蠢《うごめ》く呪いの声は、杏里《あんり》のそれには遠く及ばない。

それでも、その僅《わず》かな呪いが嫌悪《けんお》の叫《さけ》びを歌い上げ、彼女の全身を震《ふる》わせた。

——何、これ……。

杏里は春奈の数十倍の規模で響《ひび》く声に、思わず目眩《めまい》を起こしかける。

罪歌の呪いが目に溢《あふ》れかえり、己の瞳《ひとみ》が赤く染まるだけではなく、視界まで薄紅色《うすべにいろ》に染まっていくではないか。

そして、赤い光のフィルターの中で、目の前の女が黒い影として映り——

影の背から、小さく黒い翼《つばさ》が無数に蠢《うごめ》き湧《わ》くのが解《わか》る。

「……何か、見えましたか？」

鯨木《くじらぎ》がそう声をかけた瞬間《しゅんかん》、少女達を支配していた『罪歌の震《ふる》え』が一斉に消え失《う》せた。

そして、何事も無かったかのように、視界も空間も、そこに映っていた鯨木の姿も全《すべ》て元に戻《もど》っている。

杏里と春奈は、どちらともなく視線を送り合い、お互《たが》いの頬《ほお》に冷や汗《あせ》が流れている事を確認した。

鯨木はそんな二人の様子には構わず、自分のリズムで話し続ける。

「罪歌の存在に関わらず、人間とは異なる存在として生まれた者は……人間のように生き、人間のように恋をし、人間のように楽しむ権利すらないと、そうおっしゃるのですか？」

「鯨木さん……貴女《あなた》は一体……」

息を呑《の》みながら吐《は》かれた杏里の問いに、鯨木はやはり感情の無い声で答えた。

「私が何か、と聞かれれば、生物学的には答えかねます。ですが、社会的な立場ならば、明確に答えられますね」

「……？」

「私は、俗に悪人と呼ばれる存在です」

あまりにもあっさりと、なんの躊躇《ためら》いもなく答えられた言葉。

罪悪感も偽悪《ぎあく》的な歓《よろこ》びもなく、ただ淡々《たんたん》と、自分の事を客観的に語っているかのようだった。

「人間だろうと化物《ばけもの》だろうと関係なく、私の過去の所行《しょぎょう》を事細かく全て世界に晒《さら》し上げれば、恐《おそ》らく日本人の八割は私を罪人だと、裁《さば》かれるべきだと断じる事でしょう」

「……八割って、どこから出した数字よ」

春奈の茶々入《ちゃちゃい》れにも、鯨木はあくまで真面目《まじめ》に答える。

「経験則に基づく勘《かん》です。ですが、たとえ十割だろうと一割だろうと構いません。法律もいくつか犯《おか》していますし、それが証明されて逮捕《たいほ》されれば脱獄《だつごく》する身です。これを悪人と呼ばずとも良いのなら、この国はとっくに無法都市かエデンの園《その》となっている事でしょう」

「脱獄……」

「罪歌《さいか》が無いとしても、生まれながらに持つ力だけで脱獄は確実にできるでしょう。具体的な事まで貴女《あなた》達に伝えるつもりはありませんが、『そういう存在』という事だけ御理解いただければ幸いです」

まるで定型文に沿って書かれた手紙か何かを読み上げるように、言葉の内容からも感情を消して語り続ける鯨木《くじらぎ》。

「私はいずれ、正義を名乗る『何か』か、あるいは、私の所行《しょぎょう》に対する復讐《ふくしゅう》者の手で惨《みじめ》たらしく殺されて人生を終える事でしょう。できるだけ苦しめられ、陵辱《りょうじょく》され、命乞《ご》いも通じぬまま嬲《なぶ》り殺されるのが相応《ふさわ》しい存在です。その覚悟《かくご》はしていますが、その日ができるだけ先延ばしになるように最善は尽《つ》くしますし、被害者の気持ちなど差し置いて、『今』を楽しむ予定です」

鯨木はブラック珈琲《コーヒー》を半分まで啜《すす》った所で、ミルクと砂糖を投入する。

冷めかけた珈琲の中、溶けきれない砂糖をザラザラとティースプーンで弄《いじ》りながら。口と目は真《ま》っ直《す》ぐに杏里《あんり》の方を見つめている。

「園原《そのはら》さん。貴女は正義の執行者《しっこうしゃ》というわけではないかもしれませんが、少なくとも、他人に向ける優しさを持っています。私とは違う存在です。こんな所で私のような悪人と話さずに、常に日の当たる場所にいるべきだと言ってもいいでしょう。贄川《にえかわ》さんの場合は、貴女のいう『愛』の結末次第でしょうか」

冷静に観察結果を呟《つぶや》く鯨木。

杏里は、その言葉を聞いて驚《おどろ》きに目を丸くし、過大評価だと抗議する。

「私は……そんな立派な者じゃありません。自分で生きられないから……他《ほか》の人や……罪歌に寄生《きせい》して生きていくしかない……ただの寄生虫です。私が他人を気にしているように見えるんだとしたら……それは、巡《めぐ》り巡って結局自分を心配しているだけなんだって思うんです」

「いいじゃないですか。人類の大半は、何かに寄生して生きているものですよ。それに、長く貴女に寄生される事を許す人がいるならば、それは、相手も貴女から何かを受け取っているという事でしょう」

自分の事を寄生虫だなどと言って顔を暗くした少女に、鯨木はあくまでマイペースだ。

「それはもはや、寄生ではなく共生関係です。何の負い目を感じる必要もありません」

杏里をフォローするような優しげな言葉を吐《は》くが、その声にすら感情は欠片《かけら》も込められておらず、まるで他人の言葉が書かれた本をそのまま読み上げているかのようだった。

「罪歌は、どれだけ純粋な気持ちで人類を愛していようと、結局は人の世界を歪《ゆが》ませる刃《やいば》です。それは事実ですし、否定するつもりもありません」

「……」

「同じように、私も、あなた方の倫理的基準で言うならば、間違い無く『悪』と呼ばれる部類に入るでしょう」

何が言いたいのだろうかと杏里《あんり》が疑問に思った直後、その答えは紡《つむ》がれた。

「貴女《あなた》のような優しい子は、罪歌《さいか》を持つに相応《ふさわ》しくありません。よって、当方にお譲《ゆず》り頂《いただ》くのが双方《そうほう》にとって実のある結論だと思いますが」

「！」

「罪歌を日本刀以外の形態で扱うには、二つ方法があります。私のように完全に支配し、『奴《ど》隷《れい》』として一方的に使用するか、それとは逆に、罪歌に己の全《すべ》てを明け渡すかです。前者の場合は刃《やいば》を自在な形状にできますが、罪歌は『戦い方』を教えてくれません。後者のケースでも変形はしますが、戦い方は完全に罪歌に任せる形となります」

ペラペラと止《と》まることなく、再び『罪歌』について語り始めたかと思うと、一転して杏里を見つめ、彼女の本質を言い放つ。

「園原《そのはら》さんは、どちらもできないでしょう。貴女は優しい。優しいから、人を傷つける事のないよう、罪歌を抑《おさ》えようとしている。その一方で、貴女は罪歌に対しても優しいんです。だから、完全に支配して奴隷のように扱う事もできない。まさに共存の道を探っているのでしょう」

「……」

「それは、最終的に自分を追い詰《つ》める所行《しょぎょう》です。ただ力を持て余《あま》して、自分を犠牲《ぎせい》にし続けるだけの道になるかと」

そこで彼女は一瞬《いっしゅん》だけ口を閉じ、杏里の顔を見つめて続きの言葉を吐《は》き出した。

「貴女のような善人は、罪歌を持つべきではない」

そこまで聞いて、杏里は静かに拳《こぶし》を握《にぎ》り、何かを呟《つぶや》こうとしたのだが――

「フフッ」

と、春奈《はるな》が急に笑い出した。

「……春奈さん？」

杏里の呼びかけに、春奈は楽しそうに楽しそうに笑い、答える。

「ねえ園原さん。この人、馬鹿よね」

「えッ？」

首を傾《かし》げる杏里を余所《よそ》に、春奈は鯨木《くじらぎ》と杏里にネットリとした笑みを浮かべて見せた。

「いつか復讐者《ふくしゅう》に殺される？　それがあるとしたら、今、この瞬間《しゅんかん》だと思わない？」

「……」

沈黙《ちんもく》する鯨木。彼女は、春奈の言葉の意味が解《わか》っているのだろう。

だが、杏里はその意味が解らず、どういう事かと尋《たず》ねようとしたのだが――

それより一瞬早く、春奈が言い放つ。

「鯨木《くじらぎ》さん？　貴女が売った罪歌のせいで、ここにいる杏里ちゃんの御両親は死んだのよ？」

杏里《あんり》は一瞬《いっしゅん》、自分の時間が止まったかのような感覚に囚《とら》われた。

そして、数秒の間《ま》を置き——彼女は、自分の膝《ひざ》が震《ふる》え始めるのを認識する。

だが、そんな震えなどもはやどうでも良い。

少女は今、果てしない衝撃《しょうげき》に囚《とら》われ、まともな思考もできなくなっているのだから。

両親の死の原因の一人が、目の前にいる。

そもそも鯨木が罪歌《さいか》などというものを世に解き放たなければ、自分は今頃、別の人生を歩んでいたかもしれない。

しかしながら、彼女が衝撃を受けたのはその点ではなく、今、春奈《はるな》に指摘《してき》されるまで、全く両親の事に思い至らなかったという事の方だ。

もう、自分の中で両親は過去の存在なのだろうか？

狼狽《ろうばい》する自身の心を必死に宥《なだ》め込もうとして——杏里は、一つの結論に思い至る。

だが、その過程で思い出した『過去』は、杏里の瞳《ひとみ》を更《さら》なる悲しみで曇らせた。

「違う……」

「え？」

「それは違います。春奈さん。多分……罪歌があったからこそ、私は今、ここにいるんだと思います」

「……何を……言ってるの？」

妙《みょう》な事を言い出す杏里に、微笑《ほほえ》みながら首を傾《かし》げる春奈。

「もしも罪歌が無かったら……私はきっと、お父《とう》さんに殺されてましたから」

杏里の心に呼び起こされるのは、5年程前の忌《い》まわしき記憶《きおく》。

実の父親に首を絞《し》め上げられた感触《かんしょく》は、今でも昨日《きのう》のことのように思い出せる。

あの時、母が『罪歌』で父の首を刎《は》ねていなかったら。

嫌《いや》な記憶を振り払《はら》うように首を振り、杏里は鯨木に答えた。

「すいません……やっぱり、罪歌はまだ、手放せません」

「……そうですか」

「私はまだ……罪歌に何も恩返しができてないんです……。それなのに、私だけが逃げ出すなんて、できません」

杏里は、喋《しゃべ》りながら徐々《じょじょ》に強い意志を練《ね》り上げる。

恐《おそ》らくは、自分で話しながら、言葉にすることでそれ相応の覚悟《かくご》を決めているのだろう。

「それに……大事な人達の前で、私は罪歌の事を告白するって約束してるんです……だから、その時まで、私は去年までの私で在《あ》り続けたいんです」

鯨木は無表情のまま杏里の顔を見つめ、静かに息を吐《は》き出した。

「解《わか》りました。気が変わったら御連絡《ごれんらく》を下さい」

そう言いつつ、鯨木《くじらぎ》は白紙の名刺を取り出し、胸ポケットから取り出したペンで電話番号を書き添《そ》えて杏里《あんり》へと手渡した。

「あら、私には名刺《めいし》もくれないの？」

「贄川《にえかわ》さんとは現在、取引する要素がありませんが」

あっさり答える鯨木に、春奈《はるな》はケラケラと笑いながらゆっくりと立ち上がる。

「取引はできないけど、強盗《ごうとう》ならできるわよ？　貴女《あなた》の持ってる『罪歌《さいか》』を、無理矢理《むりやり》引き剝《は》がすっていうのも面白《おもしろ》そうよね？」

「また感電したいのですか？」

「同じ手が通じると思ってるなら、貴女も大した事ないわね」

グジュリ、と、嫌《いや》な空気が春奈と鯨木の間に立ちこめる。

鯨木は無表情と無感情のままなので、その嫌《いや》な気配は春奈が一方的に出している事になるのだが。

「や、止《や》めて下さい、春奈さん……」

杏里が止めようとするが、春奈の瞳《ひとみ》は既《すで》に赤く充血し始めている。

周囲のテーブルに座っていた他《ほか》の客も異常に気付いたのか、こちらをチラチラと見る者が現れ始めた。

春奈も鯨木も、そんな視線は気にしない。

鯨木は珈琲《コーヒー》を飲み終えると、カップを静かに置きながら呟《つぶや》いた。

「私はいつでも構いませんよ」

そして、無表情のまま気配だけを色濃《こ》く塗《ぬ》り替えようとした、その瞬間《しゅんかん》――


「あ、いたいた。杏里ちゃん杏里ちゃん！　ニュースニュース！」


空気を壊《こわ》す声が、喫茶店《きっさてん》内に響《ひび》き渡った。

「狩沢《かりさわ》さん？」

「やー、メール見たよー。売り切れてたんだって？　残念ー」

杏里はここに入る前に、狩沢にメールで猫耳《ねこみみ》カチューシャが売り切れていた事と、この喫茶店で知り合いと少し話してから戻《もど》るという事を伝えていのだ。

「で、この人達がお友達？　って、あれ？　売り切れてたんじゃなかったっけ？」

そう言って狩沢が手を伸《の》ばしたのは、コスプレショップの袋だ。

見覚えのある袋の口から猫の毛色がかすかに見えた為《ため》、杏里が買ったものかと思い持ち上げようとしたのだが――

別の手が差し出され、動きを事前に制される。

「すいません。これは私の荷物です」

「え!? あッ、すいません!」

顔を赤くして手を引く狩沢《かりさわ》だが、鯨木《くじらぎ》の顔を見て、驚《おどろ》いたように声をあげる。

「わッ。凄《すご》い綺麗《きれい》! えッ、あの、すいません。失礼ですが、レイヤーの方ですか?」

出会い頭《がしら》の質問としてはストレート極まりない事を聞く狩沢。

彼女からすれば、透《す》き通るような肌《はだ》の美女が猫耳《ねこみみ》カチューシャを持っていたので、すっかり『同好の士』だと思って問いかけたのだろう。

「……コスプレですか。興味はありますが、経験はありません」

淡々《たんたん》と答える鯨木。

無表情のまま紡《つむ》がれるその言葉は社交辞令《じれい》混じりの拒絶《きょぜつ》とも思えたが、狩沢の耳にはもはや『興味はありますが』という部分しか耳に残っていないようだ。

「興味があるんだったら、うちのサークル入りませんか? 杏里《あんり》ちゃんの知り合いだったらもう大歓迎ですから!」

「いえ、私は……」

「うちのサークル、着回しできるタイプの衣装が270着ぐらいありますし、なんだったらサイズ調整もしますよ! 巫女《みこ》服から堕天使《だてんし》エロメイドまで大抵《たいてい》の物は揃《そろ》えられます!」

歯止め役が誰もいない状態なので、狩沢は目を輝かせたまま止《とど》まる事なく勧誘《かんゆう》を続けていく。

「ああッ。そっちの子も凄《すご》いコスプレ似合いそう！　やだなーもー、杏里ちゃん、こんな可愛《かわい》い子達がいるなら紹介《しょうかい》してよー！　杏里ちゃんと二人でユニット組ませたいよもう！」

流石《さすが》に遊馬崎《ゆまさき》でも「狩沢さん、パンピーの子だったら杏里ちゃんが白い目で見られる事になるっすよ！」と止めるレベルの興奮《こうふん》っぷりで、狩沢を見た周囲の客達も『さっきのは漫画《まんが》かなにかの話かな？』と、春奈《はるな》達のトラブルを記憶《きおく》の中から排除《はいじょ》し、自分達の食事や会話に意識を戻《もど》し始めていた。

春奈は突然《とつぜん》の乱入者に呆気《あっけ》にとられていたのだが、無視して鯨木に斬《き》りかかろうかと思い、テーブルの向かいに顔を向けた。

だが――

「ゴシックロリータ系の服もありますか」

「もちろん！　大人《おとな》用ゴスも二桁《けた》単位で用意できます！」

「アイドル系もですか」

「聖辺《ひじりべ》ルリの衣装をモデルにした手作りのが何着かあります！」

ビシリと親指を立てる狩沢の言葉を確認した後――

「……連絡《れんらく》先です。そちらのサークルの電話番号も教えて下さい。後日連絡させて頂《いただ》きます」

杏里に渡したのと同じように、白い名刺《めいし》に電話番号を書き始める鯨木。

「「ええッ!?」」

流石《さすが》に杏里《あんり》も春奈《はるな》もその光景に驚愕《きょうがく》し、目を丸くして鯨木《くじらぎ》の顔を見た。

だが、彼女の顔は相変わらず無表情のままで、心の内は解《わか》らない。

ただ、杏里は先刻彼女から僅《わず》かな『悲しみ』を感じた時とは逆に、なんとなく、歓《よろこ》びめいた心情の流れがあるように感じられた。

一方、春奈はそんな光景を前にしばし呆《ほう》けた後、大きな溜息《ためいき》を吐《は》き漏《も》らす。

「……白《しら》けたわね。私は一旦《いったん》帰るわ。そろそろ何か動きがあるかもしれないしね」

そして、杏里の携帯電話をひったくると、自分の携帯電話と合わせて両手で手早く操作《そうさ》する。

「はい、アドレス交換しておいたわ。また明日《あした》連絡《れんらく》するから、その時にまた話し合いましょう」

最後まで杏里への殺意を消さぬまま、それでも彼女は、笑いながらその場を去って行った。

まるで、自分の未来には希望しか待っていないとでもいうかのように。


「えーと……今の子、もしかしてアニメとか興味無い子だった？　だったら一緒《いっしょ》に誘《さそ》うなんて悪い事しちゃったかな……。もし杏里ちゃんが変な目で見られちゃったら御免《ごめん》ね？」

一人帰った事で冷静になったのか、鯨木と連絡先を交換しあった狩沢《かりさわ》は、申し訳なさそうな顔をしながら杏里に謝ったのだが――

「あ、いえ、その……ありがとうございます。助かりました」

「？」

何故《なぜ》か礼を言われてしまい、首を傾《かし》げる結果となる。

そんな狩沢に、杏里は問いかける。

「あの、ここに来たのは……」

「あ、そうそう！　浮かれてですっかり忘れちゃってたよ！」

狩沢はウッカリしていたと言いつつ、顔に満面の笑みを浮かべながら答えた。

あるいは、先刻の浮かれた暴走っぷりは、その『歓《よろこ》び』に直面して、妙《みょう》なスイッチが入ってしまっていたのかもしれない。

「あのねあのね、ドタチンの意識が戻《もど》って、明日《あした》からお見舞いできるんだって！」

♂♀

都内某所《ぼうしょ》　立体駐車場《ちゅうしゃじょう》

時間はやや遡《さかのぼ》り、門田《かどた》が意識を回復するかしないかといった頃——

正臣《まさおみ》と千景《ちかげ》は、立体駐車場の屋上で未だに戦い続けていた。

現状の形勢だけを見ると、正臣《まさおみ》の方が有利に思える。

正臣の方が何度も攻撃《こうげき》をクリーンヒットさせており、千景《ちかげ》の攻撃を紙一重《かみひとえ》で躱《かわ》し続けているからだ。

だが、二人の表情を見ると、実情は全く逆のようだ。

何度も会心のタイミングで打撃《だげき》が決まっているにも関わらず、千景は全くダメージを受けた様子を見せないのだ。

逆に、正臣は自分の頭の傍《そば》を相手の打撃が通る度に、命そのものを削《けず》られているかのような気分になってくる。

──やべぇって。

──こっちの攻撃は効かねぇし、向こうの攻撃は掠《かす》るだけで目眩《めまい》がするレベルだしよ。

正臣は、体格に恵まれている方ではない。

背丈《せたけ》も高いわけではなく、筋骨隆々《きんこつりゅうりゅう》としたタイプでもない。

だが、子供の頃から喧嘩《けんか》慣れしていた事もあり、トリッキーな動きと膝《ひざ》や肘《ひじ》などによる打撃を駆使《くし》して、自分より大柄な喧嘩相手を何人も打ち倒してきた。

黄巾賊《こうきんぞく》の中では正臣に勝てる者は一人もおらず、平和島静雄《へいわじましずお》など、人の域を超えた例外を除《のぞ》けば、かなりの猛者《もさ》と言っていいだろう。

だが、六条《ろくじょう》千景は、正臣にとってギリギリ『こいつ、平和島静雄とか、そっち側の人間なんじゃねえの？』と思わせる程の強さを持ち合わせており、戦いながら何度も冷や汗《あせ》を掻《か》かされている。

　それでも、周囲を取り囲む黄巾賊の仲間達の歓声《かんせい》が聞こえている間は、倒れるわけにはいかない。

　――打撃じゃ無理か。

　正臣は呼吸を整えつつ、冷静に戦い方を切り替える。

　相手の打撃を紙一重で躱した後――打撃を狙《ねら》う代わりに、そのまま相手の背後に回り込んだ。

　打撃動作中の死角をついた移動だったため、千景の目にはまるで正臣の姿が消えたように感じられた。

「お？　……ぐぉ⁉」

　そのまま、背後から自分よりも背の高い相手に飛びつき、己の腕《うで》を相手の首に絡《から》ませる。

　スタンディング・チョークスリーパー。

　背後に引き倒しつつ、自分よりも長身の男を絞《し》め落とそうとする正臣。

　絶妙《ぜつみよう》のバランスで相手の背中に取り憑《つ》きながら、己の腕を深く首に食い込ませる。

　周囲の黄巾賊達は、それで勝負が決まったと確信した。

　あの状態からでは、藻掻《もが》けば藻掻くほど泥沼《どろぬま》に陥《おちい》っていくだろう。抜け出す技術のある格闘《かくとう》家ならともかく、素人《しろうと》の喧嘩屋ではそうそう抜け出せない。正臣のオリジナルチョークスリーパーは、そういう性質のものだと知っていたからだ。

ところが――

六条千景《ろくじようちかげ》も、伊達《だて》に平和島静雄《へいわじましずお》の拳《こぶし》に四発耐えた男ではない。

彼は自分がこのままでは意識を落とされると悟《さと》ると、通常の人間では絶対にやらないような行動に出た。

千景は首を絞《し》められた体勢のまま、屋上に停車していた車のバンパーから屋根まで駆《か》け上がり、そのまま塀《へい》の外側へと向かって飛び出したのである。

――え？

正臣は、一瞬《いっしゅん》だけ頭が真っ白になり、次の瞬間《しゅんかん》、この立体駐車場《ちゅうしゃじょう》は屋上を含めた三階層である事を思い出した。

単純に考えて、ビルの三階からのダイブ。

全身の細胞《さいぼう》が悲鳴をあげ、正臣は即座《そくざ》に相手の首から手を離《はな》す。

そして、すんでのところで塀《へい》の外側に設置されていた外灯の柱にしがみついた。

一方、そのまま何のトリックもなく、ストレートに下に落ちていく千景。

「ば、馬鹿野郎《やろう》！」

正臣は外灯に摑《つか》まったまま、思わず叫《さけ》んだ。

下手《へた》をすれば死ぬ高さだ。

思わず肝《きも》を冷やした正臣だが――

数秒後、別の意味で肝を冷やす結果となる。

地面に背中から落ちた千景が――数回咳《せ》き込んだ後、何事も無かったかのように立ち上がったからだ。


「ったく、そっちから掴んどいて逃げんなよ。なあ？」


階下からこちらを見上げて笑う千景を前に、正臣は改めて背に冷や汗《あせ》を滲《にじ》ませる。

――参《まい》ったな。こりゃ。

――なんでブルースクウエアの連中とやり合う前に、隠《かく》しボスと闘ってんだ、俺《おれ》。


そんな事を考えつつ、正臣は外灯をよじ登り、柵《さく》の内側へ戻《もど》ろうとしたのだが――

柵の上に立った瞬間《しゅんかん》、彼の目に飛び込んできたのは――異様な光景だった。

斜《なな》めに見下ろす形となる視界の中で、状況は実に解《わか》りやすく観察できる。

それでも最初は何がなんだか解らなかった。

柵を越えた瞬間から、別の場所にワープしてしまったのではないかと。

馬鹿げた妄想《もうそう》は黄巾賊《こうきんぞく》の仲間達の姿を見て即座に否定する事ができたのだが――問題は、彼らの視線が自分の方に向いていないという事だった。

彼らの視線は、駐車場《ちゅうしゃじょう》の二階に続くスロープ部分。

そこに立っていた——数十人の、明らかに黄巾賊《こうきんぞく》とは異なる集団だった。

チンピラや暴力団の類《たぐい》にしか見えない男達の先頭に立つ男は、ケヒヤケヒヤと笑いながらこちらを見て居る。

手には硬質《こうしつ》ゴム製のハンマーを握《にぎ》っており、顔にある火傷《やけど》の痕《あと》が特徴的な男だ。

正臣《まさおみ》は、最初それが誰なのか、その後ろにいるのがどういう集団なのか解《わか》らなかった。

もしや、Ｔｏ羅丸《とらまる》の援軍かとも考えたのだが、千景《ちかげ》の性格からして考えづらい。

ダラーズかとも考えたが、ブルースクウェアらしき少年達の姿は見られない。寧《むし》ろ、彼らに粛正《しゅくせい》されている側のチンピラ達に雰囲気《ふんいき》が近い。

混乱する正臣の耳に、火傷の男の声が届く。

「ヒヒヤ……馬鹿と煙《けむり》は高い所が好きってなぁ、本当だなぁ？」

ザワリ。

と、声を聞いた瞬間《しゅんかん》、正臣の全身の肌《はだ》が同時に波打った。

明らかに聞き覚えのある声。

脳味噌《みそ》がその名前を導き出すより先に、全身の細胞に怒《いか》りと恐怖《きょうふ》、殺意と不安が溢《こぼ》れ出す。

「おーい、今からまた昇ってくから、覚悟《かくご》しとけよー」

屋上の状況を摑《つか》めていない為《ため》、地面にいる千景がそんな事を叫《さけ》んでくる。
しかし、今の正臣の耳には届かない。
そして、火傷の男の次の言葉を聞いた瞬間――

「さ、て、問、題、で、ぇ、す！　俺《おれ》に足を折られた三ケ島沙樹《みかじまさき》を見捨てたチキン野郎《やろう》は……どこのどいつでしょうか……と！　クヒヒヤハハハハ！」

正臣の中で、何かが爆《は》ぜた。
恐怖も、不安も、後悔《こうかい》も、全《すべ》て怒りへと昇華《しょうか》され、喉《のど》の奥から相手の名を叫び上げる。

「泉井《いずみい》ぃぃぃぃぃぃツッッ！」

怒《いか》りに全身を支配された正臣は、柵から飛び降りると同時に、数十人の集団へと何の迷いもなく駆《か》け出した。
まるで、あの夜に動かなかった分の脚力《きゃくりょく》まで、全てこの瞬間に上乗せしているかのように。

あまりの鬼気《きき》に、周囲のチンピラ達が無意識に身を反《そ》らせる中――
泉井蘭《いずみいらん》は、サングラス越しに下卑《げび》た笑みを浮かべながら、手にしたハンマーを振り上げた。

そして――

接続章　袋の鼠

DRRR!!×11

Ryohgo Narita　な-9-41

この日を境に、街の一部の人間達は、混迷《こんめい》への坂道を転がり始める。

自分達が何処《どこ》に向かっているのかも解《わか》らぬまま。

ダラーズと黄巾賊《こうきんぞく》のにらみ合いに始まり、そのまま少年同士の混迷で終わるかと思われていた事件は、折原臨也《おりはらいざや》が放った『火種《ひだね》』によって、全く違う者達の姿を浮かび上がらせ、暗闇《くらやみ》の中に互《たが》いの姿を照らしだす。


それだけではない。

街に吹き始めた不穏《ふおん》な風に煽《あお》られるように――

折原臨也以外の者達が投げ込んだ火種が、徐々《じょじょ》にその力を増し、燃え広がり始める。

だが、折原臨也によって封じられ、鯨木《くじらぎ》の手によって消されかけていた最大の『火種』は、未だに周りを燃やす事なく、己の中にだけ炎《ほのお》を燻《くすぶ》らせ続けていた。

まるで、そこに油が注《そそ》がれるのを待ち続けるかのように。

♂♀

夜　某《ぼう》警察署　留置場《りゅうちじょう》

平和島静雄《へいわじましずお》は、バーテン服のまま、留置場の隅《すみ》で横になっていた。

池袋《いけぶくろ》駅の傍《そば》にある池袋警察署《しょ》には学生時代に何度か入れられた事があるが、その時とは内部の様子が全く違う。

どうやら、ここは自分の見知った池袋警察署ではなく、近隣《きんりん》にある別の署のようだ。

だが、静雄にとってはここがどの警察署だろうと、どうでも良い事だった。

自分はただ、勾留《こうりゅう》期限が過ぎるまで、切れる事なく落ち着いていれば良いのだ。

そう決意した静雄は、なるべく何も見ず、何も聞かないようにしようとひたすら寝る事にしたのだが――

「なあ、あんたのこと、見た事あるぜ！　前に電柱ぶんまわしてたよなぁ？」

「……」

隣《となり》の房《ぼう》から、声をかけてくる男がいる。

先刻《せんこく》入って来たばかりのチンピラ風の男だ。

「な、な、あんたなら、こんな鉄格子《てつごうし》、簡単にぶっ壊《こわ》せるだろ!?」

「……人違いだろ」

静雄は、なるべく関わらぬようにしようとあっさり言いはなったのだが——

「嘘《うそ》つくなって！　金髪《きんぱつ》のバーテン服、忘れるわけがねえ！」

現在の静雄の服装は、連行された時のバーテン服のままだ。

蝶《ちょう》ネクタイだけは『紐状《ひもじょう》の物は自殺防止の為《ため》に没収《ぼっしゅう》する』という規則に従って没収されたが、それ以外は基本的にそのままだ。

「いや、でも確かに、今日《きょう》は止《や》めといた方がいいな。今、この署の周り、マスコミでエライ事になってるからよ」

「？　なんかあったのか？」

「おうよ、なんでも、駅前で女の生首《なまくび》が見つかったとかで、池袋署の方からこっちの署の方に死体が運ばれたって話だぜ」

物騒《ぶっそう》な話だと顔を顰《しか》める静雄だが、ふと、気になる点があって言葉を返した。

「……？　死体がってなんだよ。普通解剖《かいぼう》するにしろなんにしろ、病院でやんじゃねえのか」

「だからマスコミは騒《さわ》いでんのさ。どうにも、今回の事件はおかしな点が多いんだよ。最初に発表された時点じゃ『女性と見られる遺体《いたい》の頭部』って発表してたのによ、夕方の時点じゃ

『女性の頭部のようなもの』になってたんだとよ。おかしいと思わねえか？　目撃者《もくげきしゃ》がネットに上げてる写真じゃ、一目で頭部って断定できるのによ」

「死体の写真をか？　悪趣味な連中だな」

眉《まゆ》を顰《ひそ》める静雄《しずお》。

だが、深くは考えない事にする。

考え込むと、それだけ自分の怒《いか》りを呼び覚ます事になるという自覚があったからだ。

呼吸を整えながら天井《てんじょう》を見つめる静雄に、隣《となり》の房《ぼう》の男は尚《なお》も話し続ける。

「その点について質問した記者も当然いたんだけどよ。『現状ではお答えできません』の連発と来たもんだから、記者連中も『こりゃなんかおかしい』って感じたんだろうな。そしたら、司法解剖《かいぼう》やった来良《らいら》大学の医学部付属病院から、匿名《とくめい》で妙《みょう》な情報が流れて、今、ネットで出回ってるらしい」

「妙な情報？」

「その生首、生きてるんだとよ」

「……」

与太話《よたばなし》だと、笑い飛ばす気にも苛立《いらだ》つ気にもならなかった。

生きている生首。

静雄の中で、その対《つい》になる存在が思い浮かんだからだ。

「ネットじゃ、『首無しライダーの首じゃねえか』って噂《うわさ》になってな。どうもその首が、今、この署に運ばれてるらしい。対策会議でもやるのかね。『生きてる生首を事件として立件できるのかどうか』ってな」

「そうか……」

静雄は数秒考え込んだ後、隣の房の男に問う。

「で、手前も、あの妖刀に操られてる口か？　それとも、別口か？」

「……なんの話だよ。わけわかんねえよ」

笑いながら言う男に対し、静雄は露骨《ろこつ》にこめかみをひくつかせた。

「誤魔化《ごまか》してんじゃねえぞ。んな情報通がいきなり豚箱《ぶたばこ》に入ってきて、俺《おれ》にそれをベラベラと話し始めるっつー状況を怪しいと思わないほど、俺がマヌケだって言ってんのか？　あぁ？」

ゆっくりと起き上がり、男の方向に一歩近づく静雄。

当然間には鉄格子《てつごうし》があるが、そんな物は静雄にとっては木の棒《ぼう》と変わらない。

それを実感した男は、両手を挙げながらあっさりと告白した。

己の目を、不気味《ぶきみ》な程に赤く充血させながら。

「まいったまいった。俺が悪かったよ。想像通り、俺も『母《かあ》さん』に言われてここに来た」

「……それで、俺を怒《おこ》らせるっつーより、その首の話を吹き込んでどうするつもりだ？」

「思っていたよりも頭がいいあんたの事だ。もう気付いてるんだろう？　その『首』が一体なんなのかって事をな」

「……」

静雄《しずお》の答えを待たず、男は続けた。

「セルティ・ストゥルルソン。今日《きょう》、街を騒《さわ》がせてる生首《なまくび》は、お前のお友達がずっと探し続けてきた身体《からだ》の一部ってわけだ」

「……そうか。それで？」

「簡単な話さ。これは取引だ。次の取り調べの時に、ちょいと派手に暴れてくれりゃいい。いくつか罪状は増えるが、怪我《けが》さえさせなきゃ、まだ執行猶予《しっこうゆうよ》が狙《ねら》える範囲《はんい》だろうし、保釈《ほしゃく》だって不可能じゃない。その騒ぎの隙《すき》に、『首』を外に持ち出すってわけだ」

「……話が見えねえが、手前《てめぇ》らはセルティの味方なのか？　それともアイツを利用しようとしてやがんのか？」

静かな声だが、今にも爆発《ばくはつ》しそうな危険な空気を孕《はら》んでいる。

「どっちでもないんだが……。まあ、『首』を晒《さら》し者にされるのは不味《まず》いってのは、セルティとやらと同じ考えだろうよ。ともかく、派手《はで》に暴れてくれりゃ、そっちの罪で拘束《こうそく》になるだろうからな、女への暴行の件を何とかしてやってもいいんだぜ。女の手を叩《たた》き潰《つぶ》したって前科より、冤罪《えんざい》で取り調べられて暴れたって方が世間体《せけんてい》もいいだろ？」

「お前らの催眠術《さいみんじゅつ》みてえな力がありゃ、首を盗《ぬす》むのなんて簡単なんじゃねえのか？」

「……『母《かあ》さん』が、あんまり派手に『子』の数を増やしたくないらしいんでな。それに、何か首が盗まれる隙《すき》ができた理由がねえと、無駄《むだ》に怪しまれる事になるからよ」

男の言葉に、静雄は暫《しば》し考え込む。

普段なら既《すで》にキレている所だが、弟とセルティの顔やヘルメットが頭に浮かび、かろうじて冷静さを保ち続ける事に成功していた。

だが、相手が約束を守る保証など何処《どこ》にもない。

どうするべきか悩んでいた静雄だったが——

その思考を途《と》切《ぎ》れさせる形で、留置所《りゅうちじょ》に警官が現れた。

隣《となり》の房《ぼう》の男が黙《だま》り込んだ所を見ると、どうやら妖刀《ようとう》には支配されていない警官のようだ。

「平和島《へいわじま》静雄、釈放《しゃくほう》だ」

「何ぃ!?」

叫んだのは、隣の房の男だった。

「静かにしろ！」

「あ、いや……」

混乱した顔で、顔に脂汗《あぶらあせ》を流し始める男。

小声で、「どういう事だ……？　もしかして、折原臨也《おりはらいざや》の奴《やつ》が何か……」と呟《つぶや》きつつ、独房《どくぼう》の隅《すみ》へと戻《もど》っていった。

折原臨也。

取り調べ中に一度も激怒《げきど》せずに耐え抜いた静雄《しずお》だが、その名を聞いたこの瞬間《しゅんかん》こそが、この日一番怒《いか》りを抑《おさ》えるのに苦労する結果となった。

♂♀

一時間後　都内某所《ぼうしょ》

「何がどうなってやがんだ……？」

眉《まゆ》を顰《ひそ》めつつ、釈放《しゃくほう》の手続きを終えた静雄は、警察の裏口から足を踏《ふ》み出した。

なんでも、被害者の少女が、『勘違《かんちが》いをしていた。犯人は静雄ではない』と言いだしたらしい。傷害罪は親告罪《しんこくざい》ではないので、被害届を取り下げただけで罪が消えるというものでもないのだが——被害者が『静雄が犯人ではない』と言いだした上に、静雄がその女性に暴力を振るったという明確な証拠《しょうこ》も無い為《ため》、不起訴《ふきそ》処分という形で釈放になった。

普段の静雄だったならば怒りが収まらぬ所だったろうが、今はただ、弟の名誉《めいよ》が守れた事が嬉《うれ》しかった。

――しかし、セルティの首か。

――……あのノミ蟲野郎《むしやろう》が、またなんかやらかしてんのか？

――とりあえず、社長に報告しねえと……。

そんな事を考えながら、返却《へんきゃく》された煙草《たばこ》をポケットから取り出した。

近くに喫煙所《きつえん》はないかと、道を歩きながら周囲を見渡す静雄。

横を警察車両らしきバンが通りすぎ、人気の無い方の道へと進んでいく。

静雄はそんな車の後ろ姿を眺《なが》めつつ、とりあえずライターにオイルが残っているか確認しようと、煙草と一緒《いっしょ》に出したジッポーの回転式火打ち石を押し回す。

そして、火花が散った次の瞬間《しゅんかん》――

轟音《ごうおん》と共に、警察車両の横で爆発《ばくはつ》が起こる。

「!?」

思わず目を丸くした静雄は、その視線の先で、今しがた通り過ぎたばかりの警察車両が横転している姿と、その車両に近づく一台のバイクを確認した。

バイクはバンの後部ドアから這《は》い出てきた警官を鮮《あざ》やかな手並みで気絶させ、そのまま大きなボックスケースを奪《うば》い取った。

そして、それを手にしたままバイクを走らせ、こちらに向かってきたのだが——

静雄《しずお》の姿を確認して、取り乱したようにバイクを急停車させ、方向転換しようとする。

フルフェイスヘルメットに、女性らしいボディライン。

しかし、セルティとは全く違う白を基調としたデザインのライダーを見て——静雄は言う。


「おい、お前……ヴァ、ァ、ロ、ー、ナ、だろ?」


ヴァローナ。

静雄が後輩《こうはい》である女の名前を吐《は》き出した瞬間《しゅんかん》、激しくエンジンをふかす女ライダー。

まるで、エンジン音で静雄の言葉を掻《か》き消すかのように。

静雄からすれば、その行為は肯定《こうてい》以外の何物でもなかったのだが。

女ライダーはそのまま脇道《わきみち》へと走り去り、あっという間に夜の闇《やみ》の中に消えていく。

何がなんだか解《わか》らなかったが、一つだけ確信があった。

彼女が警察車両から奪い去ったボックスケースの中身は——恐《おそ》らく、件《くだん》の『首』であろうと。

一体何故《なぜ》ヴァローナがそれを奪っていったのかは解らないが——

それは、今までオフにしていた静雄のスイッチを入れる、明確なきっかけとなった。

状況を考えるにつれ、もう一つの事を確信する。

「臨也《いざや》……てめぇか？」

先刻の妖刀《ようとう》に支配された男の呟《つぶや》きや、それまでの状況を鑑《かんが》みた、勘《かん》混じりとはいえ、それなりに理由のある確信だ。

「てめぇがまた何かやらかしたんだな？　臨也君よぉ……」

「幽《かすか》も……セルティも……やっとできた俺《おれ》の後輩まで巻き込みやがったんだな……？」

怒《いか》り。

今の静雄を見れば、周りの空間が歪《ゆが》んでいるように錯覚《さっかく》して見えたかもしれない。

空気すらも支配するような激しい怒りを、ひたすら自分の中に圧縮しながら、静雄は自らの拳《こぶし》を硬く硬《かた》く握《にぎ》りしめる。

叫《さけ》び声すら、今は己の内側に抑《おさ》え込む。

全《すべ》ての怒りを拳に乗せ、この数日感じていた苛立《いらだ》ちの元凶《げんきょう》へと叩《たた》き込む為《ため》に。

静雄を知る者がその様子を見れば、間違いなく思う事だろう。

黒幕が臨也だろうとその他だろうと――

その『元凶《げんきよう》』は、間違い無くこの世から消えてしまうだろうと。

こうして、過去最大の怒《いか》りを全《すべ》て己の内側に押し込めながら——

凶獣《きようじゆう》は、静かに池袋《いけぶくろ》の街へと解き放たれた。

♂♀

そして、『火』は連鎖《れんさ》して街の中に燃え上がる。

事前に示し合わせていたかのように、連鎖的に、激しく——

まるで、束ねられた爆竹《ばくちく》が一遍《いっぺん》にその身を弾《はじ》けさせるように。

♂♀

夜　都内某所《ぼうしよ》

「春奈《はるな》！」

コンビニで食事を買う為《ため》に外へ出た瞬間《しゆんかん》、自分を呼ぶ声を耳にして振り返る春奈。

彼女は視線の先に、よく見知った顔を見つけた。

「……あら、父《とう》さん。元気そうね」

「元気そうね、じゃないだろ……今までどうしてたんだ！」

「良く私の居場所が解《わか》ったじゃない。偶然《ぐうぜん》？」

全く悪びれた様子のない家出娘《むすめ》の言葉に、父親である贄川周二《にえかわしゆうじ》は、溜息《ためいき》を吐《つ》きながら答える。

「ダラーズだ。お前が来良《らいら》病院の喫茶店《きつさてん》にいるって目撃《もくげき》情報があってな。それからずっとお前を尾行《びこう》してくれていたんだ。それで、このマンションの前でずっと見張っててんだ」

「あら、そんなストーカーさんがいたのね。ダラーズみたいなカラーギャングに頼るなんて、父さんもいよいよ零落《おちぶ》れたのねぇ」

「何言ってんだ！　お前がそのダラーズのメンバーになったって聞いたから、俺《おれ》がどんだけ心配したか……」

怒《いか》りよりも安堵《あんど》の気持ちの方が強く表れている父の言葉に、春奈《はるな》は大きく溜息を吐《は》き出し
——目を赤く染め上げて、『罪歌《さいか》』の力を行使した。

「……黙りなさい、、、、、父さん」

罪歌の呪《のろ》いを込めた、力ある言葉。

かつて春奈の刃《やいば》に刺《さ》された事のある周二は、既《すで》に『罪歌』の操《あやつ》り人形だ。

春奈は実の父親を、なんの躊躇《ちゆうちよ》もなく罪歌の『孫《まご》』——自らの『子』として利用する。

彼女の価値観の中では、那須島《なすじま》以外の家族など、他人と殆《ほとん》ど差異の無い存在だったのだから。

「ああ、ああ、解《わか》った」

周二は目を赤く染めあげ、ゆっくりと頷《うなず》いた。

以前は『罪歌』の意志を優先させていた為《ため》に女言葉になっていたが、今は春奈の意志で指示を出している為、純粋な操り人形といった雰囲気《ふんいき》だ。

父親を操るという行為に欠片《かけら》も罪悪感を覚えぬまま、春奈は顔に笑みを貼《は》り付ける。

「ダラーズの情報網って中々やるのね。隆志《たかし》を捜《さが》すのにも使えるかしら。とにかく、今日《きょう》はもう帰りなさい」

「……」

黙《だま》り込む父親に、彼女は一方的に世間話を言い放った。

「そうそう、父さん。私、今日ね、生まれて初めて友達ができたのよ？　杏里《あんり》ちゃんっていうの！　今度、紹介《しょうかい》してあげるわ。暇《ひま》な時にでもね」

それで家族のコミュニケーションは済んだとでも言わんばかりに、彼女は棒立《ぼうだ》ちとなる父親の横を擦《す》り抜け、コンビニへと向かったのだが——

首筋《くびすじ》に、チクリと何かが突《つ》き刺《さ》さる。

「え……？」

痛みよりも驚《おどろ》きの方が先行し、春奈《はるな》は横に首を向ける。

そこには、目を充血させたままの父の姿があり——その手には、一本の注射器が。

「父《とう》……さん？」

疑問が頭の中に無数に生み出されるが——それは、そのまま闇《やみ》の中へと消えていった。


「やるじゃないか。いやあ、良くやった良くやった」

軽く手を叩《たた》きながら、道の陰から一人の男が現れる。

ニット帽《ぼう》とサングラスをかけた、いかにも変装といった風体《ふうてい》の男だ。

彼は付けひげをペリペリと剝《は》がしながら、薬物によって完全に意識を失っている春奈をゴロリと転がす。

そして、上向きになった所で、その『寝顔』をマジマジと観察した。

「はッ。やっぱ、黙《だま》ってるといい女だよ。あんたの娘《むすめ》は」

「……」

男の言葉に、周二《しゅうじ》は何も応《こた》えない。

心ここに非《あら》ずといった調子で放心しているかのようだ。

そんな父親には気にせず、男は娘の方に目を向け——昏睡《こんすい》状態の女に対して、勝ち誇《ほこ》るような独《ひと》り言を紡《つむ》ぎ出す。

「罪歌《さいか》の『子』同士が、お互《たが》いの『子』……つまり本体から見れば『孫《まご》』同士を斬《き》り合った場合、力の強弱や年季や時の運じゃない。単純に、後から斬った方に上書きされるんだ。知らなかっただろう？　君は、罪歌本体に打ち勝って独り立ちした『子』は自分一人だと思ってただろうからねえ」

男は勝ち誇ったように呟《つぶや》き、靴《くつ》で女のスカートをまくり上げようとした。

「だが、『子』が別の『子』を斬ったらどうなるのかな？　それはまだ実験していないな」

何度か試みるが上手《うま》くいかず、やがて飽《あ》きたとでもいうように足を退《ひ》き、代わりに春奈の腹を軽く踏《ふ》みつけた。

「もしも、お前の事を自由に罪歌で支配できたなら……その時はもう安心だからな。たっぷりと愛してやるよ、春奈」

下卑《げび》た笑みにネットリとした声を上乗せして、男はニット帽とサングラスを外しながら笑う。

「ああ、愛してやるとも。……お前の身体《からだ》をな」

舌《した》なめずりをしながら、興奮《こうふん》したように呟く男。

娘を陵辱《りょうじょく》すると宣言している男を前にして、贄川《にえかわ》周二は何もできない。

彼の頭の中には罪歌の呪《のろ》いが満ちており、まともな思考能力が無くなっているからだ。

だからこそ、彼はただ、その場に立ち続ける事しかできなかった。

かつて、春奈《はるな》の担任《たんにん》教師だった男。

那須島隆志の下卑《げび》た笑い声を聞きながら――

父親は、ただ、立ち続けることしかできなかったのである。

♂♀

同時刻 池袋某所《いけぶくろぼうしょ》

杏里《あんり》が家路についた時、彼女はまだ憂鬱《ゆううつ》な気分を抱《かか》えていた。

今日《きょう》一日だけで、彼女の前に呈示《ていじ》されたいくつもの『道』。

それは、彼女の心の中の額縁《がくぶち》越しに見せられたいくつもの未来予想図と言ってもいいだろう。

だが、額縁の中の絵を自ら描《えが》く勇気を持つ事ができず、彼女は尚《なお》も迷い続ける。

――同じだ。

――竜ケ峰《りゅうがみね》君達や……美香《みか》ちゃんに会う前の自分と……何も変わってない。

そんな自分に嫌気《いやけ》を感じながら、アパートの前に辿《たど》り着くと――

自分の部屋のドアに、女性らしき人影が寄りかかっているのが目に映る。

——？　誰だろう……。……まさか、贄川《にえかわ》さん？

全身に緊張《きんちょう》を張り巡《めぐ》らせながら、その人影がハッキリと見える位置まで近づくと——それが、見覚えのない少女だという事を確認する。

「こんにちは。はじめまして、だよね」

今の杏里とは違う、穏《おだ》やかだが芯《しん》の強い笑顔を浮かべた少女は、杏里の目をじっと見据《みす》えた後、握手《あくしゅ》の為《ため》の手を差し伸《の》べながら、やはり芯の強い声で自分の名前を口にした。

「私、三ケ島沙樹《みかじまさき》。よろしくね！」

♂♀

暗闇《くらやみ》の中で、自分を呼ぶ声がする。
その声に強く聞き覚えがあるのだが、どうしても誰のものか思い出せない。
引き寄せられるように闇を歩き続けた先で、胸元に何かがぶつかるのを感じ取った。
——『……は、セルティ』
サッカーボールよりも小さな『それ』から、自分を呼ぶ声がしたと気付いた瞬間《しゅんかん》——

セルティは、手にした『首』の声が、紛《まぎ》れもなく自分自身の声だという事を思い出した。

そして、自分の物である筈《はず》の『首』が、先刻から呟《つぶや》き続けていた言葉をハッキリと口にした。

――――「私は、セルティ」

――いやいやいやいやいやいやいや！　待て！　確かにそうなんだが、ちょっと待ってくれ！

「……ティ！　セールーティー！」

そんな事を心の中でわめき立てながら飛び起きると、そこはセルティが普段寝ている寝室の中で、車椅子《いす》の新羅《しんら》が心配そうにこちらを眺《なが》めている姿があった。

「大丈夫《だいじょうぶ》かい？　随分《ずいぶん》とうなされてたけど」

セルティは慌《あわ》てて周囲に視界を広げ、布団《ふとん》の横に置いてあったＰＤＡを摑《つか》み上げる。

『く、首は!?　私の首はどうなった!?』

「安心して。なんか警察発表が妙《みょう》な感じでね。ネットじゃあの首は作り物なんじゃないかって噂《うわさ》が広まってるよ。まあ、広めたのは僕《ぼく》や遊馬崎《ゆまさき》君だけど」

『……そうか。でも、なんとかしないと！　火葬《かそう》されたりしたら私は……私は……！』

「落ち着いて、あの首は僕が何とかするから」

車椅子に座ったままの新羅に抱《だ》きしめられ、ようやく落ち着きを取り戻《もど》すセルティ。

『……ありがとう。落ち着いた。すまなかったな、取り乱してしまって』

「よかった。まあ、君よりも誠二《せいじ》君の方が取り乱しちゃってさ。警察に乗り込むなんていうから、今は鎮静剤《ちんせいざい》で眠《ねむ》って貰《もら》ってるけど……そしたら波江《なみえ》さんが『誠二に鎮静剤を打つなんて！』って怒《おこ》っちゃってさ。結局彼女も一緒《いっしょ》に眠って貰ってる。それに比べると、美香《みか》ちゃんは落ち着いたもんだよ。父《とう》さんなんか波江さんが暴れた時点でどっかに逃げちゃったし」

笑い話としてそんな事を話していると、玄関《げんかん》の方からチャイム音が聞こえてきた。

「？　誰だろう。父さんが戻《もど》って来たのかな？」

すると、暫《しばら》くしてから障子《しょうじ》が開き、エミリアが顔を出した。

「新羅さん。眼鏡《めがね》の女子の子様がお見舞いの鑑別《かんべつ》に見えてますのことよ？」

「眼鏡の？　ああ、杏里《あんり》ちゃんかな？　通してあげて下さい」

『杏里ちゃんか……。帝人《みかど》の事、伝えるべきかな』

セルティがそんなPDAを新羅に見せつつ、もう相談する時間はあるまいと思った瞬間《しゅんかん》──

寝室の襖《ふすま》が開かれ、眼鏡をかけた一人の女性が入って来た。

「？　……あれ？　どちら様？」──え？　誰？

新羅とセルティが、同時に胸中に困惑《こんわく》を浮かべた直後、女はスタスタと新羅の前に歩み寄り、無表情のまま彼の手を取って顔を見つめた。

首を傾《かし》げる新羅に、女はただ、淡々《たんたん》と告げる。

「初めまして。鯨木《くじらぎ》かさねと申します」

セルティ達がその名の意味に思い至るより一秒速く、鯨木《くじらぎ》は新羅《しんら》に顔を近づけ、囁《ささや》いた。

「貴方《あなた》に、興味があります」

刹那《せつな》――彼女は眉一つ動かさぬまま、新羅の唇に自らの唇を重ね合わせ――同時に、指先から鋼鉄の爪《つめ》を僅《わず》かに伸《の》ばし、その切っ先を新羅の肩口に染みこませた。

ほんの一瞬《いっしゅん》の間だけ、寝室の中の空気が時間ごと停止したかのように凍《こお》り付き――

新羅の肩口《かたぐち》から血が滲《にじ》み、彼の目が罪歌《さいか》のように赤く充血し始めたのを確認した瞬間《しゅんかん》、セルティは、意識ではなく己の理性を消し飛ばした。

そして――部屋の中に、混沌《こんとん》とした影が吹き荒《すさ》ぶ。

♂♀

転がり始める。

転がり始める。

この日を境に、街の一部の人間達は、混迷《こんめい》への坂道を惑《まど》い落ちる。

自分達が何処《どこ》に向かっているのかも解《わか》らぬまま。

黒幕《くろまく》は一人ではなく、元凶《げんきょう》も一つにあらず――お互《たが》いの足を絡《から》め取りながら、ひたすら何処かへと堕《お》ちていく。

粟楠会《あわくす》を始めとした『あちら側』の人間達が呼吸する、街の裏側にある、奥深い闇《やみ》の中に。

『街』という広くも狭《せま》い袋の中で、鼠《ねずみ》達はただ、もがき続ける。

窮鼠《きゅうそ》となるのか、濡《ぬ》れ鼠となって終わるのか。

まだ、誰にも予想はできていなかった。

ただ一つだけ確実な事は――

彼らは皆、池袋《いけぶくろ》という街の中で落ち続ける以上――最後は同じ場所、最も深い場所へと向かっていくのだろう。

だからこそ、彼らは落ちながら再び因果《いんが》を巡《めぐ》らせる。

その結果生まれる物が、這《は》い上がる為《ため》のロープか、それとも地の底へ続く足枷《あしかせ》か、それすらも予想できぬまま――

善人も悪党も区別なく――街は今、深い闇を覗《のぞ》かせようとしていた。

闇の奥底に、希望が残されているかどうかも見せぬまま。

それでも――何一つ拒絶《きょぜつ》する事はなく。

街は今、人々を全《すべ》て呑《の》み込み――自らもまた、転がり始めようとしていた。

CAST

セルティ・ストゥルルソン
岸谷新羅

折原臨也

園原杏里
狩沢絵理華

竜ヶ峰帝人
紀田正臣

平和島静雄
門田京平

遊馬崎ウォーカー
渡草三郎
張間美香
矢霧誠二
矢霧波江

六条千景

岸谷森厳
鯨木かさね
贄川春奈

STAFF

イラスト&デザイン
ヤスダスズヒト

装丁
鎌部善彦

編集
鈴木Sue
和田敦

発行
株式会社アスキー・メディアワークス

発売
株式会社角川グループパブリッシング

原作　成田良悟

デュラララ!!×11　完

あとがき

お疲れ様です。成田です。

というわけで、『デュラララ!!』も10巻を超えまして、無事に11巻目の大台に乗る事ができました。

今回所々にある小ネタは、拙作の『ヴぁんぷ!』シリーズの4〜5巻をお読み頂けるとニヤリとできる部分があるかもしれませんよ……!?（オープンマーケティング）

今回は後半に一遍に話を進めており、どこの現場も導火線に火が点いた状態で終わらせているので、次の巻は頭からずっと爆発が続く状態で進む事になると思いますが、導火線を眺める気分で次巻をお待ち頂ければ……！

さて、予告していた通り、12巻で一区切りにするつもりだったのですが……今回全く出番が無かった粟楠会の伏線も回収する事を考えると、13巻まで伸びてしまうか、あるいは12巻がとんでもなく長くなってしまうか、ちょっと悩んでいます。なので、どうなるかは私にもまだハッキリと解っていない状態ですが、続報を宣伝媒体などでお伝えできればと。

今回の流れが終わった後は心機一転として、1〜2年後ぐらいを舞台にして新キャラや青葉&クルマイ、大人組をメインとした新シリーズに移っていければなと思います。

その際に、鎌池さんの『新約 とある魔術の禁書目録』みたいにタイトルを少しリフレッシュすると仮定すると……『新 デュラララ!!』……『真 デュラララ!!』……『デュララララ!!』……『デュラララ!!! 新世界編』……『デュラララ!! 立身出世編』……『デュラララ――暁のサンシャインシティ』……『デュラララ――池袋のガンマン』……『デュラララ大決戦、漆黒怪人イザヤVS超怪獣シズオ』……夢が広がりますね！　そして閉じますね。

ともあれ、どんな形であれ、池袋を舞台とした話は暫し続ける事になると思いますので、今後ともお楽しみ頂ければ幸いです！


さて、ここからは少し宣伝を。

今後、『デュラララ!!』については色々とお知らせする事があるといいなと祈っていた所――来ました。その第一弾として『デュラララ!! Blu-ray Disc BOX』の発売が今月23日に迫っております！

本編全26話に加え、イベント「電撃文庫 秋冬の陣 de デュラララヴァーズ in 中野」の映像を収録。なんとオリジナルドラマCDが三枚も付いてくる上に、ヤスダスズヒトさん描き下ろしのBOXカバーという豪華仕様ですので、同日発売のキャラクターソング集『デュララララッピング!!』共々、興味のある方は是非御購入を検討していただければ幸いです！

尚、現在絶賛発売中の品物として、PSP版の『デュラララ!! 3way standoff ―alley―』も発売中ですので、ROOKiEZ is PUNK'Dさんのオリジナル主題歌共々お楽しみ頂ければ幸いです！

並びに、茶鳥木さんのコミックスもいよいよ『罪歌編』に突入して、コミックスの新刊が発売中となっております！　漫画ならでは、茶鳥木さんならではの演出を前に、原作以上に楽しんでいただければと思います！

そして、他社作品の話になってしまって申し訳ないのですが——

この度、集英社さんの「週刊少年ジャンプ」に連載中である『ＢＬＥＡＣＨ（久保帯人先生）』のノベライズを書かせて頂きまして、予定通りならばこのデュラ11巻が出てから1～2ヶ月以内に発売になっているかと思います！

子供の頃から読み続けてきた「週刊少年ジャンプ」の本誌に、宣伝という形ですが自分の名前が載っている事に、思わず全身が感動に震えました。

その感動をエネルギーに変え、『デュラララ!!』の読者が『ＢＬＥＡＣＨ』に興味を持ち、『ＢＬＥＡＣＨ』読者の方が『デュラララ!!』に興味を持ち、両方の読者の方はより一層喜んで頂けるような、双方にとって良い話となる一冊にできるよう鋭意制作中ですので、どうぞ宜しくお願いします！

他にもロールプレイングフィクションである星海社さんの『レッドドラゴン』等、今年は色々な方面の仕事に触れる機会が多くなっておりまして、今後新たに発表される仕事などもあるかと思います。

ただ、こうした形で様々な方面の仕事ができるのも、『バッカーノ！』や『デュラララ!!』といった電撃文庫の作品と、それを応援して下さっている読者の皆様という強力無比な土台があるからこそだと思っていますので、その土台を疎かにする事のないよう、今後も電撃文庫で頑張らせて頂きます!

※以下は恒例である御礼関係になります。

担当編集の和田《ばびお》さんを始めとする電撃文庫編集部の皆さん。毎度毎度仕事が遅くて御迷惑をおかけしている校閲の皆さん。並びにアスキーメディアワークス各部署の皆さん。

いつもお世話になっております家族、友人、作家さん並びにイラストレーターの皆さん。

大森監督や茶鳥木さんを始めとする、アニメ、漫画、ゲーム、様々なメディアミックスで御世話になっている皆さん。

『夜桜四重奏』の連載並びに、様々なゲームのキャラデザインに抜擢されて大忙しの中、『作画生中継』という企画を交えて素晴らしいイラストをあげて下さったヤスダスズヒトさん。

そして、この本に目を通して下さったすべての皆様。

――以上の方々に、最大級の感謝を――ありがとうございました!

2012年3月　成田良悟

◉成田良悟著作リスト

「バッカーノ！ 2001 The Children Of Bottle」（同）
「バッカーノ！ 1933〈上〉 THE SLASH ～クモリノチアメ～」（同）
「バッカーノ！ 1933〈下〉 THE SLASH ～チノアメハ、ハレ～」（同）
「バッカーノ！ 1934獄中編 Alice In Jails」（同）
「バッカーノ！ 1934娑婆編 Alice In Jails」（同）
「バッカーノ！ 1934完結編 Peter Pan In Chains」（同）
「バッカーノ！ 1705 THE Ironic Light Orchestra」（同）
「バッカーノ！ 2002【A side】 Bullet Garden」（同）
「バッカーノ！ 2002【B side】 Blood Sabbath」（同）
「バッカーノ！ 1931臨時急行編 Another Junk Railroad」（同）
「バッカーノ！ 1710 Crack Flag」（同）
「バッカーノ！ 1932-Summer man in the killer」（同）
「バッカーノ！ 1711 Whitesmile」（同）
「バウワウ！ Two Dog Night」（同）
「Mew Mew！ Crazy Cat's Night」（同）
「がるぐる！〈上〉 Dancing Beast Night」（同）
「がるぐる！〈下〉 Dancing Beast Night」（同）
「5656！ Knights' Strange Night」（同）

「デュラララ!!」(同)
「デュラララ!!×2」(同)
「デュラララ!!×3」(同)
「デュラララ!!×4」(同)
「デュラララ!!×5」(同)
「デュラララ!!×6」(同)
「デュラララ!!×7」(同)
「デュラララ!!×8」(同)
「デュラララ!!×9」(同)
「デュラララ!!×10」(同)
「ヴぁんぷ!」(同)
「ヴぁんぷ!II」(同)
「ヴぁんぷ!III」(同)
「ヴぁんぷ!IV」(同)
「ヴぁんぷ!V」(同)
「世界の中心、針山さん」(同)
「世界の中心、針山さん②」(同)
「世界の中心、針山さん③」(同)

本書に対するご意見、ご感想をお寄せください。

■

あて先

〒102-8177 東京都千代田区富士見 2-13-3
電撃文庫編集部
「成田良悟先生」係
「ヤスダスズヒト先生」係

■

電撃文庫

デュラララ!!×11

成《なり》田《た》良《りよう》悟《ご》

◆◇◇

2012年５月10日　初版発行
2024年11月15日　４版発行

発行者　山下直久
発行　株式会社KADOKAWA
〒102-8177　東京都千代田区富士見 2-13-3
0570-002-301（ナビダイヤル）
装丁者　荻窪裕司（META＋MANIERA）
印刷　株式会社 KADOKAWA
製本　株式会社 KADOKAWA

●お問い合わせ
https://www.kadokawa.co.jp/（「お問い合わせ」へお進みください）
※内容によっては、お答えできない場合があります。
※サポートは日本国内のみとさせていただきます。
※ Japanese text only

※定価はカバーに表示してあります。

ISBN978-4-04-886562-3　C0193　Printed in Japan

電撃文庫　https://dengekibunko.jp/

電撃文庫創刊に際して

文庫は、我が国にとどまらず、世界の書籍の流れのなかで〝小さな巨人〟としての地位を築いてきた。古今東西の名著を、廉価で手に入りやすい形で提供してきたからこそ、人は文庫を自分の師として、また青春の想い出として、語りついできたのである。

その源を、文化的にはドイツのレクラム文庫に求めるにせよ、規模の上でイギリスのペンギンブックスに求めるにせよ、いま文庫は知識人の層の多様化に従って、ますますその意義を大きくしていると言ってよい。

文庫出版の意味するものは、激動の現代のみならず将来にわたって、大きくなることはあっても、小さくなることはないだろう。

「電撃文庫」は、そのように多様化した対象に応え、歴史に耐えうる作品を収録するのはもちろん、新しい世紀を迎えるにあたって、既成の枠をこえる新鮮で強烈なアイ・オープナーたりたい。

その特異さ故に、この存在は、かつて文庫がはじめて出版世界に登場したときと、同じ戸惑いを読書人に与えるかもしれない。

しかし、〈Changing Times,Changing Publishing〉時代は変わって、出版も変わる。時を重ねるなかで、精神の糧として、心の一隅を占めるものとして、次なる文化の担い手の若者たちに確かな評価を得られると信じて、ここに「電撃文庫」を出版する。

1993年6月10日
角川歴彦

電撃文庫

デュラララ!!

成田良悟
イラスト／ヤスダスズヒト

池袋にはキレた奴らが集う。非日常に憧れる高校生、チンピラ、電波娘、情報屋、闇医者、そして"首《デュ》なし《ラハン》ライダー"。彼らは歪んでいるけれど——恋だってするのだ。

な-9-7　0917

デュラララ!!×2

成田良悟
イラスト／ヤスダスズヒト

自分から人を愛することが不器用な人間が集う街、池袋。その街が、連続通り魔事件の発生により徐々に壊れ始めていく。そして、首《デュ》なし《ラハン》ライダーとの関係は——!?

な-9-12　1068

デュラララ!!×3

成田良悟
イラスト／ヤスダスズヒト

池袋に黄色いバンダナを巻いた黄巾賊が溢れ、切り裂き事件の後始末に乗り出した。来良学園の仲良し三人組が様々なことを思う中、首《デュ》なし《ラハン》ライダーは——。

な-9-18　1301

デュラララ!!×4

成田良悟
イラスト／ヤスダスズヒト

池袋の街に新たな火種がやってくる。奇妙な双子に有名アイドル、果ては殺し屋に殺人鬼。テレビや雑誌が映し出す池袋の休日に、首《デュ》なし《ラハン》ライダーはどう踊るのか——。

な-9-26　1561

デュラララ!!×5

成田良悟
イラスト／ヤスダスズヒト

池袋の休日を一人愉しめなかった折原臨也が、意趣返しとばかりに動き出す。ターゲットは静雄と帝人。彼らと共に、首《デュ》なし《ラハン》ライダーも堕ちていってしまうのか——。

な-9-30　1734

5656《ゴロゴロ》！ Knights' Strange Night

成田良悟
イラスト／ヤスダスズヒト

「片方が動けば片方も動く。そういうものなんだよ、あの二人は」戌井隼人と狗木誠一。二匹の犬はそれが運命だというように殺し合う。越佐大橋シリーズ外伝！

な-9-28 1680

ヴぁんぷ！

成田良悟
イラスト／エナミカツミ

ゲルハルト・フォン・バルシュタインは一風変わった子爵《ししゃく》であった。まず彼は〝吸血鬼〟であり、しかも〝紳士〟である。だが最も彼を際立たせていたもの、それは——。

な-9-8 0936

ヴぁんぷ！Ⅱ

成田良悟
イラスト／エナミカツミ

彼らの渾名はニーズホッグとフレースヴェルグ《死者の魂を喰らう者》。吸血鬼達から『魂喰らい』と恐れられる『食鬼人《イーター》』の目的は、バルンシュタインに復讐を果たすこと——。

な-9-13 1104

ヴぁんぷ！Ⅲ

成田良悟
イラスト／エナミカツミ

カルナル祭で賑わうグローワース島だが、食鬼人《イーター》や組織から送られた吸血鬼たちによる侵攻は確実に進んでいた。そして、吸血鬼が活発になる夜の帳が降りていき——。

な-9-14 1133

ヴぁんぷ！Ⅳ

成田良悟
イラスト／エナミカツミ

ドイツ南部で起きた謎の村人失踪事件。それを受けて吸血鬼の『組織』が動き出す。そしてミヒャエルは、フェレットのために決意を抱き、島を離れ——。

な-9-27 1632